张爱玲

胭脂含泪海上花

李婍 著

上海大学出版社

图书在版编目(CIP)数据

张爱玲：胭脂含泪海上花 / 李婍著. —上海：上海大学

出版社,2021.8

ISBN 978 - 7 - 5671 - 4278 - 7

Ⅰ. ①张… Ⅱ. ①李… Ⅲ. ①散文集 - 中国 - 当代

Ⅳ. ①I267

中国版本图书馆 CIP 数据核字(2021)第 128575 号

责任编辑　黄晓彦

封面设计　缪炎栩

张爱玲——胭脂含泪海上花

李　婍　著

上海大学出版社出版发行

(上海市上大路 99 号　邮政编码 200444)

(http://www.shupress.cn　发行热线 021 - 66135112)

出版人:戴骏豪

＊

江苏句容排印厂印刷　各地新华书店经销

开本 890mm×1240mm　1/32　印张 9.5　字数 230 000

2021 年 6 月第 1 版　2021 年 6 月第 1 次印刷

ISBN 978 - 7 - 5671 - 4278 - 7/I·632　定价：40.00 元

遗世独立的美丽

在世人心中,张爱玲是一个与众不同的存在。

她的生命是一首婉转纯美的诗,虽然在那个烟雨迷蒙的时代,在曲折的流年中,她的一生透着深邃的凉薄,但她却兀自绽放出独有的美丽。她是民国时代的临水照花人,是中国文学史上才绝一代的璧女。

民国是盛产传奇的时代,她美貌与才情兼备,与诸多风情万种、惊艳时光的传奇女子相比,她如诗如梦的人生历程充满悲情色彩。

她的家族有着辉煌的底色,但是,祖上的显赫却抵挡不住家族的衰落,大清王朝遗留给他们家高高在上的贵族之位已成昨日的故事。家道变故,那一息尚存的大家族的高雅气质还浸淫在生活的方方面面,父亲身上保留着贵族遗少的所有习惯,那股陈腐之气,与已经接受新文化、新思想的母亲,形成激烈碰撞和无止境的矛盾。父母婚姻的破碎,让她从小便看透人情冷暖,她因之深刻思考和感悟:人生是一袭华丽的袍,却爬满了虱子。

看透世间浮华与悲凉,她以自我为中心,孤傲,冷漠,一枝独秀,在每一寸世俗里清高着,冷得惊世骇俗。

从生活到文字,她都透着美感和讲究。别致的品位和风格,遗存着大家闺秀的高雅与气派,也有着浓浓的旧上海的小资气息,还有不避世俗情味的淡淡的人间烟火气。

她的作品,文字唯美沉静,通晓世事,却弥漫着浓郁的华丽与落寞。她曾说:"我是喜欢悲壮,更喜欢苍凉。""悲壮是一种完成,苍凉则是一种启示。"那一部部作品,是一个个美丽而苍凉的手势。那绮丽细腻中苍凉的语言氛围,都市繁华下苍凉的悲情故事,漫漫红尘里苍凉的悲剧结尾,都有着力透纸背的悲凉,残酷点破了人生苍凉的本质。

她的爱情如她的身世一般,也是传奇。她与胡兰成的乱世恋情,在尘埃中开花,却处处千疮百孔。她于千万人之中遇见他,便不问缘由,不问经历,不问信仰,全身心投入而痴心不悔。为了这个人,她变得很低很低,一直低到尘埃里去,开出花来了,结出果来了,却万般苦涩。品着这果实,她一生都在独自安抚尘埃中的爱情之痛。遭遇爱情后,她的传世杰作是浓缩了自己的人生素材的生命教科书,她的爱情经典语录是在经历了幻灭烟花爱情之后留下的累累伤痕。

上海是她追梦的地方。在旖旎的夕阳下,她站在寂寞的阳台,深幽的目光穿越红尘看世间纷繁,在叮叮当当作响的电车铃声中,在嘈杂的市井俗音中,她静坐公寓中写出倾国倾城、风华绝代的上海故事。

香港是她寻梦的地方。她远离故土辗转到另一座城,那张摄于香港的传世照片,记录下那个时代的一代娇女的美丽,她眸中的不羁与傲然,嘴角溢出的一丝清浅笑意,是对命运不屈,对未来满怀期冀的淡定与超然。在那里,她寻到了一生的友谊,香港给了她机会,却不是她最终的归宿。

美国是她守梦的地方。移居大洋彼岸是一场更加遥远的流浪,一场突如其来的爱情是依赖,是缘分,也是命运的安排。那段婚姻虽然没有给她带来物质上的幸福,却让她脱胎换骨,变得更加强大。她的生命里,最重要的事情除了写作,还有生存。穿一袭旧旗袍,在美国又深居浅出的张爱玲,怀恋的依然是旧上海的市井之声。

晚年的张爱玲性情更加孤僻,她隐居游荡在美国洛杉矶的公寓中,公寓成为她最理想的避世之所。在离群索居的人生迟暮之年,繁华已然远去,唯有文学创作,仍然是她生活中最核心的内容。于她,灿烂夺目的喧嚣已是昨日的旧事,最终,她孤独寂寞地凋零在异国他乡的客栈。

逝水流年,民国许多美丽女子的背影远去了,唯有她的影像和她作品中的人物,越来越清晰。生命是一朵千瓣莲花,她拒绝绽放的同时,也拒绝了枯萎和零落,正如她笔下的玫瑰花,花瓣即使落了,仍是活鲜鲜的,依然有一种脂的质感、缎的光泽和温暖,似乎比簇拥在枝头,更有一种遗世独立的美丽。

李　婍

2021 年 1 月

目　　录

1 家族，一袭华美的袍

陈旧而模糊的前朝梦影

那些走入历史深处的旧事，张爱玲本是不喜欢研究的，但是，对于家族曾经的荣耀，她却偏偏喜欢时不时提起。

家族那辉煌的底色，让这个绝世才女愈发显得与众不同。

张爱玲并没有见证过贵族之家的殷实，她出生的时候，大清王朝遗留给他们家高高在上的贵族王位已成昨日的故事，风流已被风吹雨打去。不过，走进民国，作为前朝的遗老遗少们，张家的气势虽不在了，气质还在。

张爱玲祖上，是清末历史上豪华版重量级人物组合。

祖父张佩纶，与张之洞、宝廷、黄体芳合称翰林四谏，是锋头极健的清流人物，敢主导国家舆论，对朝廷指手画脚说三道四的官员，好生了得。

不管张佩纶当时是不是个了不起的人物，后世知道他的人确实极少，除了他的老家唐山丰润把他当成本地名人，在别处提起这个名号，人们大都不知道他是谁，甚至连张爱玲也没搞清楚，她祖父究竟算个什么官。她曾这样说："我祖父出身河北的一个荒村七家坨，比三家村只多七家,但是张家后来也可算是个大族了。世代耕读,他又是个穷京官,就靠我祖母那一份嫁妆。"

张爱玲祖母的一份嫁妆便支撑着一个贵族大家庭,那是一份何等厚重的陪嫁,能重金嫁女的,当然不是一般人物。

祖母的父亲,便是在中国历史上名声远扬的晚清重臣李鸿章,这个人物的确分量很重,

祖母名叫李菊耦,这个"耦"字带着浓重的农耕社会色彩,本意是指两个人在一起耕地。

于是,便会令人眼前出现一幅绝美的古代农耕图:采菊东篱下,悠然见南山。

很诗情画意的一个名字,李鸿章给女儿取这样一个名字,当然不是想让女儿将来嫁一个陶渊明式的隐士,而是祝福爱女,将来找一个如意郎君,两个人举案齐眉,齐心协力共创幸福美好生活。

李鸿章一生中娶过两位夫人,李菊耦是二夫人生的。

二夫人名叫赵小莲,第一任周夫人咸丰十一年因病去世后,李鸿章续娶了赵小莲。

从存留下的照片看,李鸿章的这位二太太长得容貌一般般,一张团团脸,眉目间从容沉着,嘴角向下紧抿,没有一丝女子的妩媚柔情,反倒有几分男子刚毅之气,中国民间素有"女生男相旺夫相,男生女相大官相"的说法。李鸿章娶二房太太的时候,已经步入仕途,家境富贵殷实,完全可以娶一个美丽女子,之所以娶回这样一个形貌平平的填房,或许就是看中了赵小莲与众不同的相貌。

赵小莲不是美女,虽然长得很低调,但是在婚姻大事上,却坚决不低调。她出生在书香之家,读过几本书,立志将来要嫁一个将才,挑来挑去便成了24岁的大龄剩女,没想到等来一个刚刚丧偶的李鸿章。赵小莲进了李家门,恰赶上李鸿章官运亨通,一步一个台阶步步

高升,他办学堂,建水军,搞洋务,不论做什么都很顺利,于是,赵小莲便成了家中的宝物。

赵小莲是家中的宝,她生下的女儿李菊耦自然也很受宠。

李菊耦没有继承母亲的相貌,她长得很美,她的美,不是那种张扬的艳丽之色,而是高贵秀雅的大家闺秀之美,举手投足之间,一颦一笑都带着高贵气质。她一生中留下了一些照片,从少女时代,到为人妻为人母。少女时代的李菊耦,身着合体旗袍,鹅蛋脸,柳叶眉,丹凤眼,高鼻梁,丰满的樱桃小嘴,目光中是说不尽的柔美,古典美女所有的元素,大家闺秀应有的仪态,在她身上都凑齐了。虽然时光已经走过一百多年,看到这张祖奶奶辈少女时代的照片,依然会被她那不事雕琢的优雅端庄美所打动。

张爱玲长得有些像祖母,却没有祖母的随性大方。李菊耦是真正的大家闺秀,真正的大家闺秀是不用装的,她不用去炫耀自己有贵族血统,她是贴着标签的贵族小姐。张爱玲却不一样,她虽然是大户人家的女儿,但是贵族的标签已经完全褪去了颜色,她便要装,装出贵族的高冷和不食人间烟火,时不时自我标榜一下,我的家族有贵族血统,但是,她的眼神中,已经没有了祖母的恬淡和安静。

关于李鸿章究竟有几个儿女,不在我们的考证之列,有的说他有两男两女,有的说他有一男两女,还有的说两男一女,这些都不重要,重要的是张爱玲的祖母李菊耦是李鸿章的女儿。

李鸿章43岁才生下这个女儿,人到中年,学会了疼孩子,李菊耦是在父母的疼怜中长大的,她性情温婉,却非常有主见,这一点像她的父亲,也像她的母亲。

李家小姐长大了,她不仅仅是美,还非常有才学,美才女类型的贵族小姐,原当寻一个门当户对年岁相当的高官富户家的公子做郎君,不知为什么偏偏李鸿章看中的女婿是张佩纶。

张佩纶的才气是公认的,23岁中进士做翰林,一步一个台阶,最终任职都察院左副都御史。作为清流,他参倒过一些人,给自己树立了不少对立面。被他参过的人,都在等着在他错失脚步某个瞬间冲上去,顺势把他扳倒。福建马尾中法战争的时候,他统兵对阵法国兵,终没敌过人家的洋枪洋炮,这绝好的机会被人利用起来,张佩纶被朝廷革了职,并被发配到边疆。作为罪臣的张佩纶,如果是青春年少风流倜傥的才子,尚有得到在朝廷上风头正盛的一品大臣李鸿章青睐的条件和理由,但是,此时的张佩纶不仅人生正走下坡路,年龄也在顺坡往下滑,他已经40多岁了,过去年间的人比现在显老,基本上就是一个小老头了。年纪大,官运差也便罢了,这个大叔级的罪臣居然结过两次婚,前边的两个老婆虽然都死去了,但是她们留下的孩子横亘在父亲未来的婚姻之间,无法忽略不计。

依照这样的条件,李鸿章凭什么要把貌美如花的女儿嫁给他?

除非,李菊耦喜欢上了张佩纶,李鸿章不得已把女儿嫁给他。

李菊耦喜欢上张佩纶,这件事看上去也有些无厘头,不过,细细揣摩并不荒唐。

李菊耦待字闺中的某个时段,恰好是张佩纶经常出没李府的时候,因为李鸿章和张佩纶的父亲安徽按察使张印塘是故交,李鸿章把已经走投无路的张佩纶延入幕府,主管文书,所以,他可以有机会经常出入李鸿章府上。

李鸿章很赏识他,赏识也会传染的,无形中传染了一些给李菊耦。

张佩纶和李菊耦的爱情传奇被写入了《孽海花》。

按照《孽海花》里的故事,张佩纶和李菊耦的爱情故事是一个才子佳人的传奇,这一类的传奇看起来很美丽,其实都很落俗套。故事中说,李鞠耦在签押房里遇上张佩纶,这个遇上,便让美丽小姐动了芳心,产生怜惜之情,之后,便悄悄为他写诗,碰巧又被他看到。

李菊耦独具慧眼,能欣赏张佩纶是有可能的,不过未必是一见钟情的传奇。

常年端坐在绣楼的李菊耦,与男性接触的机会不多,她有些才气,也欣赏有才的男子。恰恰张佩纶有才学,虽然老一些丑一些,厚嘴唇,短下巴,但是斯斯文文的,那时候他已经蓄上长长的胡须,人长得不好,胡须却长得好,号称"美须髯"。这一大把胡须为张佩纶增添了几分男性魅力,让他看上去有些神秘深奥。

这位大叔结过两次婚,他懂女人。女人需要男人的爱,更需要男人的懂,懂了,便知道从何处爱,从何处疼怜。

李菊耦大约是喜欢听张佩纶谈古说今的,喜欢了,眼神中便泛出柔柔的光,这样美的大小姐不反感自己,张佩纶纵使没贼胆,动动贼心总可以吧。

女儿二十出头了,还没嫁出去,这是要步她母亲的后尘。她的母亲赵小莲 24 岁才把自己嫁掉,李菊耦也面临着大龄剩女的危险。

李家此时正急着给女儿找婆家,依照自己的家境地位和女儿的容貌,天下的男人可着她挑。给李菊耦提亲的也不少,千挑万选的,她都没看上,李鸿章也不知道女儿究竟喜欢什么类型的人。

自从张佩纶频频出入总督府,李鸿章也感觉到了李菊耦对张佩纶除了尊敬,还有那么一丝丝好感,他知道能让李菊耦欣赏的男人不多,既然她能欣赏这个男子,是不是可以考虑把女儿嫁给他?虽然是填房,但过了门也是明媒正娶的夫人。凭着李鸿章对张佩纶的了解,这个人值得信任和依靠。

李鸿章是"中国的股民之祖",他深谙,嫁女儿就像挑选股票一样,买低不买高,不能急功近利,表面上的绩优股隐藏的风险也大。

嫁给张佩纶让他最放心的就是,女儿不会受委屈。

李菊耦母亲赵小莲听说此意,立即哭哭啼啼高调反对。好好的一个女儿,嫁给一个老且丑的半老男人,老丑也便罢了,关键是他现在是罪臣,仕途渺茫,嫁了他,女儿岂止是委屈,明摆着就是吃亏。所以,她坚决反对。

母亲的反对是有道理的,哪个母亲愿意把爱女许配给一个看上去比岳母还老的落魄男人?

李鸿章说,你不懂,事情就这么定了。

赵小莲以为女儿会反对,这样她们娘俩就结成了同盟军。

万没想到,李菊耦却首肯了这门亲事,她说,她愿意嫁给张佩纶,"爹爹眼力必定不差,张佩纶身怀才学,女儿愿意嫁给他"。

李菊耦和她的孙女张爱玲有许多相似之处。

她们不仅模样长得像,对爱情的追求也有些像,她们不在乎另一半的年龄,只要男人有才情,只要值得爱,便去爱,年龄算不得什么,有过几次婚姻算不得什么。

于是,光绪十四年,也就是公元1888年11月,李鸿章22岁的女儿李菊耦嫁给了44岁的张佩纶做继室夫人。

这桩姻缘,成为朝野上下轰动一时的新闻,人们都看不懂李鸿章究竟怎么想的,李鸿章挑选张佩纶做乘龙快婿,他女儿和张佩纶明摆着不般配啊。

人们猜想,李鸿章将女儿嫁给张佩纶,是想更进一步拉拢和控制张佩纶。

事实上,张佩纶虽然是名震四方的清流,却不过是一介纸上谈兵的书生,且已经被皇上看透,不会有多大前途,李鸿章犯不着付出这么大的代价拉拢他。再说,不用拉拢,张佩纶已经是李鸿章的铁杆,还要靠着李鸿章这棵大树乘凉。

对张佩纶来说,这个姻缘的意义却非同一般。

能攀上李鸿章这样老岳父,能娶回李菊耦这样的相府千金,是祖上积了阴德吗?那段日子,张佩纶如生活在梦境中。前面娶过两房夫人,都算不上颜如玉,只是端庄而已,人到中年却峰回路转,得到了相府美丽千金的青睐。

桃花运来了,挡都挡不住。

这个小美女他是喜欢的,即使褪去那层金粉世家的华丽包装,她依然是美美的仙女,迎娶这个仙女,还买一送一带来一笔厚重的陪嫁,这天上掉馅饼的美事让张佩纶遇上了。据说,李鸿章给女儿李菊耦的陪嫁中,有田产、房产,还有各种细软、古玩,这些嫁妆,足足供了张家几代人的奢靡生活。

新婚之后,张佩纶便陪着小妻子住在李府,新娘子李菊耦幸福满满,她觉得父亲没有看错人,她也没有嫁错人,张佩纶对她很好。张佩纶有一本《涧于日记》,一部很有味道的随笔集,从婚后开始,里面便记录着娇妻日常生活的点点滴滴:"以家酿与鞠耦小酌,月影清圆,花香摇曳,酒亦微醺矣。"

花好月圆,美酒佳人,琴瑟和谐,那场景,温馨而浪漫。

对于祖父母的婚姻,张爱玲是欣赏的,她在《对照记》中说:"我祖母的婚姻要算是美满的了,在南京盖了大花园偕隐,诗酒风流……""……满目荒凉,只有我祖父母的姻缘色彩鲜明,给了我很大的满足。"

张爱玲之所以认为祖父母的婚姻比较美满,因为她向往这种诗酒风流的闲适慵懒生活,能整天生活在这种氛围中,她觉得便是色彩鲜明的幸福美满了。

婚后,他们就住在天津的总督府上。张爱玲艳羡的南京大花园,是后来才有的。

初为人妻的李菊耦还带着相府千金小姐的矫情,她不知道怎样给人做妻子，更不知道怎样给人做后妈。对于张佩纶这个人，她确是有一些欣赏的，但是这欣赏算不算爱情，她不知道。

留宿娘家的好日子过了没几年，甲午战争爆发，李鸿章抱养的大儿子准备出任前敌统帅，张佩纶不忘他的清流本色，不顾自己是寄人篱下的姑爷，跳出来谏阻，把大舅子弄恼了。女儿嫁出去了带着姑爷常年住在娘家府上，这个舅爷本来就烦着呢，张佩纶这一招惹，大舅子恼羞成怒，联络了一些官员，状告张佩纶罢黜官员妄论国事，捎带着也参了李鸿章一本，说他容留罪臣。

光绪帝下旨，将张驱逐回籍。

对大舅子来说，这下子政仇家恨一起报了。

让相府小姐回张佩纶原籍丰润贫穷的小村庄，即使张佩纶舍得，李鸿章也不答应。于是，张佩纶带着李菊耦从天津搬出来，一路南下，到了南京，在七家湾租了房屋，在这个地方，一住就是四五年。

女人结婚，原本便是从一个家走到另一个家。

但是，这个家与天津的总督府是无法相比的，实在太寒酸了。七家湾是条小巷，位于朝天宫东南，李菊耦住不惯，内心有委屈，只是深藏着，她不能言说，说出来便是给男人添堵。

好女人都有韧性，忍一忍，一切便过去了。

在七家湾租住了五年之后，他们才重金购下南京白下路著名的豪宅张侯府。

李菊耦有娘家不菲的陪嫁，依照经济实力，刚到南京时买下张侯府这样的大宅院不是问题，也许刚刚受过处分，被皇帝点名驱逐回籍，不敢太张扬，怕惹出更多不必要的事端，他们才低调随便租了个地方隐居下来。

1900 年，他们买下了可以与随园相提并论的张侯府。

张侯府最早建于清康熙年间，经历了无数风雨，也有些破败了。

买下这座宅院后,便是不停地修缮,在原来的基础上,又自建西式洋房和花园,使这座园林建筑变得舒适豪华。张侯府的建筑主要有三幢,摆成了一个品字形,南侧为主楼,两侧分别是东楼和西楼,东西两楼各连着一个花园。李菊耦住在东楼,张佩纶给这栋楼取名叫绣花楼。

搬进张佩纶刚刚买来的这个宅院,李菊耦心情舒畅了许多。比起北方,江南的宅院有灵气,不沉闷,特别是里面的大花园,典雅幽深,曲径通幽,院子中无数开或不开的花,李菊耦根本叫不上名字。

在这里,张佩纶陪伴在她身边,他们远离政治旋涡,除了吟吟诗,喝喝江南不醉人的酒,便是合着写点什么。

雅致闲适的豪门生活其实是脆弱的易碎品,经不起一点天灾人祸的磕磕碰碰。

事实上,李菊耦的婚姻也就幸福了那么几年。

自认为对官场已经失去兴趣的张佩纶,决定陪在娇妻身边安安稳稳过琴棋诗画的慢生活。闲适的慢生活刚起了个头,遥远的北方,八国联军攻陷了大沽口,消息传到南京,远离政治的张佩纶急得咳血,他这才发现,其实自己还没有超脱到两耳不闻窗外事的地步。所以,第二年一开春,张侯府的修建工程还没完工,得到岳父李鸿章捎来的信,要保荐他跟随自己办理合约,他一点都没含糊匆忙北上了,因为是老岳父的召唤,也因为是国家的召唤。

但是,到了李鸿章身边,他发现自己的观点和老岳父根本不一致。阶段性工作完成后,李鸿章保荐他担任四品京堂,他婉拒了。

他知道自己在政治上已经没有前途了,这四品京官不过就是个安慰奖而已,做这个官,就是混点俸禄补贴生活。告老回家虽然落寞,好歹还有点气节,落个耿直的好名声。

告老不过就是借口,其实他刚刚五十挂零,还不算老。

回了南京的家,张佩纶郁郁寡欢,靠着酗酒麻醉自己,这种麻醉,摧残了他的身体。

他也知道李菊耦还年轻,儿女还小,他肩上还有重重的责任,不能随随便便挂掉,却就是放不下手中的酒杯,放下了,便是无限的愁苦。

1903年正月初七,张佩纶带着诸多不舍和无奈,病死在南京的张侯府,这一年,他才56岁。

李菊耦陷入万劫不复的哀痛中。

父亲李鸿章1901年11月逝去,仅仅过了一年多一点,丈夫又走了,她由幸福快乐被人宠着的小女子,一下子变成孤苦伶仃无依无靠的寡女。

那年,李菊耦37岁,儿子张志沂7岁,女儿张茂渊刚刚2岁。

沉睡在旧梦里的精致与没落

张佩纶去世的时候,他的儿子张志沂7岁。

张志沂还有一个名字叫张廷重,1896年,他出生在南京。

李菊耦生育过五次,活下来的只有一双儿女,所以,张志沂是父母的掌上明珠。

张志沂性格的主色调是郁郁寡欢,一张瘦长的脸,永远笼罩着浓浓的烟雨,眼神中充满抑郁。

这抑郁色调最早是父亲带给他的,从他记事开始,张佩纶就开启了酗酒麻醉自己的生活模式,这负面情绪,影响着这个家的氛围。张志沂是个胆小的孩子,他不知道家里究竟发生了什么,阴云笼罩的家,让他感觉沉闷压抑,大气不敢出。

父亲死了,7岁的孩子似懂事不懂事的样子,春节刚过,别人家贴着红红的春联,他们家却里里外外换成了素白色,他和同父异母的兄长张志潜穿上孝服,趴在父亲灵前。

父亲的离去并没有影响他们的生活质量,却影响了他们的幸福指数和快乐指数。

从此,母亲李菊耦便要独自支撑起这个家。寡居的寂寞时光里,感情上必须自给自足,不能依赖任何男人,不能顾影自怜,即使自己的天空阴阴沉沉,也要装出阳光灿烂。

女人当家,首先要让自己从仙女回到繁杂的红尘中,从女神变成柴米油盐的女人。

张志沂亲眼看着母亲从柔弱的小女子变成孤傲的女强人。

他刚出生的时候,李菊耦眉目间是带着笑的。

后来张佩纶官场失意,便爱上了酒,酗酒成了他每天的主要工作,醒来便喝,喝了便醉,醉了便折磨家人,脾气一天比一天大,和当初生活在总督府的张佩纶判若两人。他自言生不如死,一家人更是生活在水深火热中。李菊耦嘴边的那一丝笑便消失了,丈夫颓废败坏的情绪影响着她,她满心的忧愁。

老父亲李鸿章也感觉到了,曾经写信安慰她:"素性尚豁达,何竟郁郁不自得?忧能伤人,殊深惦念,闻眠食均不如平时,近更若何?"

李鸿章疼女儿,让女儿嫁给张佩纶,以为他可以呵护她一生,如今这个样子,让他很失望。他老了,已经没有能力管许多事了,只能在信中安慰一下。

这安慰不过是远方的杯水车薪,解不了李菊耦的近愁。

张佩纶不在了,李菊耦的眉头便彻底上了一把锁。她的柔性美找不见了,那股子沉郁之气拒人千里,亲朋好友都觉得,原本开朗的李菊耦变了性格,她孤僻难懂,连张志沂见了她,都有些怕怕的。张爱玲后来评价祖母中年时的照片,用的词是"阴郁严冷"。

母亲从慈母变成了虎妈,她郑重其事地对张志沂说,你的父亲不在了,你该长大了。

张志沂不明白自己为什么要长大,他还是 7 岁,不可能一下子变成 8 岁 9 岁,不可能变成大哥张志潜那样的大人,岁月不会特别眷顾他,让他立即长成大孩子。

他没有长大,他还是 7 岁的张志沂,和过去没多大区别。

他感觉到,母亲和过去不一样了。她门户紧闭,不允许张志沂走出家门到处乱跑,偶尔可以带着小妹妹在自家院子的花园里跑跑玩玩,更多的时候,则是端坐在书桌前,背书。

背书,背书,背不完的书,他不敢偷懒,母亲时不时会来检查,查他的学习进度。

张志沂是个贪玩的孩子,贪玩的本性他一生都没改过来,直至后来长大成人,娶妻生子,他都不务正业地贪玩,抽大烟,逛青楼,养姨太太,这些纨绔子弟的恶习他一样都不少。

李菊耦从小生长在天津总督府,见过大世面,她最敬佩的人是父亲李鸿章,初遇张佩纶的时候,她一心想把这个才高八斗的大才子培养成父亲那样的人,结婚后才发现,才学和能力其实不是一回事,张佩纶有大才,却只是纸上谈兵的秀才,没有父亲那样的韬略。

她便把希望的目光转向儿子。

把张志沂培养成李鸿章式的人,是她教子的奋斗目标。张志沂身上有着李鸿章的血统,按照遗传概率,多多少少会遗传一点他外祖父的优点吧。

李菊耦天天逼着儿子张志沂背书。

她不知道儿子怎么就那么笨,总是背不好留下的作业,或者他并不笨,只是懒惰,留下的背诵篇目,他经常完不成。

背不下来便打,仆人不敢打,怕得罪少爷,也怕真动手打了,手轻手重的,太太不高兴,于是,李菊耦亲自动手。

棍棒下出孝子,这个延续了几千年的传统理念,被李菊耦虔诚地搬过来教育儿子。

她不知道,棍棒下的孩子,内心会变得自卑、敏感和焦虑。

挨打的时候,张志沂觉得,母亲的心是冷的,是硬的,所以后来他的心也变得冷硬,对妻子,对儿女都是冷硬的,以至于张爱玲不喜欢父亲。

其实,李菊耦亲自动手打儿子的时候,表面上冷酷,心里却是无限不舍和心疼,那是自己的亲骨肉,打在儿身上,哪个为娘的心里会无动于衷?每打一下,她的心便隐隐淌血,可是,她不能停手,不能流泪,不能让孩子看出她的心疼,她望子成龙心切,这个孩子是她全部的希望。

后来,连女仆都看不下去了,觉得太太实在对少爷太严厉了。

若干年后,老女仆回忆起太太教训少爷的场面:"打小就盯着儿子张志沂背书,三爷背不出书,打呃!罚跪。"

这种棍棒教子方式成了张家的传承,因为自己从小受这种棍棒教育,后来对于女儿张爱玲,张志沂也是采取这样一种教育模式,打呃,体罚孩子,不听话就关起来,关三五天不行,就像对待犯人一样,一关便是半年。

张志沂怕挨打,怕罚跪,便拼命背古文,背奏折。

古文背多了,可以出口成章,奏折背多了,做官写公文,可以顺着套路下笔就成文,母亲是用心的,她要为儿子一辈子的生计和命运着想。

古文背得好,奏折倒背如流,在李菊耦看来,这学业便差不多了。外面的世界什么样,她不知道,她以为大清的天下还坚固着呢,儿子将来长大后还要靠着这些古文考秀才，考举人，考进士，考状元，做大官，做像李鸿章那样的大官。看着张志沂坐在书桌前摇头晃脑拖着长腔一唱三叹地读书，李菊耦脸上会浮出一丝久违的笑意。

1905 年，清政府废除了科举，李菊耦想让儿子复制李鸿章政治前途的梦想成了泡影，背书明摆着没很大用了，李菊耦还是让儿子背，她的认知中，只有多背书，才有大学问。当然，她也开始接受西洋现代文明，专门为儿子请来外教，教他学习英语，张志沂的英文成绩不错，除了能说英语，还能处理英文文件、信函，能用一个手指在打字机上打英文字。

见识了太多富家纨绔子弟的败家先例，李菊耦怕儿子出门鬼混，早早地就给他定了一门亲事，女方是一个门当户对的小姐，叫黄素琼，是清末首任长江师提督黄翼升的孙女，广西盐发道黄宗炎的女儿。

光有一个准媳妇牵制是不行的，思想意识教育也要跟上。李菊耦教育儿子，为人处世穿衣装扮都要庄重朴实，在张志沂着装问题上，她所谓的庄重，便是严格按照清朝制定或修订与服饰有关的律法，穿大清的主流服装长袍马褂。她也察觉到家门外面人们的装束在变，从穿衣打扮上，人们已经把即将逝去的这个朝代抛弃了，有些男人已经不再穿长袍马褂了，女子的装束也在变，上袄配下裙的标配服装正被连体裙装取代。

李菊耦不能让儿子被新潮流带坏跑偏，张志沂日常穿着的服装都由她亲自挑选面料，监督设计制作。她监督下人们为儿子做成的衣衫，都是颜色娇嫩的老式服装，鞋子都是满帮绣的花鞋。

李菊耦喜欢怀旧，喜欢五颜六色的丝绸服装。

这一点上，张爱玲也像极了她的祖母，她也喜欢颜色鲜艳娇嫩的丝绸老式服装，到了她长成大姑娘的时候，祖母的那些服饰已经成了完全意义上的老古董,她却毫无顾忌地披挂在身,招摇在街市上,任由别人评头论足,她自己不在乎。

张志沂没有女儿那样的心理素质,这样的一身行头在家里穿穿倒也无所谓,一旦走出张侯府大门,就显得很老土。张志沂已经是一个十三四岁的英俊少年,同龄的孩子都穿着很时尚,有的都开始穿西服了,只有他,穿成遗老遗少的样子,特别是那一双傻呆呆的绣花鞋,常常被人耻笑。这些老土服饰让他变得羞怯,不好意思融入人们中间。这正是李菊耦想要的结果,她就是要让儿子离群索居,免得有机会被别人带坏。

很多事情,是事与愿违的。

张志沂偷偷用自己零用钱买了时尚新款的鞋子,平时藏着,不让母亲知道,出门的时候,便把新式鞋子藏进袖子里,脚上穿着绣花鞋,走到二门山,停下来驻足四下打探,看看母亲有没有跟在身后,确信没人发现他,再偷偷换下来。

其实家里的仆人保姆都在走马楼窗子里悄悄看着呢,他们偷偷笑,却不敢让太太看见,如果太太看到了,不但张志沂要受罚,他们这些知情者也不会轻饶。

从外面回来,走到二门山,他又把绣花鞋换上。

张志沂不愿让母亲管着,又离不开母亲的管理,他是个没有主见的孩子,一生都长不大。

1911 年,辛亥革命让大清王朝的遗老遗少们受到冲击,他们纷纷蛰居到青岛的德国殖民地寻求庇护,李菊耦也把家从南京搬到了青岛,转过年看形势安定下来,又从青岛搬到上海。四处颠簸的日子损害了她的健康。

李菊耦没有熬到张志沂长大娶妻,她染上肺病,一病不起,1912年在上海病逝,去世的时候不过 46 岁。

张志沂15岁,妹妹张茂渊11岁,兄妹成了孤儿。

两个孩子没有劳动能力,母亲留下的钱财是有的,被同父异母的大哥张志潜掌控着,大哥还没有和他们分家,他们依旧和张志潜生活在一起。

和张志潜搭伙过日子并不幸福。

张志潜已经30多岁了,比张志沂大十六七岁,是张佩纶原配夫人朱芷芗的儿子。后妈李菊耦活着的时候,对他并不好,所以他和后妈的关系有些淡。不过,张志沂和张茂渊是他的同父异母弟弟妹妹,他还是要尽大哥的义务,该管还得管。

张志沂知道这个兄长并不喜欢他和妹妹,他还是将就着和他混在一起,他需要靠兄长管理,他觉得自己还没长大。

兄长毕竟不是父母,更何况他们是同父异母的关系。张志潜懒得在管教张志沂问题上操心费力,他又不是3岁的小孩子了,还用得着那么琐碎?

缺乏了管教,张志沂像脱缰的马,他不着调的本性开始显山显水地暴露出来。

母亲李鞠耦活着时候的许多教诲,张志沂差不多都忘光了,只有一项他还牢记着,就是每天饭后"走趟子"的习惯。这习惯是李鸿章的健身绝招,被李鞠耦从娘家和嫁妆一起带了过来,并要求儿子继承发扬光大。所谓的"走趟子",就是每每吃完饭,便绕室徘徊踱步。对张志沂的要求是,一边踱步还要一面背诵古文。母亲不在了,张志沂饭后一推饭碗,依然站起来"走趟子",但是省略了背诵古文的环节。张爱玲记忆中,经常看到父亲围着铁槛一遍遍无休止地转圈,像一只永远走不出牢笼的困兽,他一辈子都在原地走着,一辈子都是一个不靠谱的长不大的懦弱懵懂少年。

张志沂拒绝成长,拒绝成熟,他喜欢用青春赌明天,但是,岁月是无情的，日子悄无声息地在日晷的光影中一寸寸移走不见了，一晃他到了结婚年龄。许多男人婚前长不大不靠谱，走入婚姻便能戒掉诸多坏毛病。

1915 年，19 岁的张志沂和黄素琼完婚。

确实，有了婚姻的羁绊，张志沂不着调的毛病稍稍好了一些。生了女儿张爱玲和儿子张子静之后，他多少也有了一些责任感。

懦弱的男人都离不开爱，张志沂也一样。

有了老婆孩子，他感觉到了温暖，他甚至想靠自己的能力养活自己的家。

于是，张志沂一生中第一次也是最后一次走上社会，找到了一份体面的工作。

他的堂兄张志潭曾任北洋政府内务、交通总长，1923 年，经过张志潭介绍，张志沂有了一份收入不菲的工作，到天津津浦铁路局当英文秘书。这点工资和他从母亲那里继承下来的财产相比，算是九牛一毛，但是，自己工作挣来的钱，和父母给的钱，花起来感觉不一样。

就职之前，张志沂与同父异母的兄长张志潜分了家，然后带着妻儿，离开上海的家，赶赴天津工作生活。

虽然从小生活在南方，但对天津这座北方城市，张志沂不陌生，那里是李菊耦的娘家，小时候，张志沂经常跟着母亲回姥姥家。

因为是交通总长的亲堂弟，到了工作岗位，从上到下都高看他一眼。铁路局的英文秘书不过是个闲差，那个时代，有多少外国人和铁路局打交道啊，张志沂便闲待着。渐渐地，他变得自由散漫，想上班就上班，不想上班就到处闲逛，铁路局领导对他也无可奈何，因为他是上级领导的亲戚，谁敢得罪他呀？

闲来便生事，特别是像张志沂这种从来不肯用自己的脑子想事的人。他分辨是非、辨别好坏人的能力，不过就是初级水平，像个青春期的叛逆少年，他被狐朋狗友带着，利用旷工时间，吸大烟，逛青楼，还包养了一个姨太太。

在单位，散淡一些也就罢了，顶多也就被同事们视作工作不认真，只是工作态度问题。

张志沂后来上演的系列闹剧，让人们彻底对他失望了，失望之后，他在人们心目中的形象一落千丈。

他包养的姨太太来自青楼，是个年岁老大不小的强悍女子，这个老妓女阅人无数，大概看穿了张志沂永远长不大的没主见和懦弱，从交往的那天起，就从气势上把这个嫖客打压下去了。一旦有什么地方招惹到她，姨太太便大打出手，有一次居然把张志沂的头打破了。

张志沂总是伤痕累累，新伤套旧伤地去单位上班，成为同事们耻笑的对象，几乎所有人都知道，交通总长的堂弟养了个老妓女，天天挨妓女的打。

堂兄躺着中枪，吃挂落跟着他被人们耻笑，大家私下议论，总长家族怎么出这种货色啊。

1927年初，张志潭这棵大树倒了，他被免去交通部总长之职，赋闲回家练书法。张志沂没了靠山，在津浦铁路局干不下去了，只好辞职，带着一家人重回上海的家。

说是一家人，不过就是他和一双儿女，那时候，张爱玲的母亲黄素琼因为忍受不了丈夫抽大烟、养姨太太的恶习，已经远渡重洋，到国外留学去了。

张志沂泪湿信笺，给远方的妻子写信：亲爱的回来吧，我从此戒烟，姨太太也赶走，只求你回家。

说这些话的时候，张志沂并没有走心走脑，即便是自己说的，像一个孩子想要糖果的时候说几句好听的话,一旦糖果弄到手,他说的什么,自己早就忘了。

踏着三寸金莲横跨时代

张爱玲的母亲黄素琼是个公认的美女。

她的美,有些西洋女子的感觉,高高的鼻梁,凹进去的大眼睛,薄薄的红唇,很像混血美女。但是她的血统中似乎又没有寻找到与西洋有瓜葛的成分。

她和张爱玲的父亲同年,两个人却像是不同时代的两代人,一个向往自由的新生活,漂洋过海去国外读书;一个缩在前清遗老遗少的硬壳中坐吃山空,永远不肯从陈旧的壳子中走出去接受新时代。

两个人的结合是历史必然,两个人后来的分手也是历史必然。

张志沂虽然热衷于逛青楼,包养姨太太,喜欢泡各类的妞,但是,他应当是爱过黄素琼的,只是黄素琼太有个性,太强势,他本来就是个软弱的人,在她面前更显懦弱,只有花钱泡妞,才能寻找到男人的心理平衡。

黄素琼爱过张志沂吗?

张爱玲对于父母的爱情,没有给出更多的答案。

他们的爱与不爱,她从很小的时候就已经不在乎了,所以,她不探讨父母爱情问题。

或许,黄素琼早期也是爱过张志沂的,至少刚结婚的时候,他们曾经有过一段幸福快乐的生活。

黄素琼祖上也是做官的,祖父黄翼升祖籍湖南长沙人,是长江七省水师提督,曾是李鸿章的得力部下,有三等男爵爵位。

后来黄翼升的独子，也就是黄素琼的父亲黄宗炎世袭了爵位，赴广西出任盐道。

黄宗炎作为黄家的独生子，承担着传宗接代的重任，家里的妻妾们压力越大，越生不出一男半女，眼看广西赴任的日期临近了，深谙以大局为重的大太太匆匆从老家长沙买了一个乡下女子，来给他做妾。

这个小妾肚子很争气，很快就有了身孕，黄宗炎长松一口气，踏踏实实去广西上任了。一路劳顿，黄宗炎辗转到广西便水土不服，加上身体抵抗力很差，不久就染了瘴气，死在了工作岗位上，死的时候仅仅30岁。

黄家的独子死了，一家人把所有的希望都集中到乡下小妾的肚子上，这个小妾成为全家呵护的对象。

好不容易盼到了临盆的日子，大太太带着几个姨太太在产床边督阵，她似乎比产妇还紧张，因为不知道这个小妾究竟是生男还是生女，她紧张地念叨："如果生个女的，黄家的香火就断了。"千呼万唤的，孩子算是生出来了，接生婆说："恭喜，是个千金。"这个千金便是黄素琼。一听是女孩，大太太失望得差点没背过气去。接生婆说："莫慌，里面还一个呢。"大家立即打起精神，把最后的赌注押在肚子里没生出的另一个上，刚生出的女孩被人们忽略到一边。片刻，另一个降生了，居然是个男孩。

这对双胞胎的待遇大概是不一样的，作为不能为黄家传宗接代的女孩子，黄素琼和弟弟相比，应当是不受重视的那一个。

黄素琼没见过父亲的模样，母亲去世也早，很小的时候她和弟弟就成了孤儿。虽然管着大太太叫妈，其实他们是没妈的孩子。养母给予的爱，和亲妈是不一样的。

她的婚姻是大太太一手包办的，婆婆李菊耦活着的时候，就和大太太为她和张志沂定了亲。

没出嫁的时候,人们都说大太太为她选了个好婆家,门当户对的官宦之家,黄素琼的爷爷黄翼升和张志沂外祖父李鸿章还是好友,门户相当,两个人年岁相当,样貌相当,嫁给这户人家,黄素琼一生会很幸福。

出嫁的时候,黄素琼是带着对美好生活的憧憬走出花轿的。

为她揭盖头的张志沂一表人才,戴着眼镜,穿着长衫,长得斯文帅气,这一点上,大太太没看错。

在别人眼里,他们是很般配的一对"金童玉女"。

黄素琼对他的样貌是喜欢的,就像他喜欢自己一样。

出嫁的时候,娘家给了黄素琼一些嫁妆,媳妇带来的嫁妆,一般就属于和丈夫的共同财产了,比如她婆婆李菊耦,从娘家带来的巨额陪嫁,成了张家的财产,连张佩纶前妻生的儿子,最终分割财产的时候,都有份。但是,张志沂似乎对黄素琼带来的嫁妆不感兴趣,他很尊重她,让她自己掌控着,这一点上,黄素琼很满意,以为这个公子哥的思维方式很前卫,主张男女平等。其实并不然,那个时期的张志沂还有不少母亲留给他的财产,他还没把黄素琼的那点陪嫁看在眼里。

度过新婚蜜月期,便开始走向柴米油盐的生活,黄素琼才发现,自己嫁的这个人,为人处世和他的样貌不成正比,这个男人撑不起一个家,他居然抽大烟,富家公子哥身上的许多恶习,他几乎都有。

后来,她发现了更不能令她容忍的,张志沂还偷偷逛窑子!

顿时,张志沂的形象在她心目中无限缩水。

之后便是满心的失望和伤心。

黄素琼是个需要温暖的女子,因为从小没了父母,她从小到大没尝到过多少人世间的温暖。以为嫁了人,丈夫会给自己温情,但是,丈夫却是这等样子。这是自己的命吗?

结婚几年后，女儿张爱玲出生了。

这是个非常可爱的小孩子，她粉嫩粉嫩的，小脸胖嘟嘟，弯弯的眉毛下一双机灵的眼睛，总像在探寻这个世界上她不知道的奥秘。

女儿是一付治疗痛苦的良药，看到她呆萌萌的样子，黄素琼心中便平静下来，暂时不去想丈夫带给她的诸多不快。

但是，夫妻吵架的事情几乎每天都要发生，有时候吵得天昏地暗的，吓得孩子哇哇大哭。孩子的哭声并不能制止他们的争吵，只会让那个局面更加喧嚣混乱。

张志沂个子高高的，性格却不像男子汉，懦弱没有远见，生活上及时行乐，很中庸的一个人。黄素琼则与他恰好相反，她骨子里是湘妹子的刚烈，张爱玲的弟弟张子静回忆母亲，也说她"要的东西定规要，不要的定规不要"。

世上的姻缘大都不是十全十美，缘分让这一对冤家聚到一起，性格的差距，人生观的不同，让他们在这桩看似美满的婚姻中痛苦挣扎。

在无休止的争吵中，黄素琼又怀孕了。

女儿刚刚六个多月，却又有了身孕，黄素琼无奈地生下了这个孩子。

一年之后，张爱玲的弟弟张子静出生了，这是个漂亮的男孩，长得浓眉大眼，虎头虎脑，比姐姐还可爱。

家中有了两个嗷嗷待哺的婴幼儿，一对小夫妻暂且把矛盾收藏起来，开始尽他们为人父母的责任。

张志沂多少也有了一点责任心，他甚至通过堂兄，在天津津浦铁路局找到了一份工作。

丈夫要出去工作了，这个变化给了黄素琼惊喜和希望。她从结婚那天起，就盼望他走出家门，找一份体面的工作。其实，轰着他外出工作不是为了挣几个钱,他们的生活不差这几个钱,而是为了证明他的能力,也是对家庭的一份责任和担当。

一家人要北上了,上海的这个家和同父异母的兄长还没分清楚,他们先分了家。分家过程很是繁琐,因为李菊耦从娘家带来陪嫁的财产还有很多,张志沂在许多事情上都浑浑噩噩糊里糊涂的,据说,哥哥张志潜分得的比弟弟还多,虽然分得不均,分到张志沂名下的,还有不少房产地产。

1924 年,一家人从上海搬到天津。

那年,黄素琼 28 岁。

她依然年轻美丽,这个来自大上海的大户人家太太,在北方城市愈发显出南方女子的风韵和另类气质。

他们住在法租界一个宽敞的花园洋房里,家中雇佣着一群佣人,张志沂的工作不过就是一种消遣,他挣得钱还不够那些佣人的工资。

民国时代的天津是北方的花花世界,法租界是天津的九国租界中发展繁荣的租界,与英租界毗邻位于天津紫竹林附近,夜色降临,街面上霓虹闪耀,红男绿女在交际场喝洋酒跳探戈,张志沂是禁不住这种诱惑的,他交往了一帮酒肉朋友,过上了花天酒地的奢靡生活。

当然,这种奢靡包括了泡大烟馆,逛妓院,甚至包养二奶。

张志沂在堕落,无可挽回地一步步走向深渊。

黄素琼想挽救他,挽救他就等于挽救一个家。但是,她不是那种会驾驭男人的女人,她治理男人的手段就是吵架,非常强悍地大吵大闹。

张志沂已经摸清了黄素琼的套路,在她那儿没新鲜的,就是哇啦哇啦不住嘴地争吵,她大吵大闹的时候,他便躲。他从来不认为自己有什么过错,他交往的那些有点祖产的男人,哪个不是三妻四妾的,他不过就是泡泡妞,养了个二奶,也没敢往家里领,在外面租了个小公馆养着呢。

张志沂和黄素琼的矛盾越来越深,对于这个扶不起的阿斗,黄素琼已经没了感情。五四运动已经影响到这一代女性,她属于觉醒的那一类新派女子,她从灵魂到服饰,都装扮成了新女性的样子,只有一双被缠裹过的脚,带着旧时代浓重的痕迹,永远去不掉。她最痛恨嫖娼养姨太太的男人,偏偏自己就遇上一个。

张志沂觉得妻子不可理喻,我虽然嫖娼养姨太太,但我依然爱你,你大老婆的地位就在那里,这还不够吗?

黄素琼想要的是纯纯的爱情,她不能忍受丈夫的堕落和浪荡,于是,她毅然决然,提出要跟小姑子出国留学。

此时,张爱玲的姑姑张茂渊正准备到英国读书,黄素琼想借机逃离这个无爱的家庭,他对张志沂说出的理由是,小姑子一个人到那么远的地方她不放心,要做小姑子出国监护人,陪伴她一起去。

其实,她更是一个母亲,她的两个年幼的孩子更需要她监护,对于这个"离经叛道"的妻子,张志沂有一万个理由不让她去。

但是,张志沂却痛痛快快地答应了。

张志沂为什么放黄素琼走,局外人看不懂。

他是娇宠妻子,她想做什么就让她做什么?

不排除有这方面的成分,但肯定不完全是。或许,更重要的原因在于,她的吵吵闹闹早就把他弄烦了,她的强悍让他惧怕,她离开一段时间正合他的心意,这样,就可以无拘无束地逛妓院养姨太太了。

后来的事实证明,黄素琼一离开,张志沂更加有恃无恐,明目张胆把姨太太接到家里居住。

黄素琼这一走,冷得不是丈夫的心,而是儿女的心。对于自己的亲骨肉,她也是不舍的,所以,临行之际,张爱玲看到母亲伏在床上痛哭,久久不愿离去。

人生不能两全,她必须抛弃一方。

她选择了抛弃儿女情长,抛弃自己的家,逃出桎梏去寻找自己的新生活。

出国留洋后,黄素琼便把自己的名字改为了黄逸梵,很西化很洋气的一个名字,和她的模样很搭。

在国外,她学油画,学艺术,虽然脚下是三寸金莲,却阻挡不住她跳交际舞,阻挡不住她去阿尔卑斯滑雪,阻挡不住她从一个国家到另一个国家,走遍千山万水。

她结识了徐悲鸿、蒋碧薇、常书鸿、胡适等一批大腕级人物,在巴黎的时候,她是徐悲鸿楼上楼下的邻居,和徐悲鸿的妻子蒋碧薇关系很好,徐悲鸿和蒋碧薇闹矛盾,蒋碧薇便到二楼的邻居黄素琼家里凑合一夜。

黄素琼在国外的生活丰富多彩,她只是偶尔在深夜想想自己那一双儿女,至于张志沂,她差不多已经把他忘了。

一晃便是四年。

那天,她突然接到一封从天津寄来的信。

信是张志沂写的,他很少给她写信,很少写带有感情色彩的信。他身边不缺女人,除了姨太太,还有诸多的青楼女子,他忙着呢。

那封信却是一封情意绵绵的情书,张爱玲还隐隐能记起那封信的只言片语:

才听津门(金甲鸣),
又闻塞上鼓鼙声
书生(自愧只坐拥书城?)
两字平安报与卿。

括号里的字是什么,张爱玲记不起来了,便自己填上了这些词。

这封情意绵绵的信,让黄素琼想起远隔重洋的那个家。

此时的张志沂已经丢了天津的那份工作,姨太太因为经常对他实行家暴,也被张家的本族侄子们赶跑了,他想自己戒掉鸦片烟,因为用药过量,差点丧命。孤独寂寞中,他想起了已经离家多年的妻子,便写信请她回家。

张志沂在信中信誓旦旦,说他以后要痛改前非,不抽大烟了,不逛青楼了,不养姨太太了,总之,要按照黄素琼定制的最新版本修正一切缺点和错误,做让老婆满意的好男人。

黄素琼在家庭的召唤下,在亲情的召唤下,离家四年之后,重新回到家中。

家还是那个家,只是又被张志沂败了四年,财产又缩水了。

丈夫还是那个丈夫,几年过去了,他一直停留在原地没动,但是,黄素琼经过四年的留学,已经远远把他甩在了后面。

一双儿女还是没长大的孩子,个子却是长高了不少。那天,张爱玲跟着父亲去码头接从国外回来的母亲,因为个子长高了许多,一身旧裙装紧紧裹在张爱玲身上,胳膊都舒展不开。黄素琼心疼地牵着女儿的小手,下船后说的第一句话就是:"怎么给她穿这样小的衣服?"

只有亲妈才有这样挑剔心疼的目光。

张爱玲眼中的母亲变得更漂亮了,回到家中,她在绿短袄上别上翡翠胸针,她弹琴唱歌,孩子们快乐地在狼皮褥子上滚来滚去。

重新回来的母亲是家里的女王,她强迫张志沂到医院戒毒,指挥着仆人把家搬到了陕西南路宝隆花园,在家中的客厅时不时举办家庭舞会,邀请客人来家中弹琴诵诗。她还不许张爱玲缠足,让她学英语、弹钢琴。

她要过的是一种西式开放自由的文明生活,这和思想观念传统守旧,停步不前,滞留在时代最后面的张志沂是完全冲突的。

黄素琼定的各种规矩,很快就让张志沂有了强烈的约束感,自从母亲离世后,从来没人这样管理过自己,他已经无拘无束放荡惯了,在所有的问题上,他和黄素琼的观点都不一致。

一个家庭的和谐,很大程度上是彼此之间的妥协。

性格强势的黄素琼坚决不会向张志沂妥协,她觉得,真理在自己这边,她不能低下高昂的头颅。

天性懦弱的张志沂对自己不愿做的事,便采取软磨硬泡磨洋工的方式,小时候母亲让他背书,他就是这样消极怠工。

从国外回来的时候,黄素琼曾告诫自己要保持绅士态度,要做淑女,不再和张志沂吵架,有话好好说。

回家没过多久,便忍不住又吵起来。

争吵似乎也会上瘾,只要第一次开了头,便会有第二次第三次。

生活又回到了几年前的样子,争吵成了家庭生活的主旋律。

张志沂又回归到从前颓废荒唐没落的纨绔子弟形象,他信中承诺的那些统统作废了。

这不是黄素琼想要的生活,她厌倦了,便毅然提出离婚。

张志沂把妻子叫回家,不是为了离婚,但是,黄素琼去意已决,他只能被动接受。

被时代抛弃,被妻子抛弃,被儿女抛弃,张志沂注定是要被抛弃的,他早就落伍了。

告别失败的婚姻,黄素琼后来的生活未必轻松。她拖着三寸金莲,又踏上去国外的旅程,后来的岁月中,她也寻找过爱情,也和别的男人同居过,最终并没寻到属于自己的真爱。最后,孤苦伶仃客死异国他乡。

母亲这次回国,离婚,让张爱玲心中的母亲彻底走下神坛。

对于母亲，张爱玲的感情非常复杂，她有爱，也有恨。

她曾经写过这样一段文字：

有两种女人很可爱，一种是妈妈型的，很体贴，很会照顾人，会把男人照顾得非常周到。和这样的女人在一起，会感觉到强烈得被爱。还有一种是妹妹型的，很胆小，很害羞，非常的依赖男人，和这样的女人在一起，会激发自己男人的个性的显现。比如打老鼠扛重物什么的。会常常想到去保护自己的小女人。还有一种女人既不知道关心体贴人，又从不向男人低头示弱，这样的女人最让男人无可奈何。

在她的心目中，母亲不是妈妈型的女人，因为她不会体贴照顾人；当然也不是妹妹型的女人，她不依赖男人，不会撒娇哄男人高兴；她是第三种女人，这样的女人男人无可奈何，孩子也不喜欢。

张爱玲的作品中塑造过许多母亲形象，她们大都自私自利，崇拜金钱，大都是一些缺乏母爱的有缺陷的母亲。

父母离婚，给她带去了太多的伤害，以至于她的性格变得高冷孤僻，自卑自负，特立独行。

关于一块淡红霞帔的记忆

在张爱玲的家庭中，每一个女性都是那样独立有个性。

张茂渊，张爱玲的姑姑。她是李鸿章的亲外孙女，是真正的大家闺秀。

与民国时期的许多女性相比，张茂渊不是那种惊才绝艳的女子。她端庄美丽，有海派女性的浪漫前卫，也有知识女性的深沉内敛。

她见识过旧时代贵族家庭纸醉金迷的奢华，见识过西方世界的异域情调,虽然和哥哥张志沂是同胞兄妹,因为她接受了新思想,与传统守旧的兄长相比,她是追求新事物的新女性。

她孤芳自赏,因为她天生孤独。

2岁丧父,11岁丧母,没有父母疼爱的孤女,该是怎样的孤独。唯有孤芳自赏,才能支撑起她面对世界的勇气。

她特立独行,从不轻易向命运低头。

那个旧式家庭的底色铺就了张志沂的人生路,张茂渊却摆脱了那个底色的浸润。父母还没有来得及把她培养成三从四德的大家闺秀,便匆匆离开人世,她的人生要靠她自己去思考,去拼搏,奋斗。

她看似自私冷漠,内心也有一份火热的情。

对侄女她是有疼爱之情的,从张爱玲身上,她看到了童年少年时代的自己。

对嫂子她是有闺蜜之情的,她们相伴远渡重洋,因为她们曾经有过一样孤独的童年。

对恋人她是有磐石般爱情的,她为李开弟坚守52年,等到78岁,才等来一场迟到的婚礼。

张茂渊是民国时代真正的小资女子,她的小资情调比张爱玲的母亲拿捏得要准得多,浓得多。

1912年是中国历史上一个非常重要的年份,最后一个大一统封建王朝清朝土崩瓦解,末代皇帝溥仪在养心殿里举行了最后一次朝见礼仪,灰溜溜地退出历史舞台。以孙中山为首的南京临时政府成立,改国号为中华民国。

这些国家大事对于11岁的小女孩张茂渊来说,一点都不重要,这一年,她生命中的大事便是母亲的离世。

母亲李菊耦去得匆忙,虽然她的肺疾已经有很长时间了,没想到突然病情加重。临走前,李菊耦拉着一双儿女的手,万般的不舍,她对人世间最大的牵挂便是他们,特别是女儿张茂渊,还是一个纤瘦的小孩子,离开母亲温暖的怀抱,她怎样活下去?

张茂渊必须活下去,她比母亲想象得要坚强。

同父异母的兄长不会给她温暖,一奶同胞的兄长不懂得给她温暖,人情冷暖最能淬炼人的韧性和意志。她是一朵寒冬的梅,愈冷,便开得愈艳。她最温暖的记忆,永远停留在对南京那个花园那些鲜花盛开的春日的美好依恋中。后来,张爱玲在她的文章中写道:

"我姑姑对于过去就只留恋那园子。她记得一听说桃花或者杏花开了,她母亲就扶着女佣的肩膀去看……"在南京的这所带花园的大房子里,张佩纶夫妇不但合写了一本食谱,而且还合著了一本武侠小说,其"诗酒风流"的豪门生活真是雅致!

在别人眼里,张茂渊忽然就长大了。

她从小女孩一下子就长成了美丽可人的大姑娘,貌似中间省略了少年这一段。

没有父母的督促,张茂渊并没有荒废学业。母亲在世的时候,对哥哥张志沂在学业上万般重视,一心想让这个儿子成为栋梁之才,对于女儿张茂渊,她却没有那么严格,一个小女子,长大了嫁人便罢了,识字越多,心中越苦。在这一点上,李菊耦是深有体会的,她痛恨男女不平等,自己的经历让她深深悟出,作为那个时代的女子,纵有满腹才华,纵有那样的家庭背景,最终也只能嫁做人妇,一生的天地不过就是一个家。

尽管知道女儿家长大了,不过就是嫁人这窄窄的一条路,李菊耦却没有把女儿向着淑女的方向培养。女儿出生后,李菊耦没有给她取花花草草的女性化名字,而是取名叫张茂渊,单看这个名字,没人知道这个孩子是小姐还是少爷。张茂渊小时候,不仅仅名字是男性化的,穿衣打扮也是男性化的,母亲从来不给她穿女孩的裙装,她一出生就穿男装,家里人都叫她少爷,所以外人都以为,她是张家的小少爷。"三从四德"、"女儿经"那一系列培养淑女的经典,她从来没学过;稳坐绣楼,描龙画凤学做女红之类的硬功夫,她一样都没有掌握。

大约李菊耦觉得,他们家的闺女是不愁嫁的,普通百姓家极力把女儿打造成淑女,还不就是为了嫁个好郎君?凭着他们殷实厚重的家底和高贵的贵族基因,张茂渊不愁嫁不出去。

李菊耦告诉家里所有的人,将来张茂渊的婚事,让她自己拿主意。

这等于是给了张茂渊一个婚姻自由的尚方宝剑。

小姐当做少爷养着,于是,这个张家大小姐的性格中便有了明显的阳刚之气。和哥哥张志沂相比,反倒是哥哥更懦弱没主见,妹妹在许多大事上替哥哥拿主意。

母亲给张茂渊创造了宽松的成长环境和学习环境,她自由自在,想读什么就读什么,因为毫无压力,她反而更喜欢读书。

身着男装的张茂渊一天天长成了大姑娘,女孩子的特征越来越明显,即使一身的男装,也掩不住她凸凹有致的身材,她一下子从少爷变成了小姐。

换上女装的张茂渊原来这样美。

她出落成了一个身材颀长的小美女,一袭素色旗袍,勾勒出迷人的曲线美,她的头发早就剪成了时尚的齐耳短发,鼻子上还架上了一副眼镜。既有素雅庄重的女学生气息,又有与生俱来的高贵不俗气质;既有古典女子的温婉秀雅,又有新女性的落落大方。

腹中有书气自华,这话用到张茂渊身上很贴切。

因为从小被扮作男孩，她没有女孩子的娇气，当然，也没有男孩子的叛逆。

她的思想与哥哥完全不同，哥哥是个守旧的人，没什么远大理想，就想着坐在祖宗留下的家业上吃喝玩乐。张茂渊心气比哥哥高，她想用知识改变当下的命运。

走进民国，许多女子摆脱了封建桎梏，她们既承载着旧传统的沉静温婉，也有新女性的大胆热烈。新女性是耻于做花瓶的，对于美丽的女孩子来说，嫁人，做少奶奶，是一条通向幸福生活的捷径。但是，张茂渊这样的新女性，读了很多书，古书新书都读过，据说女人读书越多，身上有了些诗书才气，对这个世界的期望值就越高，她的梦中情人，也便不再是世间的凡夫俗子了，兄长们替她介绍的那些满身腐旧气息的男人，她是连看都不正眼看一眼的。在婚姻上，她是要自己做主的，母亲在世的时候，就承诺，将来她的婚姻自己说了算，母亲不在了，承诺还在，谁敢逼她随随便便嫁出去。

哥哥结婚了，娶回黄家大小姐。

张茂渊虽然和哥哥说不到一起去，和新娶回来的嫂子黄素琼却有共同语言。

嫂子兰心蕙质，美丽大方，虽然算不上才华横溢，也算是有文化的新女性。她们身上，有许多共同点：都是出身豪门的大家闺秀，都是很小的时候成了孤儿，都是喜欢耽于不切实际幻想的新女性，都有些小资情调。许多事情她们都能一拍即合，姑嫂之间很快就成了闺蜜。

张茂渊从来看不惯哥哥张志沂的不靠谱，后来他在天津津浦铁路局找到工作，她真心实意替哥哥高兴。

哥哥有了工作，他们一家便要搬到天津去住，于是便涉及和同父异母的哥哥分家的问题。同父异母的哥哥张志潜掌管这家中全部财产，其中大部分都是李菊耦从娘家带来的陪嫁。分家的时候，张志潜准备多占一点财产，张志沂天性软弱，不敢过于争辩，怕和兄长撕破脸皮。张茂渊却坚决不同意，她请了律师，准备和张志沂一起起诉张志潜，打一场轰轰烈烈的财产争夺战。

官司还没打起来，张志沂悄悄偃旗息鼓了。

张志潜一得到弟弟妹妹要和自己打官司的消息，立即找到张志沂，告诉他，他们哥俩才是统一战线，妹妹张茂渊是个外人，她迟早要嫁人的，嫁了人财产迟早是别人家的，所以，张家的财产一点都不能给她。

张志沂听了张志潜的话，他们结盟到一起，合力排挤张茂渊，把属于她的那一份财产分割掉，自己占有了。

于是，张茂渊名下什么都没有了。

这不是一般的家产，按照张志沂的儿子张子静：《我的姐姐——张爱玲》回忆的张志沂的家产情况，"至少1935年左右，他在虹口还有八幢洋房，也还有一些田产和骨董"。另外青岛还一幢洋房是属张志沂与哥哥共有的。这是张志沂吃喝嫖赌败家多年之后的财产情况，可想当初分家的时候，张志沂得到了多少家产，这其中便有一部分属于张茂渊的。

张茂渊名下没有任何属于她的财产，当年，母亲用心良苦地把她当男孩子养着，她毕竟不是男孩子，即使穿少爷服装，她也不是少爷。

哥哥们说，她以后嫁了人，就不是张家的人了。只有张家的男人，才算张家人。

从此，张茂渊对张家的男人无比痛恨，包括她的亲侄子，张爱玲的弟弟张子静，也被她当做张家的男人疏远着，冷落着。她搬出张家独立生活后，从来不留这个亲侄子吃一顿饭，不论这个孩子多么可怜多么无助,她都表现得格外冷漠甚至冷酷,她不能同情他,因为他是张家的男人。

虽然她名下没有财产,但是,在她没有搬出张家之前,她的学费和生活费哥哥们还是要负担的,她依然是张家的大小姐,手头应该是不缺钱的,否则,去国外留学的费用从哪里来?

也就是说,张茂渊名下没财产但是从来不缺钱,张爱玲的母亲黄素琼也从来不缺钱,黄素琼的养母去世以后,她就和孪生弟弟把祖上的财产分了。在这一点上,她们比张爱玲好得多,张爱玲经历过手中无钱的困顿,所以她在金钱上算计得很清楚,姑姑张茂渊笑话"不知你从哪儿来的一身俗骨"。张爱玲也默认自己在乎金钱,她回应姑姑:"我本来就是一个俗人。"

张家,是不属于自己的,张茂渊一心想逃离,除了出嫁,另外一条路便是出国,她选择了出国留学这条路,嫂子黄素琼立即响应,以做张茂渊出国留学监护人的身份理由,姑嫂一起踏上留洋之路。

当航船驶离海岸,张茂渊感觉自己自由了,身心放空了,一下子轻松了起来。站在船舷旁,吹着咸咸的海风,看远方清一色的海天,张茂渊一开始还沉浸在获得自由的兴奋中,很快她就晕船了,开始呕吐。黄素琼也有些晕船,她根本顾不上照顾小姑子。

李开弟便是在这个时候出现在了张茂渊面前,他主动照顾晕船的一对姑嫂。张茂渊被这个英俊儒雅的青年吸引,漫长的旅程中,她慢慢了解了他,他是上海嘉定人,毕业于南洋公学,这次出国是因为获取公费留学生的名额,前往英国曼彻斯特留学。

帅气的才俊历来被女孩子所倾慕,张茂渊虽然从小被母亲当男孩子养着,却掩不住她青春女子的天性,她喜欢上这个青年才俊。女人一旦爱上一个人,便会不知不觉显示出她柔媚的一面。张茂渊假小子那一面被爱的火焰烧去了,在李开弟面前,她是一个温婉美丽还有些知性的大家闺秀形象,李开弟也喜欢她,还把一块淡红色的霞帔送给她。

聊天中,李开弟得知这个大家闺秀居然是李鸿章的亲外孙女,他立即情绪低落了,这个热血青年认定了李鸿章是卖国贼,自己怎么可能喜欢卖国贼的外孙女?再加上他早就被父母定下了一桩娃娃亲,于是,美好的情感大戏还没正式开场,李开弟便毅然退场了。

后来,李开弟娶了父母为他包办的那个女子。

他告诉张茂渊:"我们今生无缘,不要等我。"

张茂渊淡定地说:"等不等是我自己的事,今生等不到,我等来世。"

那块淡红的霞帔被她珍藏起来,她对李开弟的爱也珍藏起来。

张爱玲见过姑姑那块霞帔,"姑妈一直珍藏着一块淡红色的霞帔,如珠如宝,外人是动不得的"。

那块霞帔是张茂渊的爱情信物,封存起来,自己也很少动,别人当然动不得。

既然和自己心爱的人做不成爱人,就做他的红颜知己。

50多年的时间,她以朋友的身份出现在李开弟的生活中。甚至回到上海后,他举办婚礼的时候,她盛装到场送上祝福,尽管心在流泪,脸上却是淡淡的笑意。

张爱玲说:"所谓爱情,有时候不过就是在友情上点一粒胭脂。"

张茂渊明确地知道自己心底对李开弟是爱的,却要把爱情当做友情来经营。

李开弟或许也是爱张茂渊的,当张茂渊拜托李开弟在香港做张爱玲在香港大学读书的监护人,李开弟尽心尽力,做到了极致。

有人说张家人性格冷硬,为人薄凉,没有朋友;有人说张茂渊是个冷默、无情、自私、世俗的女人。她的冷硬只是没遇到对的人,一旦遇见,便是一往情深。

上海解放后,李开弟在上海机械进出口公司从事外贸工作,张茂渊也留在了上海,他们延续着深深的友情,共同经历了人生无数的曲折。李开弟妻子生命中最后的几个月,儿女不在身边,也是张茂渊陪伴在她身边。

她对李开弟的深情,感天动地,也感动了一生中隔在她和李开弟之间的这位善良女子。她临终前对张茂渊说:"你和李开弟是情投意合的一对,你作为他的初恋情人是那么地专注于爱情,我过世后,希望你能和他结为夫妻,以了结我一生的夙愿,否则我在九泉之下会死不瞑目。"

爱了一生,等了一生,他们是有缘人,张茂渊算是幸运女子,50多年的等待,总算给了她一个圆满的结局。

那年,张爱玲在美国洛杉矶接到李开弟发来的征求意见信,信中问她,她的姑姑是否可以作为继室嫁给他。

张爱玲也被姑姑的爱情感动了,她立即回信说同意,并向姑姑、姑父祝福。

一生等爱的女子,人世间能有几人,一生执着地爱着一个人,只有张茂渊这样的女人能做到。张爱玲一生写过无数惊天动地的爱情传奇,任何一个传奇,都没有姑姑的故事感人。

从箱底取出那块淡红色的霞帔,再次戴上,戴着这块霞帔的女子已经从青丝变白发,李开弟为张茂渊这一生的等待画上一个圆满的句号。

1991 年 6 月,张茂渊 90 岁高龄,安安静静地离开人世,她是欣慰的,此生她不再有遗憾。

1998 年,李开弟百岁之时也含笑九泉,他是一个重情重义的男人。张爱玲说:"不爱是一生的遗憾,爱是一生的磨难。"他有过遗憾,有过磨难,一生很漫长,但他终于把最后的遗憾补上了。

2 童年,初尝人世间凉薄

南方的家,北方的家

张爱玲的童年有苍凉的底色,也有温暖的记忆。

一味的苍凉,便会凉透一个孩子的心,这个孩子长大之后,不会写出那么多关注人性的好作品。

过分的温暖,也会让一个孩子在暖洋洋的日子里失去个性和思考能力,不会成就有个性的天才作家。

张爱玲的童年有过许多温暖的日子,她说:"童年一天一天,温暖而迟慢,正像老棉鞋里面,粉红绒里子上晒着的阳光。"

张爱玲的童年有过许多苍凉的时光,苍凉和寂冷中,她便耽于梦想,在梦想中寻找安慰。她说:"当童年的狂想逐渐褪色的时候,我发现我除了天才的梦之外一无所有——所有的只是天才的乖僻缺点。世人原谅瓦格涅的疏狂,可是他们不会原谅我。"

对张家来说,张爱玲出生的恰是时候。

张家的一对小夫妻结婚两年了,父母之命媒妁之言,本无爱情之说,刚结婚时候的新鲜劲儿过去后,本真的个性便被对方一览无余。

黄素琼不喜欢这个看起来像个儒雅书生,其实是个浪子的男人。

但是,她必须要和这个男人捆绑在一起,过上漫长的一辈子。他们不仅仅是气质个性上存在差异,最重要的是人生观和世界观都不在一个频道上。

在吵吵闹闹中,1920 年 9 月 30 日,他们的第一个孩子在上海降生了,这个刚出生的小女孩,暂且缓解了他们紧张的关系。

秋初凉,张家的小日子因为新的小生命的到来,也进入了静美秋日。

父亲张志沂给这个孩子取名叫张煐。

这个"煐"字属于生僻字,康熙字典都查不到这个字是什么意思,古时候一般只是用做人名。张志沂从小背诵古文,在给女儿取名的时候,他从故纸堆里寻出这个生僻字,显出了他学问高深,暂时把妻子的气势打压了一下。给女儿取名的时候,之所以取一个许多人都不认识的字,很大程度上,也是一种显摆;另外,取这个火字边的字,他也是有用意的,此时张家显赫、繁华的门庭已经冷落荒凉,张志沂生活在阴影中。张爱玲曾说:"父亲的房间,永远是下午,在那里坐久了便觉得沉下去,沉下去,整个家庭,有太阳的地方使人瞌睡,阴暗的地方,有古墓的清凉。"张志沂是渴望温暖和阳光的,他希望有一把火,照亮张家向上的路,他希望有火一样的温暖,让这个冰冷的家蒸腾出一丝活力。于是,这个孩子的名字便带了个火字边。

张煐,便是张爱玲的原名。张爱玲是她上学的时候,母亲为她改的名字。

张爱玲的出生确实给这个正在一步步往下沉的没落之家带来了一丝新的希望,也带来了几年的起色——父母火热的战争进入冷战期。

对于出生在上海的那个家,张爱玲没什么印象,两岁多便跟着父母来到北方,所以,她总说,她的第一个家在天津。

在保姆的怀抱中,张爱玲从上海来到天津。

保姆是安徽人,从上海跟到天津。那时候,安徽是保姆之乡,安徽的保姆都在姓后面加一个"干"字,比如姓张的保姆叫"张干",张爱玲的保姆姓何,所以便叫她"何干"。到张爱玲记事的时候,保姆已经有一把年纪了,从烟雨江南到渤海之滨的北国名城,张爱玲在"何干"的怀抱中走南闯北。

张爱玲的大小姐脾气是骨子里带来的,三两岁的时候,便已经会时不时地撒一下娇,比如,用尖利的小手指甲在"何干"脸上留一道伤痕,或者,用小手揪"何干"颈项上松软的皮。

"何干"从来不恼,有职业精神的保姆,必须和主人家任何一个人和谐相处,小孩子也不例外。

北方城市的冬日是冷的,张爱玲的记忆中最深刻的却不是冬日的冷,而是天津的家里面那春日迟迟的空气。

是的,那个家给她留下了太多的记忆。

院子里的秋千架,额上有疤的"疤丫丫",后院里散养的鸡。

炎炎夏日,穿白地小红桃子纱短衫,红裤子的小女孩,在"何干"或者"疤丫丫"的照顾下,喝下一碗淡绿色、涩而微甜的"六一散",然后背儿歌,猜谜语——"小小狗,走一步,咬一口"。

永远是那几个谜语,永远能猜得到,永远是那几首儿歌。

张家从上海搬到天津,连同过去家中的佣人们一同从南方带到北方,虽然他们来到了人生地不熟的北方,但家中依然还是那些人,一切还是熟悉的感觉。

在这座北方城市,还住着张家的一些有紧密血缘关系的本家亲戚。

张爱玲在自传体小说《小团圆》里说:

本地的近亲只有这两家堂伯父,另一家阔。在佣人口中只称为

"新房子"。新盖的一所大洋房,里外一色乳黄粉墙,一律白漆家具,每间房里灯罩上都垂着一圈碧玻璃珠穗……十一爷在北洋政府做总长。韩妈带了九莉姐弟去了,总是在二楼大客厅里独坐,韩妈站在后面靠在他们椅背上,一等两个钟头。隔些时韩妈从桌上的高脚玻璃碟子里拈一块樱花糖,剥给他们吃。

留着童花头的小女孩张爱玲由"何干"带着,她的天地除了堂伯父家,便是这个在法租界里的家,这个北方的家有木制的楼梯和地板,有一个通往后院的天桥。

张爱玲的记忆中似乎有个天井,她喜欢天井,喜欢天井一角的青石砧,那里,经常有一个瘦小的南京佣人"毛物",用毛笔蘸了水写大字,毛物一家人来自南京,这家人有许多在她眼里近乎传奇的故事。张爱玲用童稚的目光洞察身边的一切,那些发生在童年生活中的人和事,后来成为她作品中的人物和情节。

她四岁了,父亲说,四岁的孩子该读书了。

不顾母亲的反对,父亲找来私塾先生,于是,这个梳着童花头的小女孩开始接受私塾教育。她的智商似乎比父亲小时候高很多,能迅速完成背诵诗词歌赋的作业。她背诵得很精彩,挑剔的私塾老先生也不得不承认,这个孩子太聪明了。

她的聪明经常被父亲作为炫耀的资本,那时候,她常被父亲带着去戈登路看望她的堂伯父张人骏,去了,便被要求背诵唐诗。她在散文《天才梦》中说:"我还记得摇摇摆摆地立在一个满清遗老的藤椅前朗吟'商女不知亡国恨,隔江犹唱后庭花',眼看着他的泪珠滚下来。"

这个家里,母亲是不快乐的,她从早晨一睁开眼就开始了自己不快乐的一天。"何干"把张爱玲抱到母亲的铜床上,可爱的小姑娘爬到方格子青锦被上,背唐诗、认字,哄母亲高兴。

每天下午她都要学认字，为了哄母亲高兴，也为了吃绿豆糕。她每认两个字，就可以吃两块绿豆糕，所以，很快就能认许多字了。

有了空余的时间，她还可以读一些《西游记》之类的文学名著。其实她并不能读懂，却坚持读下去。

她的天才和聪明并没有被父母重视，他们从来没想过女儿将来会成为小说家，此时的父母心思都不在孩子身上，父亲沉醉在外面的花花世界，母亲一心想追自己的梦，让她读书学字，无非是让她安静下来。这个读书的小女孩乖乖的，不再打扰父母。

春日迟迟的空气中，她孤独地坐在书房中，在书中寻找快乐，在文字中寻找安慰。"何干"坐在门边的凳子上，恹恹欲睡。

童年的张爱玲便显示出与同龄孩子不一样的敏感和冷峻。

后楼的保姆房里，放着一张用旧的梳妆台，台面已经磨白了，午后的日光有一搭无一搭地照在上面，弟弟的保姆"张干"买了个柿子，柿子还没熟，硬邦邦的，便顺手放进了抽屉里，这个放柿子的细节恰恰被张爱玲看到。

张爱玲便隔两天悄悄拉开抽屉看看里面的柿子，柿子变软了，"张干"没有去取走；柿子已经软的变形了，却还在那里。"张干"或许早把这个柿子忘了，但是，直到这个柿子烂成一泡水，每天都在关注这个柿子的张爱玲也没有去问她或者告诉她。其实张爱玲很想吃这个柿子，忍住了没吃，也没说，心中却有无限惋惜。

她是自尊心非常强的小孩子，她很小就有了自己的个性，这个性，是文学天才特有的。

她不知道母亲为什么总是郁郁寡欢，她不知道为什么父亲总是神神秘秘地在外面忙碌，四岁孩子的天空是纯纯的蔚蓝，人世间的许多事情她还不懂。

后来她才知道父亲在外面包养了姨奶奶。

因为父亲包养外宅的事，母亲永远沉郁着，刚到天津时脸上明媚的笑容再也寻不到了。

父亲的那位姨奶奶张爱玲是见过的。

父亲带着女儿去包养姨奶奶的小公馆，他并不认为自己包养别的女人是件羞耻的事。当抱着孩子走到小公馆的后门口，这个四岁的小孩子却比别的孩子聪明敏感，她用小手扳住门，死活不肯进去，或许她已经预感到这里面住着一个搅得他们家不安宁的女人，她要用自己的行动抗议。

她幼小的心中便懂得捍卫母亲的尊严，或者是捍卫自己的尊严。

最终，父亲象征性地拍打了几下她的小屁股，她才勉强被抱进去。

既然已经被父亲抱了进去，一切的尊严已经不好捍卫了，她只有敷衍一下那个姿色平平的女人。那女人打着油光的前刘海，苍白的瓜子脸，长得丑且俗，对第一次来这里的小女孩张爱玲，同样敷衍着。云母石心子的雕花圆桌上放着的高脚银碟子，里面放着糖块，看上去很好吃，张爱玲吃了，糖块很甜。她发现姨奶奶家的红木家具很好看，古色古香的，比妈妈房间的那些家具精美一些。

母亲那样精致美丽，居然败给这样一个长相粗放的女人，四岁的小女孩想不明白。

很快，她听说母亲要跟姑姑一起远行，去很远很远的地方，那个地方要坐很长时间的轮船才能到达。

母亲就要出发了，她冷静地收拾行装，张爱玲默默地看着母亲做那些事情，她还不懂得挽留母亲，也没觉得母亲远行有什么值得留恋的。从小跟着保姆长大，从小在父母的吵闹声中长大，她和弟弟或许还盼望母亲离开这个家，剩下父亲一个人，以后家中就听不到烦心的吵架声了。

冷静的母亲到了临上船的档口，突然崩溃了。她不舍，舍不下自己的一双儿女。

张爱玲在她的散文《私语》中，详细描写了母亲远渡重洋之前的那场痛彻心扉的哭泣。

上船的那天她伏在竹床上痛哭，绿衣绿裙上面钉有抽搐发光的小片子。佣人几次来催说已经到了时候了，她像是没听见，他们不敢开口了，把我推上前去，叫我说："婶婶，时候不早了。"（我算是过继给另一房的，所以称叔叔婶婶。）她不理我，只是哭。她睡在那里像船舱的玻璃上反映的海，绿色的小薄片，然而有海洋的无穷尽的颠波悲恸。

我站在竹床前面看着她，有点手足无措，他们又没有教给我别的话，幸而佣人把我牵走了。

母亲在哭，她不是趴在自己的铜床上，而是趴在一张竹床上，那张竹床是张爱玲房间的床吗？

母亲在哭，张爱玲不懂这泪水中的辛酸和苦涩，她像在看一个不相干的人，像在劝一个不相干的人，她于母亲之间隔着山隔着水，很快又要隔着重洋，这份硬邦邦的隔膜，一生也没有化解。

母亲走了，父亲没了天敌，胆子愈发肥硕，居然让姨奶奶从小公馆搬到家里来了，由姨奶奶变成姨太太。这个姨太太来自青楼，被大家叫做老八，青楼女子所有的不良习气她都有，她经常在家里开宴会，叫条子，过去同在青楼中的那些妓女，也经常会被她召到家中，那些妓女都比父亲选中的这个姨太太有姿色，不知道父亲看中了这个女人什么。

好在姨太太没敢占据母亲的房间，父亲把她安置在楼下一间阴暗杂乱的大房里，房子里有烟炕，父亲歪在烟炕上抽大烟。偶尔张爱玲会站在烟炕前给父亲背书,在这个光线阴暗的地方,张爱玲有一种惴惴的感觉,总担心抽大烟的父亲发现她哪句没背诵好,举起大烟枪抢过来。

姨太太是个悍妇,父亲打不过这个女人。

张爱玲对这个悍妇一样的姨太太,一直小心翼翼,她不想与她为敌,没有母爱的日子中,如果再树一个劲敌,生活便彻底变成灰色调了。

姨太太为了收买张爱玲,替她做了件很时髦的雪青丝绒的短袄长裙,这套衣服却是漂亮,把衣服拿给张爱玲的时候,姨太太说:"看我待你多好!你母亲给你们做衣服,总是拿旧的东拼西改,哪儿舍得用整幅的丝绒?你喜欢我还是喜欢你母亲?"张爱玲用胖乎乎的小手抚摸着光滑的丝绒面料,对姨太太说"喜欢你"。她需要讨好姨太太,需要应付,她要在夹缝中活着。

小小孩子,便学会了各种应付,比如,姨太太晚上去起士林看跳舞,张爱玲和佣人一起陪着她。张爱玲记忆中,起士林有舞会,也有奶油蛋糕:

> 每天晚上带我到起士林去看跳舞。我坐在桌子边。面前的蛋糕上的白奶油高齐眉毛,然而我把那一块全吃了,在那微红的黄昏里渐渐盹着,照例到三四点钟,趴在佣人背上回家。

张爱玲是家里的大小姐,大小姐很多时候并不快乐。

她有自己的烦恼,为父亲烦恼,为姨太太烦恼,为保姆烦恼,为无休止的背书烦恼,那一年的春节,还为起晚了没有看到放鞭炮烦恼。

那一年的初一,她嘱咐保姆喊她早起看放鞭炮,保姆看她睡得正香,没忍心喊她,于是一场繁华热闹都已经成了过去,她便哭,哭了又哭。

烟花易逝,人生中许多繁华,错过了,便永远错了过去,无论如何也赶不上了。哭也赶不上，穿上新鞋也赶不上了，总之，你已经错过了，那场热闹与你擦肩而过。

姨太太被赶走是早晚的事，经常打父亲的姨太太，终于从小打小闹打出了新水平，她居然用痰盂砸破父亲的头，激起张家族人的群愤。

一个青楼出身的丑女，再强悍，也是妓女，自不量力地和大户人家抗衡，最终的下场是灰溜溜地被扫地出门。

姨太太走的那天，张爱玲坐在楼上的窗台上往下看，楼下杂物间的风景她是看不到的，仆人们怎样收拾东西，姨太太怎样哭哭闹闹她都没去看，只看见良久之后，大门里缓缓出来两辆榻车，载着姨太太和她的东西绝尘而去。

这个占据母亲位置的女人走了，父亲荒唐的岁月该结束了。

天津，在张爱玲童年的记忆中，有过美好，也有过伤痛。

这座城，注定是她生命中的匆匆过客。

他们要搬回上海了。

坐车，坐船，从天津到上海，她感觉走了很久，但是，和母亲去西洋相比，这点路实在算不得什么。

此时的上海，在她眼里已经变成了异乡。她说：

到上海，坐在马车上，我是非常侉气而快乐的，粉红地子的洋纱衫裤上飞着蓝蝴蝶。我们住着很小的石库门房子，红油板壁。对于我，那也有一种紧紧的朱红的快乐。

她细细品味着人生中丝丝缕缕点点滴滴的变化。

此时的张爱玲，还是纯真的八岁小女孩张煐，她还没有上小学，她的名字还没有改过来。

这个带火字边的名字,并没有给这个家带来火爆的红利,也没有给这个小女孩带来温暖。

从上海到天津,她是个快乐中夹杂着酸楚的小孩子。

从天津到上海,她是个纯真中夹杂着忧伤的小孩子。

老棉鞋粉红绒子晒着的阳光

破碎的童年,会影响一个孩子一生。

张爱玲不完美的昏暗童年中,拥有一份不完整的爱。缺失的爱,让她心智早熟,外表清冷,也让她的文字充满苍凉。

从天津回到上海,迁徙打破了固有的生活模式,给死水一般的生活增添了几圈涟漪,新奇的变化,给了张爱玲一小段幸福快乐的时光。

父亲张志沂带着她和弟弟回到上海的家,那是她出生的地方,几年前,一家人从这里出发去往北方寻找幸福美好,如今灰溜溜地回来了,却少了女主人。

张志沂是离不开女人的,他需要一个女人,特别是比他强悍的女人管他,他才能活得踏实。天津的青楼姨太太被族人轰走了,他急切需要一个女人填补空虚。

于是,他想到了游荡在欧洲的妻子。

他写信说他病了,病得要死,让妻子黄素琼回来。

张志沂下决心开始戒大烟了。民国时代,戒鸦片的办法却是打吗啡,张志沂因为过度打了吗啡针,身体极度虚弱。在张爱玲的记忆中,那个时候的父亲孤独悲观,每天独自坐阳台,"他头上搭一块湿手巾,两目直视,檐前挂下了牛筋绳索那样的粗而白的雨。哗哗下着雨,听不清楚他嘴里喃喃说些什么,我很害怕了"。

惊恐无助中,张爱玲从保姆口中惊悉:母亲要回来了。

母亲在张爱玲的世界里虽然是可有可无的角色,但是,她心中母亲的形象还是美好的,母亲是追求自由的新女性,她对母亲的崇拜,不是女儿对母亲的特殊情感,而是一个未长成的小女孩对于女人的崇拜。母亲喜欢漂亮衣服,在天津的时候,就喜欢逛街买布料做衣服,惹得父亲不满地咕哝:"又做,又做,一个人又不是衣服架子。"男人永远不懂女人对服装的不懈追求。母亲的爱美撩拨起小女孩张爱玲的爱美天性,很小的时候她就发誓,"八岁我要梳爱司头,十岁我要穿高跟鞋"。

在张爱玲心目中,母亲是真正的时尚美女。

张爱玲的图画作业本上,画有许多美女,那些女子大眼睛瓜子脸尖下巴,每一个都像极了母亲。

这四年中,母亲在远方,是一个遥远的神话。

仙女一般的母亲要回到尘世了,张爱玲其实每天都在悄悄计算着母亲回来的日子,这个日子一天天临近了,到了母亲乘坐的轮船到来的那天,张爱玲盘算着自己应该穿哪件衣服,让母亲一见到自己,就有眼前一亮的感觉。

她让保姆找出那件自己最喜欢的小红袄。那件衣服是两年前做的,她最喜欢,穿上那件衣服,她俏皮、可爱,像一个无忧无虑的小女孩,这一类的小女孩可以每天什么都不想,连走路都可以蹦蹦跳跳,她觉得,做那样的小孩应该是很幸福的。

保姆说,那件衣服有些小了,还是换件别的吧。

张爱玲执拗地让保姆去找,她一定要穿那件衣服,她一定要母亲看到一个时尚快乐的小孩子。

这件衣服穿在身上紧紧张张的,紧绷绷地捆绑着她的自由和呼吸。保姆说的没错,确实是小了些,她使劲抻了抻,最终还是穿着这件衣服跟在父亲身后,去港口接母亲了。

船到了,张志沂莫名地多了几分紧张,张爱玲也和父亲一样,他们的心情有些怯怯的,四年不见了,他们不知道走出船舱的那个最熟悉的人现在变成了什么样子。他们相信,经过西洋风的熏陶,那个原本就时尚美丽的女人一定更明艳了。

当母亲出现在他们的视野中时,那份惊艳还是出乎了他们的意料。

她完全像一个西洋女子,皮肤更加白皙,经过了漫长的航行,眼窝愈发深陷,西式衣裙穿在她身上,华美得体,没有半分俗气。

在充满西洋风韵的母亲面前,张爱玲感觉自己就像一只丑小鸭,这个时尚女子的神态,和她见到的所有妈妈都不一样。四年没叫妈妈了,虽然母亲近在咫尺,她嘴巴蠕动了一下,就是叫不出妈妈。

母亲并没有夸奖张爱玲的俏皮小红袄,而是带着责问对父亲说:"怎么给她穿这样小的衣服?"

张爱玲揪着那件衣服的衣角,眼神中有些失落。千挑万选的一件衣服,终还是没得到母亲的首肯。

母亲回来,确实给这个家带来许多快乐。

父亲去医院戒毒了。

他们搬到新房子里去了,阳光照在玫红色地毯上,毯子有些旧,但依然奢华,椅子上配了蓝色的椅套,混搭的色彩虽然有些混乱,却明艳动人。

张爱玲和弟弟的房间都是橙红色,那个时期张爱玲几乎爱上了热烈的红色,连她图画上的墙,都被画成红色,她不想再过昏暗的生活,她想让以后日子都涂抹上这样明艳的颜色。

在色彩杂乱的温馨中,听母亲讲法兰西微雨的青色,英格兰蓝天下的小红房子。

母亲会唱歌会弹琴,还会坐在抽水马桶上看《小说月报》。

母亲坐在马桶上看书的姿态很优美,她会一边看,一边咯咯笑出声,她的笑声吸引着张爱玲,她不知道书里面有什么东西这样吸引母亲。

于是,母亲读过的小说,张爱玲也读,母亲喜欢的那篇小说是老舍的《二马》,她也拿来读了,小说展示的是和她所见过的不一样的世界,一个非常有趣的世界。张爱玲看了别人的世界,觉得也应该把自己的世界告诉别人。

她认为,自己也可以写小说。

她的文学创作之路便在懵懂之间蹒跚起步了,她发现自己天生对文字有感觉,当她坐下来开始写字的时候,心中无比充实。

弹琴唱歌画画写小说,有时尚的母亲陪伴,有弟弟做伴,有小小的宠物狗在身边撒欢,这是张爱玲一生中最美好的时光。此时,她彻底释放着孩子的天性,和幸福的小孩一样,她快乐地在狼皮褥子上滚来滚去。

这段快乐的时光中,缺少父亲的参与。

那时候,他在医院强制戒烟。

烟戒得差不多了,父亲便回来了。

有了父亲的参与,这个家生活的节奏突然有些不和谐了。母亲的新式思维方式总是和父亲老旧的观念发生冲突,他们两个的思想没有任何交集。

母亲的眼界是远方的大千世界。

父亲的眼光已经缩小到他脚下的方寸之间。

母亲说,孩子们长大了,应该给他们每个人一个独立的房间,这个空间属于他们自己,连父母都不要干涉他们。

父亲说,小孩子是需要严格管理的,怎么可以让他们自己住?

母亲说女儿不能缠足,她应该到外面的学校去读书。

父亲说给孩子们请个私塾先生就行了,还是私塾先生管得严,背不下功课就用板子打手心,外面的学堂对学生太宽松了。

在张爱玲是不是应该到外面上学的问题上,父母吵翻了,张爱玲惊恐地在门外听着他们争吵,她是希望母亲胜利的。但是,母亲暴躁尖利的吵闹声,却不是她喜欢的,她想,只要这个家安安静静的,其实她不去外面上学,在家挨私塾先生的板子也没什么,这样的争吵让她心中很不安。

张爱玲郁郁地坐在门口,争吵声随着窗外阳光的消失而告一段落。到了吃饭的时间了,坐在一张饭桌前,争吵过的一对夫妇默默吃饭。吃完饭后父亲照例站起来转圈,一圈一圈,像一只困兽,他在自己设定的一个圈子中走来走去,步子的快慢完全依据他的心情,心情好的时候,步子舒缓一些,心情糟糕的时候,步子焦虑急骤。

张爱玲不喜欢看父亲饭后的这个必不可少的节目。

这次争吵母亲并没有胜利,虽然打成了平局,母亲却不认为自己失败了,第二天一早,她拉上张爱玲,硬是把她送进学堂。

学堂老师递给母亲一张入学表格,母亲拿着笔,对着姓名一栏踌躇着不知道该怎样填,她不喜欢女儿现在的名字张煐,这个名字嗡嗡地不甚响亮。

老师说:这个地方填上孩子的名字?

母亲点点头,自言自语:“暂且把英文名字胡乱译两个字吧。”

于是,姓名那一栏,便工工整整填上了张爱玲。

从此,张爱玲告别了张煐这个名字。

张煐那个名字是父亲取的,在那个名字中,寄托着父亲的希望。母亲毅然决然地把那个名字换掉了,她觉得张爱玲这个名字更新潮,更时尚,她喜欢一切新潮时尚的东西,即使时尚中有些俗气,有些俗媚,她也宁肯选择。

对母亲改的这个名字,张爱玲并不喜欢,她在《必也正名乎》一文中,调侃道:"我自己有一个恶俗不堪的名字,明知其俗而不打算换一个。"

母亲也知道这个名字有些俗气,后来是打算替她改一个的,阴差阳错的,却终究没改。张爱玲这个名字作为符号被她用了一生,响彻文坛,而且,越来越响亮。

张爱玲告别了读诗背经的日子,但是,古文底子为她日后的创作打下了坚实基础,她还是应当感谢父亲的。

父亲不抽大烟的日子,这个家也曾像所有幸福的家庭一样,有过几天童话般的美好生活。

张爱玲像模像样地当了几天被宠爱的小公主。

在天津的时候,父亲从来不关注她,现在,父亲偶尔也会检查一下她的作业,她画完一幅画,也会得到一点评价。

某一日,张爱玲画了一幅漫画,父亲便说,画得好!受到鼓舞的张爱玲又拿给母亲看,母亲也说好。张爱玲把这幅漫画投到英文《大美晚报》,居然发表了,她得到平生第一笔稿费,报馆给了五元钱。

这五元钱是自己劳动挣来的,她要自己支配这笔稿费。

张爱玲拿着这五元钱,毫不犹豫地走进商场,她要给自己买一件最好的礼物。她直奔卖口红的柜台,买了一支小号的丹祺唇膏。当年大上海的时尚女子们,都喜欢美国产的丹祺唇膏,这款唇膏,一经着唇,可以随着不同人的唇色而改变颜色。张爱玲从母亲的化妆盒里看到过这种唇膏,她已经喜欢很久了。像许多女子一样,她拒绝不了口红的诱惑,后来,她在书中写道:你可以不施粉黛,可以素面朝天,但至少要涂口红,只要涂了口红,就能让整个人光鲜起来。

拿着自己觊觎已久的那支口红,张爱玲的心激动地怦怦直跳,有钱的感觉真好,钱就是钱,可以买到各种自己想要的东西。以后多向报社投稿,多挣稿费,就可以买更多自己想要的好东西。

丹祺唇膏拿回家,父母惊诧地看着那支精美的化妆品,连一贯喜欢时尚喜欢浪漫的母亲,也没想到女儿买了这么一件东西。

"你应该把那张钞票留着做个纪念。"

母亲的口气中有些抱怨,也有些失望,她觉得,女儿应当超脱于物质之上才对,即使不留着那张钞票做纪念,也应当买一件更有意义的东西,而不是一支丹祺唇膏。

张爱玲没有为自己的选择而后悔,她喜欢这支唇膏,已经喜欢很久了,现在总算靠自己的力量把它买到手了。小心翼翼旋开口红,对着镜子轻轻涂抹在唇上,橘红的色彩变幻成一道美丽的玫红色。

这红唇,真美啊。

张爱玲一生中,有时候对钱很有概念,有时候,又显得很没概念,但是,她喜欢钱。

母亲有丰厚的嫁妆做底气,虽然不是很在乎钱,但是,当丈夫要她贴钱过日子的时候,她立即呈现出很物质的一面。

那个时候,张家的财产还有很多,根本不需要张爱玲的母亲黄素琼贴上自己的嫁妆钱过日子。张爱玲的父亲张志沂之所以不往外拿生活费,让妻子贴钱,是有明确目的性的,他想把她的钱都逼光了,手里没了钱,她再想出国就成了空谈。

母亲识破了父亲的那点心机,晚春时节的一个晴好的艳阳天,他们的吵闹突然开始升级了。

过去的争吵都是主题散乱的,这一次争吵的主题集中到了过日子的经费上,母亲放松下来的心骤然警惕起来,她警觉到自己如果再往外贴钱,那点嫁妆很快就败光了,如果没有了经济上的自主权,自已也便失去了自由。

两个人的争吵进入白刃战,虽然他们从结婚之初就开始吵吵吵,但从没有这样不依不饶没完没了地吵个天翻地覆。

父亲的脸铁青,母亲的脸煞白。

安静的春日,因为他们的吵闹,家中的空气显得很焦躁。

张爱玲和弟弟夹杂在父母中间,不知所措,冷漠的父母早已忘记了两个吓得瑟瑟发抖的孩子,他们沉浸在自己的愤怒中,互相指责,互相谩骂。

两个孩子被仆人们拉出来。

仆人们悄声告诉他们:"快去一边玩,大人们的事,小孩子不懂。"

"他们要永远吵下去吗?"

张爱玲捂住耳朵,无助地盯着父母争吵的那个房间的门。

"他们吵他们的,少爷小姐都乖乖的就是了。"

仆人们把张爱玲和弟弟带到阳台上。

阳台的玻璃窗上挂着绿竹帘子,阳光透过竹帘照进来,满地密密条条的光影,一辆三轮小脚踏车停在一条条斑驳的光影下,张爱玲带着弟弟骑到三轮小脚踏车上,在这个地方,吵闹声听上去小了一些。

姐弟俩默默地玩耍着,都不敢做声,生怕因为自己弄出什么动静,惹起父母更严重的争吵。

经过几次激烈的争吵之后,父亲又变回了过去的样子,已经丢掉的大烟枪又被他重新拾起来,他又像过去一样,很少回家了,外面的青楼里面有的是女人,只要肯花钱,什么样的花酒都有的吃。

破镜就怕不停地摔下去,摔得支离破碎了,就不能重圆了。张爱玲父母再次破裂的关系,已经不好修补了。母亲也不再试图挽回什么,她已经努力了,最终,一切又回到从前,她的努力宣告失败,不得不放手。

母亲黄素琼为自己请了律师，制造出一个庄严的氛围，离婚协议早就拟好了，只待签协议办手续。父亲张志沂原以为女人提出离婚不过就是吓唬一下自己，当这件事真真的到来的时候，他变得六神无主，魂不守舍，心情烦躁地在室内转圈。他绕室内徘徊很久，方才拾起那支笔，现在那支笔在他手中重如千斤。他叹息一声，不知该如何下笔。

律师也被这个男人为难的样子搞得心软了，悄声问黄素琼：是否改变主意？

黄素琼的表情冷静而坚决："我的心意已经像一块木头。"

张志沂心中的希望彻底熄灭，他颤抖着在离婚协议上签了字。

这大抵是一桩民国年间的协议离婚范例，好说好散，两个人离婚的时候反倒不争吵了，父亲的财产归父亲，母亲的嫁妆归母亲，张爱玲和弟弟跟父亲生活。

离婚后，黄素琼从家中搬了出去，搬到一所公寓去住，同她一起在外面住的，还有张爱玲的姑姑张茂渊。在外面住了一段时间之后，母亲又漂洋过海去留学了，这一次，她走得从容不迫，没有像上次走的时候哭哭啼啼的。

张爱玲以为，母亲这次走了，就再也不回来了。

经历了一次又一次的别离，张爱玲对于母亲的离去是冷漠的。

这个漂亮女人终究要走的，终究要去追求自己的幸福，她离家而去的背影消瘦而妩媚，却毅然决然，一转弯就消失在上海的街巷拐角处。张爱玲心中有些难受，但是眼中无泪。

母亲走了，家里的空气中还留着她的脂粉香。

张爱玲觉得，从母亲再次离去的那一刹那，她的童年便碎成了一地碎片。张爱玲的童年结束了，被迫画上了一个苍凉句号。

幽暗角落踢皮球的男孩

弟弟张子静小时候是个可爱的宝贝。

他只比姐姐张爱玲小一岁多一点，在这个封建家庭中，男孩子应当比女孩子更受重视才是，更何况，张子静长得比姐姐漂亮，他小小的嘴巴，大眼睛长睫毛，有些苍白体弱多病，张爱玲的许多小说中都能找到这样一个小男孩的影子。

这个秀美的小男孩，三两岁的时候是人见人爱的萌宝，张爱玲自己也说，我弟弟生得很美而我一点都不。

张爱玲长得像父亲，却遗传了母亲的性格。

张子静的外貌遗传了母亲的精致秀气，性格却和父亲一样懦弱，他的心中有诗，但没有远方。

大户人家的孩子，一出生便有专职保姆。张爱玲的保姆是"何干"，张子静的保姆被唤做"张干"。

张干也是安徽人，脚下是一双经过缠裹的三寸金莲。这个女人脚虽小，性子却刚烈要强，做事非常麻利，在张家的下人中，她处处拔尖抢上，就喜欢占个先。

在大户人家给少爷当专职保姆的，总要比给小姐当保姆的气壮，少爷是这个家的未来和希望，小姐长大了是要嫁人的，最终不算家庭中的一员。所以，张爱玲的保姆何干，在张子静的保姆张干面前，总是底气不足，凡事都让着张干。

因为自己带的是少爷，因为少爷长得比小姐好看，这些都是张干骄傲的资本，也是她傲视何干的资本。其实，在张家并没有人明着给张干撑腰。

张干有着极强的虚荣心,与她接触最多的张子静也被惯出了一些小孩子的虚荣。张干最喜欢张子静长长的睫毛,有时候开玩笑说:"你把眼睫毛借我好不好?明天就还你。"张子静立即回答:"不好!"对于这样的回答,张干给出的是满意鼓励的笑容。久而久之,张子静便认为,自己是这个世界上最漂亮的孩子,当有人夸某太太漂亮的时候,他便会问:"有我好看么?"

从小,所有的人都在夸张子静的俊美,只比弟弟大一岁的张爱玲有意无意中,被人们忽略了。

因为她确实长得不如弟弟好看。

这份不经意间的忽略,对她的心理冲击是很大的。

不仅仅是家人的忽略,连弟弟的保姆也敢明目张胆地挑衅大小姐的自尊。

张干会对爱发脾气的张爱玲说:"你这个脾气只好住独家村!希望你将来嫁得远远的——弟弟也不要你回来!"

这个保姆似乎对张爱玲长大后出嫁远近的问题很在意,她盼望着这位脾气乖戾的大小姐将来嫁得远远的,不要经常回娘家打扰弟弟的生活。

张干会在吃饭的时候指着张爱玲抓筷子的手指说:"筷子抓得近,嫁得远。"

张爱玲以自己这个年纪的想象,对远方是恐惧的,她不想嫁到遥远的陌生的地方,于是连忙把手指移到筷子的上端去。

张干便又说:"抓得远,嫁得远。"

不管抓近抓远,都要远嫁,张爱玲无奈地生着闷气。

因为弟弟,她早早失宠。这位小姐姐对弟弟的感情是复杂的,她疼爱弟弟,但是也嫉妒他,嫉妒他的俊美,嫉妒他的得宠。

为了受人关注,不受重视的小姐姐便要拼命证明自己,拼命展示她最优秀的一面:嘴巴巧,比弟弟会说话;身体好,不会总躺倒在病床上让人焦虑;脑子聪明,会画画,会写小说;争强好胜,读书也比弟弟认真。总之,她要在别的方面胜过弟弟,讨得一份属于自己的温暖,让大家关注而目光移向自己。

适者生存,在竞争中学会成长,提升实力,张爱玲做到了。她顽强不屈桀骜不驯的性格,是天生的,也是一步步培养起来的。

张爱玲通过自己的努力搬掉了心理上的压迫。

这压迫却移到了弟弟身上。

姐姐除了长得没自己漂亮,其他方面处处压自己一头。

他们姐弟一起画,姐姐画得明显比弟弟好,张子静心中便生出几分嫉妒,这嫉妒越长越大,最后,趁着房间没人,张子静拿起一支铅笔,在姐姐的画上狠狠涂上两道黑杠子。

张爱玲散文《童言无忌》中《弟弟》一章,童年张子静的形象跃然纸上:

> 他妒忌我画的图,趁没人的时候拿来撕了或是涂上两道黑杠子。我能够想象他心理上感受的压迫。我比他大一岁,比他会说话,比他身体好,我能吃的他不能吃,我能做的他不能做。

张子静最嫉妒姐姐的,是她身体好,肠胃好,想吃什么,就吃什么。他却不行,童年时代,他的身体永远是弱不禁风的,动辄就发烧,肠胃不舒服,所以,吃东西的时候,要格外注意。每每这时,他的心里对姐姐总有一些无端的怨气。

在饮食上越是受限制的孩子,就越嘴馋。

嘴巴馋的孩子,遇上生病的时候,便越发馋。他要吃松子糖,但是,保姆在糖里面掺了药,保姆试图用这种方式把苦苦的药悄悄喂进去,馋嘴的孩子小嘴巴都刁钻得很,舌头轻轻一尝,就知道里面掺了什么东西。

于是,再馋松子糖的时候,他便有了心理障碍,明明没有药,也能吃出莫须有的药味。

张爱玲和弟弟有时候是竞争对手,更多的时候,他们是同盟军。

在这个原本亲情和温暖就不算太多的家中,他们更多的时候要结成同盟,互相帮助,抱团取暖。

张爱玲和弟弟有几张童年合影,其中一张是在天津故居前,照片中的张爱玲留着童花头,穿着素花旗袍,坐在稍高一些的凳子上,怀里抱着一个可爱的洋娃娃,目视前方,表情忧郁。弟弟张子静则坐在她身边的一个矮矮的竹编圈椅上,穿着长袍马甲,头上戴着一顶西洋式的帽子,怀里放着一只绒毛小狗,张子静低头看着那只可爱的小狗,沉浸在自己的快乐中。

他们的那些玩具和西洋式的帽子都是母亲从英国寄来的,姐弟带着母亲从大洋彼岸寄来的物品拍下这张照片,大约是要寄给远方的母亲。远离母爱的孩子虽然孤独凄凉,但是,姐弟俩相依相偎,还是让人能感觉出一丝亲情的暖意。

姐弟俩的另一张合影则是在天津的法国公园,一个春日的午后时光,空气中透着慵懒,张爱玲坐在木椅上,两只脚腾空半垂着,两只手扶着椅子,眉头半皱着,脸上没有一丝笑容。弟弟穿着小长袍站在她旁边,安安静静的,一双空洞的大眼睛望着远方。

两个孩子都心事重重的样子,一份忧愁两个孩子分担,分到每一个弱小的肩膀上,依然很重,他们的童年真的不开心。

张子静在这个世界上是个可怜之人。

母亲不想怀孕的时候,不留神怀了他。

从他一出生,父母之间的战争就没有中断过,他一直被忽略着。

母亲第一次远赴大洋彼岸的时候,父亲沉醉于大烟馆柳花巷,家中又进驻了一个妓女出身的姨太太,张爱玲姐弟只能用微薄的温暖互相支撑对方。那是张子静最苦难的岁月,他还是一个小幼儿,不会看别人的脸色讨人高兴,姨太太不喜欢这个不会哄她开心的小少爷。相比之下,对张爱玲倒是好得多,她经常能跟着姨太太去起士林看跳舞,吃齐眉毛高的白奶油蛋糕。

好在那个姨太太很快被族人轰跑了,否则,如果她被扶了正,张子静这辈子一点好日子都没有了。

回到上海后,住进洋房。洋房挂着绿色竹帘的阳台,是他们姐弟的娱乐场地。

阳台上有脚蹬小三轮车,有小皮球,张爱玲喜欢玩小三轮车,弟弟在那里踢皮球。骑小三轮车的姐姐知道悄悄骑,不会弄出太大动静,踢皮球的弟弟却可劲儿地踢,皮球蹦到玻璃上,又弹回来,咚咚的声音会惹来父亲的责骂。

责骂声中,迎来了母亲从国外的第一次回归。

母亲出国第一次回来之后的那段时光,也曾像一个贤妻良母经营自己的家,悉心教育自己的一双儿女。她带着两姐弟读书,书页中夹着一朵干花,这朵花藏着一个故事,母亲把这个故事说给孩子们听,张爱玲边听边落泪,张子静却无动于衷。

于是,母亲对儿子说:"你看姐姐不是为了吃不到糖而哭的。"

张子静的泪水只为吃不到糖而流淌。

张爱玲的情商比弟弟要高出很多,她是感性的,感时花溅泪,她能为母亲的一段往事而产生共鸣,这不仅仅是女孩子的多愁善感,她的情感世界也比弟弟丰富。纵观长大后的人生之路,高冷的张爱玲能寻到爱情、友情和姑姑、母亲的亲情,大抵因为她是个懂感情的人;张子静却永远把自己的人生音符降八度,他不但从没涉足爱情,连亲情和友情都远离他,孤独地行走在天地间,他像一个多余的人。

虽然只比姐姐小一岁,张子静却一直把姐姐当作偶像崇拜着。

小时候,一起玩,都是姐姐出主意。

玩过家家游戏,张爱玲给自己取的名字是月红,给弟弟取的名字是杏红,弟弟真的好乖,取这样一个女性化的名字居然也不恼,被姐姐当成小玩意,这个秀美可爱的小男孩是姐姐的好伙伴。

总说一晃就长大了,但是,冰冷的童年却那般漫长,总也长不大。

父母又开始铿锵地吵架了,张子静和姐姐躲在阳台的绿竹帘子的光影中,他手中捧着最喜欢的小皮球,想踢,被姐姐制止住了,于是,他们紧紧依偎在一起,挤进小三轮脚踏车,两个孩子紧紧挤在一起,便有了一点安全感。

父母终究还是离婚了,母亲兀自离去,走的时候目光掠过两个孩子,表情冷且硬,和前些日子陪着他和姐姐做游戏、给他们讲故事的那个温柔可爱的妈妈判若两人。

母亲走后,张子静和姐姐张爱玲寂寞无言地坐在房间内,房间的颜色还是母亲让人刷上的橙红色,那色彩看上去欢快热烈,但是,姐弟两人的心情却再也快乐不起来了。

父母离异之后,张子静苦难的日子才真正开始,从此,母亲完全抛弃了他,他再也没有享受过母爱。

在这一点上,姐姐张爱玲比他要幸运一些。

抑郁的天才花季少女

对于父母的离异,张爱玲表现得异常平静。

本来就不适合在一起的人,分开,是最好的选择。

母亲早就思考过离婚这个问题,在欧洲的时候,她曾经无数次想过要彻底和这个男人分开,只是,碍于一双儿女夹在中间,她也有儿女情长,也幻想着丈夫能有所改变,那样,还可以凑合着过下去。

她的围城千疮百孔,当最终突围出去,回望那块失地,她反倒轻松了。

她在离婚协议上签的——两个孩子都归父亲监护和抚养,父亲承担孩子的生活费和教育费。

不过,女儿将来的教育问题,比如,她要进什么样的学校,都要先征求母亲的同意。

这个协议上之所以只提张爱玲,而没有提到张子静,是因为张爱玲是女孩子,女孩子容易受到歧视。张子静是男孩子,是张家财产的继承人,父亲怎么会不给继承人良好的教育机会?

在母亲一再要求下,张爱玲小学毕业后,便进入上海圣玛利亚女校读书,在那里,她可以寄宿,可以离开父亲的家,可以常去母亲的家中。

母亲的家很随意,也很慵懒,生在地上的瓷砖浴盆和煤气炉子,给这个公寓增添了浓浓的人间烟火气,张爱玲喜欢这样的气息,喜欢这种随意居家的感觉。而父亲那边永远是死气沉沉的,父亲的房间里永远是没有希望的一直沉下去的下午:"那里什么我都看不起,鸦片、教我弟弟作《汉高祖论》的老先生、章回小说,懒洋洋灰扑扑地活下去……"

母亲和姑姑一起搬出去之后,父亲张志沂也搬家了,他搬到离张爱玲舅舅很近的地方居住,那个地方叫康乐村。搬到新家,新的地方又被父亲烟雾缭绕的鸦片搞成了暗无天日的午后气息。

张志沂和前小舅子关系不错,他们有许多共同的爱好,他们都喜欢嫖娼吃花酒,过去碍着姐夫和小舅子的关系,不好意思一起去。现在,前姐夫和前小舅子,便无所谓了,两个人互相取经送宝,互相壮色胆。当然，张志沂搬到紧挨着前小舅子家的地方，还有一层用意就是在这里偶尔还能见到回娘家的前妻黄素琼，他内心深处对前妻还抱有幻想，幻想她回心转意，重新回来和他过日子。

黄素琼从嫁入张家就盘算着怎样挣脱出来，现在好不容易逃离了，她怎么可能再回到围城中呢。她见过了外面的世界是什么样，她还想再次去欧洲。

这一次，她选了法国。

去法国之前，黄素琼特意来到学校，与女儿道别。

校园里，母亲站在高大的松杉树下，张爱玲漠然地听母亲告诉她要去法国的消息。

黄素琼以为女儿会说几句留恋的话，至少也该说一两句依依惜别的话。但是，张爱玲没有，她面无表情地听完母亲的叙述，好像听一个与自己毫不相干的人，说着一件与自己毫不相干的事。

母亲黄素琼的眼睛中有点点泪光，语调中有几分伤感，但张爱玲却没有被母亲的伤感情绪感染，她半锁着眉头，低头望着草坪上被寒风吹得东倒西歪的枯黄小草和一片飘落的残叶。母亲终于叹息一声，低声说："我走了。"

张爱玲点点头。

母亲的眼睛中有点点泪光，张爱玲的泪点却没有被母亲的伤感情绪激活。

母亲近乎绝望地转过身，走了，那远去的身影瘦弱，孤单。

望着那远去的身影，张爱玲说不清此时心中是什么滋味。她并不是想故意伤害母亲，事实上，她当时确实挤不出一滴眼泪。

后来，回忆起母亲离去的那个场景，张爱玲也觉得自己太无情了，她这样写道：

一直等她出了校门，我在校园里隔着高大的松杉远远望着那关闭了的红铁门，还是漠然。但渐渐地觉到这种情形下眼泪的需要，于是眼泪来了，在寒风中大声抽噎着，哭给自己看。

母亲走了，张爱玲更加孤单了，她孤独地在圣玛利亚女中继续自己的初中生活。

张爱玲进入这所学校读书，完全是母亲黄素琼的主张，这所学校学费昂贵，一年学费一般学生是84元，相当于普通工人十个月的工资；专学西文的一年学费是168元，被称为贵族教会女校，能到这里读书的都是中上等家庭的女孩子。

这所学校的女学生是旧上海的一道美丽的风景线，她们坐着电车往返于家和校园之间，她们齐耳短发，旗袍素裹，轻轻地摇曳着柔美的身姿，那一身淡雅的书卷气诗画一般的美。

女中在英文、家政和音乐舞蹈等科目上有自己的特色，这里培养出来的女学生，具有上流社会淑女的风范，她们有清新唯美的气质，不但谙熟社交礼仪、通晓英文，文学艺术的修养也是与众不同的。这里走出的女子如同天上掉落凡间的精灵，美而不艳，那份气韵美中藏着淡雅与安然。

母亲替她选贵族教会女校，就是想把女儿培养成上流社会淑女，一种不同于三从四德教育下的新女性。她走出国门，眼界大开，未来的社会和家庭，都需要有知识有文化有修养的女人，私塾教育只能培养旧式的家庭妇女。

张爱玲应当感谢母亲，如果不是她有眼光，一代才女说不定就被父亲张志沂培养成祖母式的传统女子了。

1931年初秋，张爱玲成为圣玛利亚女中的初中一年级新生。

学校环境幽雅，校园内中西式教学楼的北侧是一座西班牙式礼拜堂，一座古老钟楼沐浴着秋阳，静静地屹立在秋风中，钟声会在礼拜祷告、聚集开会及上下课的时候当当鸣响，在校园上空悠扬地回荡。

张爱玲喜欢那明净的钟声,喜欢站在远处仰望那座钟楼的尖顶,想自己的心事……

她被分到初中一年级乙组,这个班级一共有 15 名同学。

在 15 个女孩子中,张爱玲长得娇瘦玲珑,柔柔弱弱,与那些已经长出女子风韵的同学相比,她看上去有些不起眼,依然是没有长足身量的单薄小女孩。她孤独沉默,不太合群,不喜欢和别的女生交往,在校园里,课余时间总是一个人独来独往。这个沉默寡言的小姑娘,总是把瘦削的身姿藏在深色小格子短袖旗袍中,上课的时候,她的目光有些游离,经常会走神儿,谁也搞不懂这个小女孩在为什么烦心事愁眉不展。

这个看起来哪儿都不出众的邻家小妹一般的小姑娘,却在初中二年级的时候,一鸣惊人。

进入圣玛利亚女中的第二年,这个初中二年级的小姑娘,便开始在校刊《凤藻》上发表文章。

圣玛利亚女校的标志是一只凤,校刊便取名《凤藻》,一语双关,很有特色的一个刊名。虽然不过是一份校刊,学生能在上面发表文章也是很不易的,哪个学生的作文如若登上了《凤藻》,马上便成了校园里的名人。

张爱玲的处女作便发表在《凤藻》上,那是一篇类似于随笔的小文,名字叫《不幸的她》,虽为低年级新生,她的文字却透着成熟:"人生聚散,本是常事,无论怎样,我们总有藏着泪珠撒手的一日。"

这样的句子,大抵只有参透人生的人才能写出来。12 岁的小姑娘却写出这样的文字,同学们都不敢小觑张爱玲了。

这所女中因为属于教会学校,比较重视英语教学,汉语则相对弱一些,学生能说流利的英语,用中文写作不是她们的强项,许多女生连一张中文便条都写不通顺。张爱玲从小接触古代文学教育,私塾先生帮她打下的古文底子,现在发挥作用了,她的文学天赋得到老师同学的认可。

张爱玲的天才只在文字中闪烁灵光,学习和生活中,她依然是沉默的,不说话,不交朋友,也不参加课外活动。坐在教室最末一排,老师在上面讲课,她埋着头不停地在纸上画着,不知道的人会以为她在认真做课堂笔记,走近了看,她的纸上是一幅老师讲课的速写画,那神态活灵活现。

教师们已经习惯了这样的张爱玲,好在她很聪明,虽然不怎么听课,考试的时候不会挂科,而且能拿到 A 或甲。

她最大的变化,是长高了。

到初中二年级,她的身高就已经奋起直追,体重没见增加,身材却长高了。于是,她干瘦的身躯在旗袍的包裹下显得摇摇晃晃,根基不甚牢靠的样子。

只有走进学校的阳光房,她的眉宇间才会舒朗一些。

她发表在《凤藻》上的英语习作《阳光房》这样写道:

在圣玛利亚女校,我最喜欢的地方是阳光房。就像它的名字那样,它给我的感觉是,一个温暖、明亮、始终充满阳光的房间。……阳光可以从两侧照进房间。当我们站在玻璃门前时,我们能够看到可爱的学校花园的全景。冬天的下午,当浅黄色的阳光懒懒地照在石质地板上时,我们手拿报纸坐在蒸汽暖气炉边。我们感觉舒适、温暖、愉快,彻底沉醉于阳光房的魅力之中。

这间阳光房,是一间图书阅览室,主色调是黑和白,墙壁是雪白的,墙裙和房间的桌椅都是黑色的,整洁凝重。《凤藻》社的投稿箱就安放在房间一隅,张爱玲经常悄悄向那个黑色的小箱子里投稿,那个小小的投稿箱,承载着她的快乐,开启了她的文学创作之梦。

在那座校园里,张爱玲埋藏在心底的才情悄然被唤醒。

但是,她不是最优秀最出色的学生。

她是出了名的欠交课卷的学生,她的课堂作业总是不能按时完成,老师向她要课卷的时候,她便把两只手绞在一起,可怜兮兮地低声说:"对不起老师,我忘啦。"

这样的学生,老师也拿她没办法。她一副可怜相,低眉顺目,明摆着是在撒谎,却让人恨不得气不得。下次再问她,她依然轻声说:"我又忘啦。"

"我忘啦"成了张爱玲中学时代的口头禅。

她总是那么健忘,作业总也完不成。

她总是那么健忘,皮鞋总记不起放进鞋柜里。

学校对学生宿舍有严格要求,每间学生宿舍必须保持整洁,张爱玲的那间宿舍永远是全校最脏乱的一间,学校规定,学生不穿的鞋子必须放进鞋柜里,而不是放在自己的床底下。偏偏张爱玲的鞋子总是能让检查卫生的老师在床底下找到,于是,她的皮鞋便按照规矩经常在卧室门前的走廊里展览示众。

那双鞋子已经很旧了,放在卧室门前非常显眼的位置,任何一个从这里经过的女生都能看到。一见到那双熟悉的旧皮鞋,大家就捂着嘴窃笑,张爱玲的旧皮鞋又拿出来被展览了。

张爱玲已经习惯了这种展览模式,她经过门口的时候,目光直接略过那双旧皮鞋,坦然地走过去。

下次,放在门口曝光的,依然还是张爱玲的旧皮鞋,她的旧皮鞋几乎成了宿舍门口的明星。

学校教务长对这个丢三落四不能保持宿舍整洁卫生的女生很恼火,很无奈,每每教育她必须把换下来的鞋子放进鞋柜的时候,张爱玲总是淡淡地说："啊哟！我忘了放在柜里啦！"

她只要完不成作业，或者有做得不到位的事情，总会用一句"我忘啦"做挡箭牌。

或许，她真的没有在意一些她认为是枝枝蔓蔓的细节，许多事情，都被她直接忽略过去。很多时候，她显得心不在焉，她的成长环境，让她必须学会忽略，学会不深究，不计较，心不在焉，否则，她的心会累，会痛。

民国时期，家庭结构大多是比较牢固的，很少有像张志沂和黄素琼这种离异家庭。张爱玲的同学们，背后都有一个温暖的家，所以她愈发显得与众不同，愈发显得孤单悲怜。

她刻意去忘掉一些东西，事实上，越是想忘掉，越是忘不掉，刻心铭骨的痛和爱，都是忘不掉的。

她没有好朋友可以倾诉内心的各种痛，便写，写出来就轻松了。

圣玛利亚女校六年的学习时光，她读书不是最优秀的，写作却是全校最好的。读书、写作，中学时代为她后来的文学创作打下了坚实的基础。

校刊《凤藻》以及后来的小型刊物《国光》，成为张爱玲文学创作的摇篮，她在上面发表过《迟暮》《牛》《秋雨》《书评》《阳光房》《霸王别姬》《心愿》《牧羊者素描》《论卡通画之前途》等。

少女时代，是女孩子人生的夏花季节，即使最清冷的少女，心中也有美好的憧憬，也有掩不住的少年纯真天性。

张爱玲也有她稚气可爱的一面，课堂上除了经常偷偷给每一个任课老师画速写，偶尔她还会写打油诗调侃一下她的老师，这些打油诗登在了《国光》上：

橙黄眼镜军蓝袍，

步步摆来步步摇，

师母裁来衣料省，

领头只有一分高。

这是调侃的哪位老师？像极了姜先生,这么生动形象,老师同学们一看便会心地笑了,姜先生也一笑置之。

还有这首:

夫子善催眠,

嘘嘘莫闹喧,

笼袖当堂生,

白眼望青天。

这打油诗,很有些丰子恺诗配画的特色,不知道张爱玲是不是也暗中配上了一幅画。一看到这形象的诗句,同学们立即笑翻天,这不是某某老师吗?

老师自然是很生气,气愤地向美国校长告发,弄得张爱玲差点毕不了业,后来编辑部向老师道歉,才让这件事息事宁人不了了之。

张爱玲是圣玛利亚女校的奇才,也是校园里的奇葩。

她思考问题的方式和角度都与别的女生不一样。

在她们的毕业季,《凤藻》校刊为即将毕业的女生设计了一张名为"一碗什锦豆瓣汤"的调查表。女生们都被称为"豆瓣",每一个"豆瓣"都要填写自己的兴趣爱好。

张爱玲是这样填写的:

最喜欢吃的东西:叉烧炒饭;最喜欢的人:爱德华八世;最怕的事情:死亡;最恨的事:一个有天才的女人忽然结婚;常常挂在嘴边的一句话:"我又忘啦";拿手好戏:绘画。

老师收上来35份答卷,张爱玲的调查卷最个性,最天真,也最

"少女"。

那是填问卷的那一刻张爱玲的真实想法。

女孩子总是喜欢"甜的、软的",叉烧炒饭当然符合她的胃口和浪漫,但是,长大之后,叉烧炒饭似乎并不是她的最爱。

年轻帅气风流成性的英国国王爱德华八世,几乎是许多教会学校女生的偶像,他真的好帅。1936 年初爱德华登基,他的婚姻问题引发了英国的宪政危机,他爱的那位美国女子已经 40 岁了,且离过两次婚,所有人都反对他迎娶辛普森夫人,为了爱情,就任不到一年他自动退位,沦为温莎公爵。

女中学生都迷恋爱情,张爱玲心目中,这种为爱情放弃江山的帅哥,是她欣赏的。少女式的追星,就是只看当下,不看最终结果。那个女人喜欢的是坐在王位上的爱德华,王位没了,爱情也淡了,最终爱德华的结局是悲惨的,他受尽妻子的冷落和谩骂,孤独而终。当然,此时的张爱玲只看到了爱情光鲜绚丽的表层,只这一层迷幻的光彩,就足以迷住这些小女生了。

她最恨天才的女人忽然结婚,毕业之后,女孩子们便面临着结婚嫁人,联想到母亲的婚姻,联想到那个可怕的围城,对爱情婚姻还没有认真思考过的张爱玲,想起来就是一身冷汗。

结婚,会把一个天才女子的棱角磨平,所以她不愿长大。

临近毕业的时候,女生们不再穿朴素的素色旗袍,不再留平直的短发,她们悄悄烫了最时尚的新潮卷发,换上最艳丽的衣裳,她们在等待步入社会,步入爱情,步入新生活。唯有张爱玲,依然一袭式样陈旧的素色旗袍,丁香一般颜色,丁香一般的彷徨、哀怨、忧愁,她还在做她的少女梦。

马上要毕业了,虽然六年时间,她在她们中间一直是特立独行的怪人,但是,临毕业了她却有各种不舍,她忽然觉得,班级的每一个人,其实她都是很喜欢,很在乎的。

同学们都忙着写毕业留言,张爱玲一笔一画画了一本"同学录",把每一个女生都画了下来,每个人都特点鲜明,大家惊诧地看着她的那份留言,那里面满满的深情和真情。

她爱这所学校,爱这里的一草一木,她曾在作文中这样写道:

与全中国其他学校相比,圣玛丽亚女校的宿舍也未必是最大的,校内的花园也未必是最美丽的,但她无疑有最优秀、最勤奋好学的小姑娘,她们将以其日后辉煌的事业来为母校增光!

后来她成为了那个最优秀的小姑娘。

在这个忧郁的夏季,她最纠结的是,她真的不愿意毕业,真的不愿意回到父亲那个阴沉沉的家。

但是,她必须回去。

沉沉落日中最后一抹夕阳

父亲的家,是永远沉浸在午后的落寞。

这个落寞的家,即使沉到夕阳下,也能容下她这个小小女孩。

但是,现在不一样了,母亲出国后,父亲看到旧梦已经不能圆,便续娶了一个妻子。

新娶来的妻子,不是天津姨太太式的青楼女子,她也是名副其实的大家闺秀。

父亲要续娶的消息,还是姑姑最先透露给她的。

因为姑姑家里还留有母亲的空气,因为那里有她喜欢的颜色轻柔样式纤灵的七巧板桌子,因为那里有一些她喜欢的人来来去去,所以,度假的时候,她经常去姑姑家。

姑姑租住的公寓,有一个精致的小阳台,站在这里,可以望风景,可以发呆。

夏夜,初中女生张爱玲住在姑姑家,和姑姑站在小阳台上,一边乘凉一边闲聊。

上海的天空已是夜色朦胧,民国年间的华灯远没有今天的绚烂。聊来聊去,姑姑有意无意间便把话题转移到父亲结婚的事上。

姑姑在昏暗的夜色中望着张爱玲,小心翼翼地试探着说,你的父亲要结婚了,准备迎娶国务总理孙宝琦家的七小姐。

张爱玲心头一震,默然无语。姑姑的话题有些突然,但也在她的意料之中,母亲远走他乡不回来了,父亲再娶也属正常,她却无论如何也打不开这个心结。姑姑的话刚说完,她的泪水不知不觉就淌下来了,好在天色已暗,姑姑是看不清的。她对后母是抗拒的,过去,读过许多写后母的小说,世上的后母几乎没一个是好的,现在,却被自己遇上了。若干年后,她在《私语》中描述初次听到这个消息时的复杂心绪:

我只有一个迫切的感觉:无论如何不能让这件事发生。如果那个女人就在眼前,伏在铁栏杆上,我必定把她从阳台上推下去,一了百了。

这个被张爱玲看做天敌的后母,名叫孙用蕃,家庭背景比张爱玲的亲妈要硬实得多,她祖父是光绪帝的老师孙诒经,父亲孙宝琦曾两度出任北洋军阀时期的国务总理。

七小姐是含着金汤匙长大的姑娘,父亲一妻四妾生了 16 个女儿,在这一大群女儿中,孙用蕃的名气仅次于大姐孙用慧。从她留下的照片看,细眉大眼,五官还是很端正的,她的朋友圈都是上海滩的上流社会名媛,比如张学良身边的赵四小姐,后来嫁给徐志摩的陆小曼,曾和宋子文爱得水深火热的唐瑛,都是孙用蕃最好的闺蜜。

孙用蕃的这些闺蜜,每一个都有一段曲折的传奇故事。结婚前,七小姐其实也是有故事的,故事的传奇性丝毫不亚于她的那些闺蜜,只是,孙家保密工作做得到位,孙用蕃的爱情故事便成了隐隐约约的传说。

每一个被耽误成剩女的女子,都有剩下的原因。

孙用蕃被雪藏深闺迟迟不出嫁的原因,是她曾经有过一段刻骨铭心的爱情,爱情的男主角究竟是谁,没人知道,那个男人最终没有践行爱情约定,致使七小姐的内心深受伤害,最终,不得已嫁给了离异且带孩的大叔级男人张志沂。

张爱玲大约知道一些关于后母的爱情传说,所以,在她的小说《小团圆》中,故意映射了这件事。

《小团圆》里翠华的原型便是后母,未出阁时,翠华爱上贫寒出身的表哥,两个人私订终身,但是,家里人坚决不同意。陷入爱情的女子都是弱智的,翠华约了表哥一起服毒自尽,她按照约定服了毒药,表哥却反悔了,或者,他压根就没想殉情。翠华被救下来虽然命保住了,心却死了。

能相约殉情的男女,当初她一定是用生命去爱着那个人。但是,那个人苟且偷生背叛了自己,早知道自己舍了名爱着的是这样一个懦夫,何必当初?那份羞辱让她在贵族家庭和朋友圈中抬不起头,她陷入深深的失落哀伤和自责中,每天靠抽大烟自我麻痹。

这便是张爱玲在小说中演绎的后母的那段孽缘,虽然是小说中的人物,张爱玲却是把自己家庭的每个人都放到了里面,里面的故事还是有一定的可信度的。

后母的心理受过重大创伤,所以,她26岁准备嫁入张家的时候,身心都不其健康,这和同样受过感情创伤的张志沂倒是有共同语言,他们惺惺相惜,一同回忆失落的过去,一同在鸦片的烟雾缭绕中,醉生梦死。

七小姐孙用蕃和张爱玲的父亲在礼查饭店订了婚,订婚之后并没有马上成亲,因为七小姐的父亲孙宝琦过世了,按规矩要守孝三年。

三年之后,孙用蕃正式嫁到张家,那年她 29 岁。他们在华安大楼风风光光举办了结婚典礼,孙用蕃毕竟是第一次结婚,而且是大家闺秀,哪能草率完婚呢。

29 岁的女人,还不算十分老丑,但是,在张爱玲心中,这个女人是和美丽的母亲没有任何可比性的。她在《小团圆》中,故意把这个老剩女写成 36 岁,看新娘的人说,"我说没甚么好看,老都老了"。

后母在张爱玲仇视的目光中,走进她的生活。

好在那个时候的她是住宿在学校的,不常回家,周末回去了,也只是匆匆忙忙住一个晚上,第二天又回学校了。

但是,对于这个后母,她始终是容不下的。

当年,在天津的时候,她能容下那个粗俗姨太太搬进自己的家,因为那个女人不过就是个姨太太,她并没有占据母亲的位置,那个女人在家里要讨好她这个大小姐,讨好家里的佣人们,她不敢过于张扬,即使嚣张跋扈,也只敢对着张志沂,最终还不是被轰走了?

后母和姨太太不一样,她是明媒正娶过来的,母亲的位置被她占下,从此,母亲真的就回不来了。母亲虽然有缺失,毕竟是母亲,换了后母,便彻底没了情分。

后母进了这个复杂的家庭,也有她的难处。

她的闺蜜们都嫁到了上流社会,在明艳的光环下活着,她一脚踏进了灰蒙蒙的张家,这个家族曾经的辉煌已经远去了,除了有些钱财还可以供她抽大烟，其他也就没什么了。

七小姐的气质不在了，剥去大家闺秀华丽的外壳，俗气的本质便暴露出来。

进门就当两个孩子的后妈，那个纯真憨厚的少年张子静倒还好说，难办的继女张爱玲，这个女孩子寡言少语看似安静娴淑，其实心机很重，她有才气，能写会画，这样的小才女是不好归顺于谁的。

孙用蕃一上场，便出了一张拙劣的牌。

她为了收买张爱玲，送了她一箱自己穿剩的旧衣服。

那些旧衣服在她看来面料都是极好的，都是贵重绸缎做的，旧是旧了些，但是不破，还能挑拣着穿。他们孙家16个姐妹，从小都是这样互相穿对方的衣服，姐姐穿过了，妹妹接着穿，她觉着自己的这些衣服，张爱玲会喜欢的。

这箱子旧衣服，却把孙用蕃和张爱玲的距离彻底拉远了。

接过这一箱旧衣服，张爱玲的心中便被这一箱子褪了色的花花绿绿堵得喘不过气来。

对于穿衣打扮，张爱玲骨子里是非常在意的，她永远记得小时候，看母亲立在镜子跟前，在绿短袄上别上翡翠胸针的那一幕。母亲和姑姑都讲究衣品，她们喜欢剪裁，母亲每次和姑姑从街上买回布料，都要在镜前打量臭美，父亲便说，人又不是衣裳架子。

穿衣比天大，是母亲的着装理念，张爱玲有意无意间，已经受了母亲的影响，她已经是青春少女，对穿衣有了自己的想法，这一箱子旧衣服怎能入得了她的法眼？

自从有了这一箱子旧衣服，家里便不再给她做新衣了。

后母已经掌管了家里的财政大权，一切开支由她说了算，她除了在抽鸦片上不计成本，在所有家庭开支上都精打细算。张爱玲上学的学费在她看来已经是一大笔额外的开销，能供她读这种贵族学校就已经格外开恩了，在穿衣问题上，能省则省。

但是，这一箱子旧衣服让一个天生喜欢漂亮新衣服的少女很自卑，她穿上那些已经褪去了颜色，且不合身的旧旗袍，回到同学们中间，自惭形秽，总觉得在那些衣着光鲜的同学面前抬不起头来，在她的散文《童言无忌》里，那些旧衣服也被她记下了一笔：

有一个时期在继母治下生活着，拣她穿剩的衣服穿，永远不能忘记一件黯红的薄棉袍，碎牛肉的颜色，穿不完地穿着，就像浑身都生了冻疮；冬天已经过去了，还留着冻疮的疤——是那样的憎恶与羞耻。一大半是因为自惭形秽，中学生活是不愉快的，也很少交朋友。

张爱玲是抗拒那些旧衣服的，她不喜欢这些旧衣服掩藏的旧故事，不喜欢被后母穿过的隐藏在绸缎细密缝隙中的另外一个女人的气息，那些气息，虽然经过无数次的漂洗，也是洗不去的。

张爱玲情感上是有洁癖的人，对于后母，她一直抱敌视态度，她的那些旧衣服，自然也让张爱玲很反感，如果不是实在没有穿的，她绝对不会把另外一个与自己毫无血缘关系的女人的旧衣衫穿到自己身上。

圣玛利亚女校的班级，每个学年都有一张合影，从那些合影照片上看，张爱玲的服装确实属于低调的。这所学校的每一个女学生都是豪门望族小姐，她们家族显赫高贵，喜欢穿美丽时尚的新旗袍，张爱玲的服装总是与众不同，从照片上一眼就能分辨出她在哪里。特别是后母嫁过来之后，合影中的张爱玲，服饰明显落伍。

1936 年夏，张爱玲高中二年级班级合影中，她站在后排，穿一件深色旗袍，那件旗袍是全班女生中最深的，黑白影像中，旗袍的色泽质地看不分明，但一定是一件旧衣服。穿着旧衣服照班级合影，难掩心中的不愉快，她表情落寞沉寂，脸上无一丝笑意。之后的毕业合影,同学们集体时尚妩媚起来,她们马上要走出校门成为上流社会的名媛,成为富家少奶奶,这些毕业前夕的女学生都穿上了大上海最新潮的旗袍,烫了爱司头;张爱玲像一只孤独的丑小鸭,夹杂在她们中间,她身上那件式样陈旧的深色旗袍似乎还是上次合影穿的那件。

"穿后母婚前的旧衣服,穿不完的穿,死气沉沉的直条纹,越显得她单薄、直棍棍的。"这是张爱玲的自传体小说《雷峰塔》里的琵琶,也是张爱玲自己。

穿着老式旧旗袍的张爱玲,心情和她身上的旗袍一样颜色黯淡,她打不起精神走到同学们中间,她自卑自怜,校园里的繁华热闹是属于其他女生的,她内心永远是灰蒙蒙的苍凉。

孙用蕃进了张家,便想立即把女主人这一席立足之地筑牢。

她用一箱旧衣服告诉大小姐,以后这个地盘我说了算,你能有这么高级的旧衣服穿就已经不错了。

她做的另一件事,便是搬家换佣人。

张志沂当初离婚后,搬到了前小舅子家的巷子里去住,为的是能经常见到他依然爱着的前妻。孙用蕃知道,那个美丽的前任已经驻进了丈夫心间,他其实并没有把她忘掉。现在住的这个地方,离前任的娘家太近了,到处都是那个美丽女人的气息,她心中总是被酸酸的醋意浸泡着,必须立即离开这个地方,搬到别处去居住。

张志沂是个没主见的前清遗少,一个懦弱男人像个墙头草是很容易随风倒的,他对任何女人都谈不上忠诚忠贞,虽然他最爱的是前妻黄素琼,但是,和黄素琼结婚后,他一直到处拈花惹草寻找刺激,他根本就不配说爱情。娶到孙用蕃后,他立即屈服在她的淫威下。这个女人比前妻厉害得多,她从小生活在总理府,做事有板有眼,她说搬家,张志沂不敢反驳,既然她已经拍板了,搬走就是了。现在自己已经续娶了新老婆,住在这个地方,一旦黄素琼回国到娘家来,再碰上彼此也尴尬。

这次搬家,搬到了李鸿章的旧宅。

孙用蕃大张旗鼓地宣传搬家这件事,对张家的亲友和自己的亲友闺蜜广而告之,让所有的人都知道,他们搬家了,她作为张府的女主人,开始正式主持工作了。

搬家之后,前妻留下的许多老仆人便趁机都遣散了,孙用蕃换了一些自己娘家的佣人过来,自己在这个人生地不熟的地方,也就多了几个贴心人。

新家的布局也是孙用蕃亲自设计的,她在门厅地方,换上了陆小曼的油画瓶花,作为陆小曼的闺蜜,跟她讨张画,她还是给面子的。

为了进一步显示张府女主人的凝聚力,孙用蕃抓住张志沂马上要过 40 岁生日的契机,决定把这次生日宴会办出新高度新水平,让所有人都对自己刮目相看。

她亲自张罗操办,把那次生日宴会办得很铺张很奢侈,她精心打扮好自己,带着张志沂挨桌给来宾敬酒,俨然是一个在张家呼风唤雨的一把手。

她装扮得再精心,再漂亮,张爱玲还是鄙视她,这妆容与自己的亲生母亲相比,简直是俗陋不堪。打扮成这种气质,也好意思在人前张扬。

搬家之后,对张爱玲影响不大,她本来就住在学校,倒是张子静感觉不习惯,过去和舅舅家住在一个巷子,他可以经常找舅舅家的孩子去玩,现在住得远了,去也不方便了。

孙用蕃自有一套笼络小孩子的办法,她从娘家带来兄弟姐妹家的小孩子,让他们陪着张子静玩耍,寂寞的张子静和孙家的孩子成为朋友,他对这个后母便不排斥不抗拒了,乖乖归顺到后母的麾下。

但是,后母毕竟是后母,对前任的孩子,她并没有多少耐心。

那时候,张爱玲已经住校,只有张子静在家陪伴着父亲和后母,原本就不懂得爱孩子的父亲,在新妻子的挑拨下,经常对儿子进行棍棒教育。

姐姐已经无力保护弟弟了。

弟弟也不再是童年时代那个秀美可爱的小男孩,他进入青春期,和所有叛逆期的少年一样,他也会偶尔逃学,偶尔叛逆一下。他变得高而瘦,穿一件不甚干净的蓝布罩衫,不像有才华的姐姐一样喜欢看名人名著,他最喜欢读的是连环图画,没钱买,便去租,一租便是一大摞。喜欢看小人书的弟弟和喜欢写小说的姐姐,已经南辕北辙愈行愈远。张爱玲也曾想纠正弟弟的读书习惯,提高他的欣赏品味,弟弟却并不给姐姐机会,他根本没有时间坐下来陪伴姐姐说说话,他的心是野的,所有的青春期少年都有一颗躁动的心。

家里的人们对叛逆期的少爷颇有微词,见到张爱玲,便控诉张子静的种种劣迹,比如他逃学,忤逆,没志气。

弟弟没志气她是知道的,什么时候又添加了逃学、忤逆的坏毛病?

张爱玲自然是气愤,比任何人都气愤,因为那是她的亲弟弟,她当然最在乎。

她不是附和别人的人,因为恨弟弟不争气,便也附和着众人,和他们一起声讨弟弟。

声讨之后,她又后悔自己的从众行为。

她的脾气就是喜欢特别,随便什么事情总爱跟别人两样。

如果她不小心从众,或许是因为无奈。

张爱玲本是疼怜弟弟的,她想关心他,却心有余力不足,她连自己都顾不过来，哪顾得上弟弟。

弟弟青春期似乎很漫长，他不会看大人的脸色，饭桌上，因为一件不起眼的小事，便招来父亲一记大耳光。

那记耳光是打给后母看的，因为用力太狠了，大约把后母也镇住了。

张爱玲愕然地看着父亲，眼泪不由自主地淌下来。她连忙用饭碗挡住了脸，还是被后母看到了。

后母对流泪的张爱玲咯咯笑着说："你哭什么？又不是打你！他没哭，你倒哭了！"

张爱玲在《童言无忌》中写了自己为弟弟落泪的那个场景：

我丢下了碗冲到隔壁的浴室里去，闩上了门，无声地抽噎着，我立在镜子前面，看我自己的掣动的脸，看着眼泪滔滔流下来，像电影里的特写。我咬着牙说："我要报仇。有一天我要报仇。"

浴室的玻璃窗临着阳台，啪的一声，一只皮球蹦到玻璃上，又弹回去了。我弟弟在阳台上踢球。他已经忘了那回事了。这一类的事，他是惯了的。我没有再哭，只感到一阵寒冷的悲哀。

张爱玲对弟弟是有爱的，他们都是被父母冷落的孩子。

但是，复杂的家庭关系让张爱玲寒心了，这个家里的每一个人慢慢都变得很冷血，他们把自己封闭起来，即使对最亲的亲人，也不肯敞开自己的心和爱。

孙用蕃是个场面上的人物，她管家驭人都有术，但是，她有一个致命的死穴，就是必须躺在烟铺上抽大烟，这是一个女人的硬伤。

张家过去就一个张志沂吃喝嫖赌，现在烟铺上又多了一个抽大烟的女人，这下子两个人志同道合了，他们一起吞云吐雾，祖辈留下的万贯家财，被这对抽大烟的夫妻都烧了鸦片。

这个家迟早要败落的。

张爱玲愤然忧伤地看着躺在烟榻上的父亲和后母。

这个女人，是这个家沉沉落日中最后一抹夕阳，她加速了张家落寞的进程。张爱玲恨这个女人，不管她怎样讨好自己，都抵消不了她心中的恨意。

3 求学,从一座城到另一座城

弥漫鸦片云雾的孤独悲凉

中学时代眨眼间就结束了。

校园里的张爱玲虽然精神萎靡不振,但对她来讲,校园却是最好的港湾。

随着毕业时日的临近,她的心绪愈发不宁。

在学校住宿,偶尔回家,可以客客气气敷衍过去。

毕业了,便要每天面对后母的那张脸,那种虚伪的应酬,什么时候是尽头。

在家里,父亲和后母已经伉俪情深,一张烟榻把他们紧密地拉进一个战壕,弟弟也已经毫无底线地降到了后母一方。倒是从小带她长大的保姆何干,心里还是疼自己的。

遣返家中佣人的时候,何干侥幸留下了,因为家中的老佣人们不能一个不留全轰走,总要留下一两个,带着新来的佣人熟悉情况。

何干能留下,主要是因为她不属于前妻黄素琼的人,当年老太太李菊耦活着的时候,何干就进了张府,所以,她算是老太太的人,她服侍张爱玲的祖母,照顾过张爱玲的父亲,后来又照顾张爱玲。老太太的人是可以留下的，倘若是黄素琼的人，便要当机立断，立刻清除。

在祖母李菊耦时代，张府对佣人的工资标准是，女佣工资每月五元，粗做三元。何干因为是从前老太太的人，一直都是十元。孙用蕃觉得，这样一个老态龙钟的女佣，十元钱太多了，于是改成了五元。

何干从张爱玲一出生，就成了她的专职保姆，即使她在中学寄宿，这个保姆依然在她名下。孙用蕃认为这样太浪费了，大小姐又不在家住，要一个专职保姆做什么？于是，何干成了张子静的保姆。那时候的张子静已经是一个少年，也用不着保姆伺候，何干的主要工作便是洗一家人的衣服。

张爱玲在散文《爱憎表》中，记下了看到何干洗衣服时自己心酸的感觉："头发雪白还要洗被单，我放月假回来，听见隔壁装着水龙头的小房间里洗衣板在木盆中咯噔咯噔地响，响一下心里抽搐一下。"

白发苍苍的何干在水房洗被单，张爱玲的心中五味杂陈，她对后母的冷漠无情不仅仅是怨，还有恨。何干虽然只是保姆，在张爱玲心中，她早已是自己的亲人，从小母亲丢下她到了国外，何干一手把她带大，给过她温暖和亲情。如今，何干老了，却沦为做粗活的佣人，张爱玲帮不了她，一听到她洗衣服的响动，便内心发紧，替她难过。

从学校回到家，看到弟弟和年老的何干受折磨，她无奈，只能无奈。

她这个张府的大小姐，无力拯救弟弟，无力拯救何干，也无力拯救自己。

圣玛利亚女中的音乐课以琴科为主，琴科主要是学钢琴，钢琴教师的薪水在学费之外，所以，选琴科的学生需要向家长单独要钱。张爱玲每次向父亲要钱的经历，是她的血泪史。她长大后，那惨淡的一幕还不时在脑子里回放：她立在烟铺眼前，父亲自顾躺着抽大烟，对已经站了很久的女儿都不用眼角扫一下，张爱玲在迷离的烟雾中就那么站着，许久，许久，得不到回答。

她必须耐心等待，等着父亲发了善心，把学费拿出来。她的心是哀凉的，却不敢哭，倘若把父亲的心情哭成乌蒙蒙的灰色，学费便彻底泡汤了。

毕业前夕，正当张爱玲的人生即将面临走投无路的时候，母亲黄素琼从国外回来了。

黄素琼选择这个时候回到上海，一方面，她心中还牵挂着即将中学毕业的女儿，当然，还有一个原因，她新交的男友要来上海做生意，她要跟他一起回来，用过去自己的那点人脉帮他奔走打点。

前夫再婚的事，对于她已经不是新闻了，通过各种渠道，她早就知晓张志沂娶了个豪门闺秀填了自己的缺。前夫娶了什么女人，她并没有多少醋意，本来当初是她主动提出的离婚，相当于她甩了张志沂。

她感到酸楚的是，自己的一双儿女也归到了那个女人的名下。女儿的心还在自己这边，儿子却已经把这个后母当成亲妈了，她心甘失去了女主人那个阵地，却不情愿失去母亲这块阵地。

黄素琼决定把女儿带到国外去，让她跟着自己到英国留学。

母亲一提出这个想法，张爱玲便觉得这是解放自己最好的出路，她有自己的理想和目标，她想学画卡通影片，她想把中国画介绍到美国去，她想比林语堂还出风头，她还想，出了国像母亲一样穿最别致的衣服，再也不用穿后母的旧衣服了。还有，她最大的心愿就是离开这个家，离开后母，走得越远越好。

出国的美好梦想需要厚重的资金做支撑，这笔钱父亲愿意出吗？

黄素琼不好亲自出面去找张志沂，就让张爱玲自己去找她父亲谈这件事。

张爱玲今生最头疼的事，便是找父亲要钱。只要一提钱的事，父亲原本笑逐颜开的眉宇间顿时就会拧出一个疙瘩来,又要钱,又要钱,一个女孩子学那么多东西有什么用?把嫁妆钱都花光了,将来这个女儿出嫁的时候,还给不给陪嫁?

这一次,张爱玲战战兢兢吞吞吐吐,居然说要钱出国留学。

张爱玲站在那里,讲她罗列的要出国的 N 个理由,讲着讲着,父亲毫无征兆地暴怒了,他摔了烟枪,恶狠狠地从牙缝里蹦出几个字:出国,不可能!

前妻出国留学是他一辈子的痛,当初,若不是自己心软,答应了让妹妹和前妻到欧洲留学,哪会有后来的家庭解体。自己的前妻,那个美丽的不安分的女人,一到国外就学坏了,抛夫弃子一个人出洋过潇洒日子,如今又教唆女儿步她的后尘,他刚刚结痂的伤疤,顿时又被揭得鲜血淋漓。

孙用蕃听到张爱玲说出国留学的事,也坚定不移地站到了丈夫这边。

出国留学,这明摆着是那个女人的主意,大把大把的钱扔到国外,最后落得人财两空。

本来,孙用蕃和张爱玲的关系已经有所和缓,和缓的媒介是因为一篇张爱玲没写完的作文。

假期里,张爱玲在父亲书房里写作文《后母的心》,写得差不多了就放在桌子上,自顾去舅舅家去玩了。或许那篇作文就是为了敷衍关系写给后母看的,故意不收起来,让她无意看到,不管是有意还是无意,反正后母是看到了。张爱玲的文笔,想感动谁还不容易,她在文中深刻、细腻地刻画了后母的处境和心境,让后母深受感动。孙用蕃以为张爱玲已经成了自己人,于是,借着这篇作文逢人便夸耀张爱玲,明着是在夸继女,实则是在夸自己治理有方。父亲对张爱玲的作文也很得意,还鼓励她学作诗,那个时段是张府最安宁的时光,那座老洋房模糊的空气仿佛也明净了许多,阴暗的地方也摆脱了古墓的清凉,外面的大街上,电车铃声也有了美好的乐感。

黄素琼的到来,把孙用蕃创建的和谐稳定的大好局面搅黄了。

黄素琼让张爱玲出国留学,是一种挑衅,是前任和后任之间悄无声息的夺女战争。孙用蕃本来就不是性格温顺的女人,黄素琼招惹了她,她出口不逊,当着张爱玲的面,便骂开了张爱玲的亲娘。

她斥责张爱玲的话听起来很恶毒:"你母亲离了婚还要干涉你们家的事。既然放不下这里,为什么不回来?可惜迟了一步,回来只好做姨太太!"

那些话是冰冷的,口气中带着轻蔑,言外之意是,张爱玲的母亲黄素琼太贱了,离婚了,你还掺和前夫家的事做什么,明摆着是放不下前夫啊,放不下你可以灰溜溜地回来啊,你的位置反正是没有了,来了,也只能做小老婆了。

孙用蕃的脸上写满嫉妒,浓烈的醋意扑面而来,张爱玲没想到后母能说出这样难听的话,什么叫"可惜迟了一步,回来只好做姨太太"?是你占据了母亲的位置,你连做姨太太都不配。张爱玲紧闭着嘴,怒视着后母,拳头攥得紧紧的,恨不得上前搧她一个大嘴巴。使劲忍了忍,张爱玲忍住了,她暂时不想得罪这个女人,她还要从这里讨留学英国的学费,得罪了她,父亲定然不给出了。

那些日子,她和母亲走得有些近,她经常不在家,经常去母亲那边,每次从母亲那边回来,后母的目光中便充满妒火,那火是阴冷的,极具穿透力的,让张爱玲不寒而栗。

出国留学的事暂且搁了浅,张志沂不敢实践当初离婚时的诺言,离婚的时候,曾经约定,女儿上学的事情,母亲说了算,现在谁说了都不算数了,只有现任老婆说了算数。张志沂从来就没有过尊严,这个时候,他不会也不敢维护自己的尊严。他紧紧缩起来,不再露面。而母亲黄素琼这边,她出嫁时的首饰也差不多快卖光了,她还要为她的男友出资做事,她的男友去新加坡了,也是急需钱。

昏昏欲睡的漫长夏日比任何一年都冗长。

那个焦躁的夏天,似乎是等待着发生点什么。暑期的酷热中,沪战爆发了,苏州河边的夜晚从此失去了宁静,轰隆隆的炮声让人心绪不安,难以入眠。张爱玲平时睡眠就不是很好,她搬到母亲家住了两个星期。

去的时候,应当是和父亲打过招呼的,只是没告诉后母。

一个沉闷的清晨,张爱玲回到家,热浪滚滚的日子,家中也是混沌阴凉的,背阳的地方还生着青苔,这个家一年四季总是沉浸在阴冷中。一进门,佣人们在忙自己的事情,他们与大小姐客客气气地打招呼,她觉得,有时候,家里人还不如这些佣人疼怜她。张爱玲经过父亲和后母经常抽大烟的一间卧房时,放轻脚步,他们起床后大概正在烟榻上吞云吐雾,她不想惊扰他们。

"这不是大小姐吗?这些日子你去哪儿了?"后母冷不丁从房里走出来,把张爱玲吓得一激灵。

张爱玲低声说:"我去妈妈那边了。"

"怎么你走了也不在我跟前说一声?"后母的目光很有挑衅性,身上那件光色暗淡的织锦旗袍因为在烟榻上躺的时间久了,满是褶皱。

张爱玲避开她的目光说:"我向父亲说过了。"

后母咄咄逼人地说:"噢,对父亲说了! 你眼睛里哪儿还有我呢?"

张爱玲猝不及防地感觉自己被后母打了一个嘴巴,那一巴掌是否真的打了,事后有许多个版本,此时,话语和情绪都已经做好了铺垫,加上一巴掌也算剧情的正常发展,张爱玲出于本能想还手,也是剧情发展需要。

但是,张爱玲那一巴掌究竟是没打过去,何干和两个老妈子及时赶过来,拉住了她。

张爱玲不过就是挡了一下后母打过来的手臂,这就变成了她打人的证据,后母大声哭喊着往楼上跑,她这是在哭给张志沂听。此时他在楼上,听到孙用蕃的哭喊声,他迅速冲下楼,不分青红皂白便动手打了张爱玲。

"你还打人!你打人我就打你!今天非打死你不可!"父亲下手很重,他大概真的觉得女儿打了后母,所以,要教训一下这个没有教养的孩子。张爱玲觉得,父亲是在往死里打,她不能这样稀里糊涂被打死,便把头躲来躲去,避开最重的几拳,最终还是躺在地上起不来了。

父亲并不解气,又踢了她几脚,才算罢休。整个过程,张爱玲都是消极自卫,她不敢反抗,更不敢反击,直到父亲气鼓鼓上了楼,她才一瘸一拐到浴室照镜子,镜子里的自己,已经浑身青紫,狼狈不堪。

张爱玲清醒过来,第一反应是去报警,但是,家门口有看门的巡警,门锁着,钥匙在父亲那儿,她为自己的委屈撒泼痛哭,于是招来一顿更结实的揍,父亲连古董花瓶都招呼上了。

地上散落着一地花瓶的碎片,到了早餐时间,饭菜香隐隐飘来,张爱玲不知道饿,她坐在地上欲哭无泪,老保姆何干搂紧了她,哭着说:"小姐,你傻啊,怎么把事情弄成这样。"

张爱玲在何干的怀抱里放声痛哭,她哭得淋漓尽致,上一次这样放声痛哭是什么时候,她忘记了,那时候她还很小。

父亲把她关进了楼下一件空房子里,门上上了锁,那间屋子是闲置不用的,有一张古旧的红木炕床,她在里面依旧是哭,昏天黑地地哭,哭了整整一天,哭累了。天完全黑下来,这间久不住人的房子阴森可怕,她蜷缩在红木炕床上,昏昏沉沉睡去。

睡了多久她不知道,她被一阵争吵声惊醒时,天已大亮。

外面是姑姑张茂渊的声音,是何干悄悄找来的外援吗?

然后是后母的冷笑声:"是来捉鸦片的么?"

姑姑的声音沉稳冷静,她说,听说侄女被关了起来,她来说个情,把她放出去。

张志沂一听妹妹的话,从正在抽大烟的烟铺上蹿出来,抢着大烟枪劈头打去,他对这个妹妹早已满腔地恨,当年若不是她吵吵嚷嚷去留洋,老婆也不会跟她跑掉,现在她又到家里来,想把女儿带走,这是安的什么心,宁肯让这个女儿囚在小屋子里,囚死她,也不能放她走。

大烟枪打下去,张茂渊的头上身上顿时流出殷红的鲜血。身边的佣人们吓坏了,立即找车拉着她去了医院。

来救援的姑姑被打跑了,张爱玲的泪水又流出来。

就这样关着,关着,整天在里面关着。

张爱玲孤零零地被关在小屋子里面,像笼子中的小鸟,她的身边只有那么一小片天地,谁也救不了自己,自己会被囚多久呢?三年五年,关到自己寂寞死去?她觉得时间久了大概自己会疯掉的,就像巷子外面的疯女人,她宁肯死,也不愿像她们那样疯疯癫癫。

这间屋子没有临街的窗,只有一个落地长窗,窗外有个走廊,白天,张爱玲手扶小屋子阳台上的木栏杆,她把那栏杆攥得紧紧的,只有这样紧紧攥着,她才能感觉到一丝生命的力量。更多时候,她只能举头遥望外面的天空,天空比这小屋有活力,偶尔会有小鸟飞过,更多的时候是空荡荡的湛蓝。这几天,天空突然热闹起来,成群结队的飞机嗡嗡飞着,爆炸声从远方传来,她特别盼望,这些飞机能把炸弹扔到她的家,大家一起死去就算啦,或者,侥幸活着,还可以逃出去。

只有何干,每天过来看看她,悄悄告诉她:"千万不可以走出这扇门呀!出去了就回不来了。"

其实张爱玲每天都在暗自策划怎样逃走,她每天清晨起床后,就在落地长窗外的走廊上做健身操,她要把身体练得棒棒的,随时准备逃走。

暑期过去,便有了重重凉意的秋。

还没等她策划出逃跑计划,她就病倒了,严重的痢疾让她浑身一点气力都没有,她的病情越来越严重,腹泻,发烧,只能闭着眼睛躺在床上,气若游丝。父亲知道女儿病倒了,并不给她请医生,也不给她买药,大概父亲此时余气未消,看着张爱玲病倒了老实下来,就想,让她多老实些日子吧,反正也死不了人。其实,那时候张爱玲已经病得很严重了。

每天除了拉肚子,就是昏睡,本来就瘦弱的张爱玲病得模样已经看不得了。何干怕小姐出意外,背着太太悄悄告诉张志沂,小姐这样不行啊,会出人命的,不管怎么说,她是你的亲闺女。

在张志沂那儿,何干说话是管用的,因为他小时候,她也曾是她的保姆。于是张志沂悄悄买来抗生素针剂,趁孙用蕃不注意,偷偷为张爱玲注射。

张爱玲的病情渐渐好起来,凉凉的秋风中,她强撑着身子能坐起来了。

经过了整整一个秋季,又经过了一个寒冷的严冬,张爱玲一直就蜷缩在那间房子里,她更多的时候是躺在床上,看冷风无影的淡青色天空,看对面的门楼上挑起的灰石鹿角,她常常想,我若是死在了这里,就在园子里埋了。

在何干的细心照料下,她的身体终于恢复到了刚进来时候的样子,脸上有了红润。她注意到,临近春节了,两个警卫换班的空档有些懈怠,是最好的逃跑时机,于是,在那个寒冷的隆冬夜晚,她趁着巡警换班,让何干帮自己开了屋门的锁,悄悄逃出家门。

她毫无留恋地走进了夜色中无人的空街,这一走,她今生便与父亲成了陌路。

逃离是另一种致命的伤

冬夜,从家里逃出来,张爱玲深一脚浅一脚地往前走。

单薄的衣衫,抵不住深冬的寒冷,她急急地走,唯恐有人追了上来,她或许就再也没有逃出来的机会了。

已经半年没有走出那间屋子了,外面的世界有些陌生。其实,这里是她出生的地方,本不该陌生的。她定了定神,找准了方向,加快逃离的速度。

街灯下的寒灰中,一个黄包车夫正拉着空车慢慢走,这样的冷冻夜晚,他也许拉完最后一个活,准备收工回家了。

张爱玲紧走两步上前,把他叫住。

她衣袋里有何干塞给她的一点钱,这点钱,够她坐黄包车去母亲家的。

她还和黄包车夫还了价,在这样紧要的时刻,居然还能从容地讨价还价,并不是她有大将风范,皆因她实在太在乎钱了。

黄包车夫穿过安静的街巷,一路小跑走进一条幽静的小马路,路的两侧都是花园洋房,幽暗的路灯下,车子停在开纳公寓门前,这便是张爱玲逃亡的目的地,母亲和姑姑的家。

她的深夜造访,着实把母亲和姑姑吓了一跳。

母亲回国后,一直和姑姑住在一起,知道张爱玲被囚禁在家里,她们也无能为力,姑姑在她被关起来的第二天想去救她,挨了兄长一顿毒打,就再也不敢踏进那个家半步了。

那个夜晚,张爱玲像逃出牢笼的小鸟,在昏黄的灯光下,她从公寓的这个房间走到那个房间,又走到小阳台,这里的布置是精美雅致的,精致的小地毯上的图案是西洋风格的,几件瓷器都是高端品质,在灯光下闪着柔和的光。

母亲轻声问她:"你是准备在这边住几天就回去,还是想逃出来就不再回去了?"

"我不会再回那个家了。"张爱玲态度很坚决。

"你仔细想想,跟父亲,自然是有钱的;跟了我,可是一个钱都没有,你要吃得了这个苦,没有反悔的。"母亲不紧不慢地轻声笑着说,她温柔的语气中,带着一种距离感。张爱玲感觉出来了,但是,她现在无路可走,只有投靠母亲,即使母亲此刻拒绝了她,她也只能赖在这里。

张爱玲点点头,表示她不反悔。

那个夜晚,她并没有因为逃出了那间小屋而安心睡去,她心中还是惊魂未定。天亮了,父亲会不会追过来,毕竟,她没有别的去处,父亲如果发现她跑了,第一时间便能找到这里来。

第二天,并没有人到这所小公寓打扰她的安静。

她不知道,在她逃出来的那个家里,从天亮开始,就已经阴云密布。

张志沂知道女儿不见了,又暴跳起来,骂完已经逃走的张爱玲,便审何干。

何干毫无疑问是同谋犯,作为这个家的老保姆,审完骂完也就罢了,顶多罚她一点工钱。

后母孙用蕃反倒不像父亲那样愤怒,这个女儿早晚得跑,早跑了,早消停,留着她在家有何用? 她不想看到她,其实内心早就盼着她在这个家里消失,现在她自己跑了出去,这样最好,看她怎样再回到这个家,这一走,她再回来可没那么容易了。她也这样劝丈夫:"气大伤身,不必为这件事生气,只当是她死了。"

第一时间,孙用蕃就把张爱玲的服装,卧室里的所有用品都分给了别人,让她的所有痕迹都在家中消失。

何干悄悄藏下了张爱玲小时候的一些玩具,这些旧玩具一直放在何干的住处,所以没被后母分掉送人。

等家里关于张爱玲逃跑的事渐渐被忘却,何干偷偷带着张爱玲小时候的一些玩具给她送过来。

白发苍苍的老保姆拿着那些玩具,笑起来像个孩子,她一一拿给张爱玲看:"你看,小姐,这是鸵鸟毛折扇,骨子是象牙的呢。"

其实,对于这把折扇,张爱玲已经没有太深的记忆了,是小时候母亲从国外买给她的,还是谁送的? 年代久了,记不清了。天气尚冷,离用扇子的节气还远着呢,她接过来,扇子当初应当是很美的,淡绿鸵鸟毛,洁白的象牙骨子,只是现在有些旧了,淡绿色愈发的淡了,洁白的象牙也有些发黄了。她轻轻一搧,羽毛便扑棱棱掉了下来,漫天飞着,羽毛上的灰尘让她咳嗽起来,眼泪也流出来。

何干慌忙拿过扇子,放到一边。

在母亲的家中是自由的,张爱玲后来回忆道:我所知道的最好的一切,不论是精神上的还是物质上的,都在这里了。

但是,母亲的经济好像真的很拮据。战争爆发之后,上海物价每天都在涨,母亲是没有收入的,只能靠嫁妆和祖上的遗产生活,一部分钱替男友投了资,却不见回报,她还有打牌的嗜好,牌桌上输钱是常事。

张爱玲需要零花钱的时候，便向母亲要，一开始从母亲手中接过钱的时候，她感觉很温暖很亲切，她一直是用一种罗曼蒂克的爱来爱着母亲。她觉得，能够爱一个人爱到问他拿零用钱的程度，那是严格的试验。

张爱玲需要的零花钱其实并不多，无非是买些书报回来读一读打发时光，有时候经过静安寺路的飞达咖啡馆，那诱人的栗子蛋糕香常常让她忍不住想买一块，忍一忍，可摸摸口袋里那点钱，只能默默走开。那里的香肠卷也是很好吃的，小时候父亲经常带她来这里，让她自己挑拣喜欢吃的东西，而父亲自己总是买香肠卷。如今，看到香肠卷就想起父亲的那顿毒打和那半年的囚禁，她不愿再想父亲，不愿再勾起那些不愉快的记忆。

好在，她在那家店从来没有遇见过父亲。

母亲给的零花钱不多，很快就花完了，再去要，母亲的脸色便不那么好看了，很多时候外出她都要步行，只为省出那点车费。

张爱玲在《童言无忌》里这样写：

她是位美丽敏感的女人，而且我很少机会和她接触，我四岁的时候她就出洋去了，几次回来了又走了。在孩子的眼里她是辽远而神秘的。有两趟她领我出去，穿过马路的时候，偶尔拉住我的手，便觉得一种生疏的刺激性。可是后来，在她的窘境中三天两天伸手问她拿钱，为她的脾气磨难着，为自己的忘恩负义磨难着，那些琐屑的难堪，一点点的毁了我的爱。

母亲黄素琼此时也是自顾不暇，她收留了张爱玲，心却没在女儿身上；她的男友那时候已经去新加坡了，他的职业是新闻记者，大概从事记者职业的同时，也搞点投资做做生意。黄素琼牵挂着在新加坡战火中的男友。离婚后，她虽然没有再婚，却从不缺爱情和男友，流连于各色男人间,她后半生一直在做各种人的女朋友,却从没有处心积虑想要嫁给谁,对某个时段的每一个男友,她都是投入了真感情的。

一个人的爱就这么多,分给了这个,那个就少了一些。

夏天,张爱玲的弟弟张子静也想离开那个冰冷的家,便来投奔母亲。

他在后母的统治下,活得很委屈,也想让母亲收留自己。他怀里抱着一双用报纸包着的篮球鞋,来到母亲的住处,告诉母亲,他不想回去了。

张子静一直站着,母亲并没有说让他坐下。

母亲无奈地看了看儿子,轻声说:"你还是回你父亲那里吧。"

张子静眼里含着泪水:"我不想回那个家。"

"可是,我的经济力量只能负担一个人的教养费,现在你姐姐在我这里,我已经快负担不起了。"母亲耐心解释。

张爱玲站在一旁,默默看着那一幕,听着母亲和弟弟的对话。

她也盼望母亲心软一下,把弟弟留下,一提到钱的事,张爱玲的心中一沉,是啊,母亲现在手头确实不宽裕,弟弟如果来了,母亲是不堪重负的。

弟弟哭了,泪水打湿了他浓密的长睫毛。他也是一个渴望温暖,渴望母爱的孩子,但是,母亲拒绝了他,他的心大概凉透了。

张爱玲陪着弟弟哭起来,她觉得自己特别无力,甚至,连这哭泣,都显得很无力。

弟弟连坐都没坐,转过身,满脸泪痕,抱着那双篮球鞋孤零零地离去。

那孤独的背影让人心酸。

张子静这一生注定是孤独的,他想靠近母亲,母亲拒绝她,母亲再次出国后他又来过姑姑家,姑姑连顿饭都不留他吃。父亲把所有的爱都倾注到他的吃喝玩乐上,后来,连儿子结婚的钱都烧了大烟,致使张子静无钱成家,一个英俊男子,一生都没成婚。

那天,看着儿子抱着篮球鞋离去的背影,母亲的脸上却是平静的,平静得近乎冷血。

也许,她觉得,儿子就该让父亲抚养,他的抚养费就该父亲出,天经地义,不能因为亲情的冲动,忽略了这层利益关系。收留女儿,她已经很冲动了,因为这个冲动,她付出了惨重代价,搞得自己经济拮据,自己为女儿牺牲了许多。最近,她一直在怀疑,自己是否值得做出这些牺牲。

母亲的冷漠,让张爱玲骤然感觉,这里不再是柔和的了,她知道母亲是怎么想的,所以暗暗下决心,必须以自己的努力,让母亲的牺牲变得有意义有价值。等将来自己赚了钱,一定要把母亲用到自己身上的钱还清,她这辈子,绝不亏欠任何人,包括生养自己的母亲。事实上,她也是这样做的,后来,她挣了稿费,有了钱,立即买了两个金条送给母亲,算是还了她资助自己的钱。

母亲让张爱玲住在她和姑姑租的公寓里,急切地想把她培养成上流社会的"淑女",因为她发现,这个被别人看做天才的女儿,其实一点生活能力都没有。张爱玲在《天才梦》里,自己也承认:

我发现我不会削苹果。经过艰苦的努力我才学会补袜子。我怕上理发店,怕见客,怕给裁缝试衣裳。许多人尝试过教我织绒线,可是没有一个成功。在一间房里住了两年,问我电铃在哪儿我还茫然。我天天乘黄包车上医院去打针,接连三个月,仍然不认识那条路。总而言之,在现实的社会里,我等于一个废物。

黄素琼要让女儿学会生存,否则,这个孩子独自走上社会,一个人根本活不了。她让她学做饭,学用肥皂粉洗衣服,晚上记得拉上窗帘,走路的时候要注意身姿步态,与人接触要学会看人眼色,出门前照照镜子研究一下面部表情。母亲教她如何巧笑,她笑起来不是嘴巴张得太大,就是表情太呆板太傻气;母亲教她淑女行走时的姿势,她不穿高跟鞋都走得跌跌撞撞,腿上每天青一块紫一块伤痕累累,红药水紫药水把皮肤涂得乱七八糟,姑姑回来看到还以为那红药水是流的血。

如果不培训,张爱玲好歹还算个正常女孩,这一培训,淑女没训出来,反倒训出一个四不像。母亲的淑女培训速成班,成果并不丰硕,张爱玲在这方面,和她的文艺天才智商不成正比,她似乎在生活能力上天生愚钝,学了前边,忘了后边,学来学去还是门门不及格。

张爱玲为自己的愚笨不快乐的时候,姑姑也在为她自己的某件烦心事不快乐,但是,姑姑毕竟是大人了,能把不快乐掩饰起来。张爱玲想吃包子了,姑姑便用家中的芝麻酱作馅,捏了四只小小的包子蒸熟了,包子上密密麻麻的褶子,张爱玲和姑姑看着那包子,谁也吃不下,她们心里的皱褶也和包子上的一样多。

对于张爱玲的悲伤,黄素琼大概是无心关注的。她时常叹息:这个女儿为什么不像自己呢?

有时候,母亲实在忍无可忍,便说一些狠话:"我懊悔从前小心看护你的伤寒症,我宁愿看你死,不愿看你活着使你自己处处受痛苦。"

这种话很伤感情的,说者大概无心,听的人却心里真真酸楚。一个母亲,怎可以宁可让女儿死,也不愿意看着女儿笨拙不堪呢,她再笨,也是你的女儿啊。

母亲的情绪深深影响着张爱玲,她对自己也很失望,她不明白,为什么自己在待人接物的常识方面,就这么愚笨。

这样愚笨的人,将来能做什么,能赚钱还清母亲在她身上的投资吗？

到最后，母亲已经对这个女儿彻底没了信心，她觉得，在她身上投多少钱，下多大工夫，都是徒劳的。于是，某一日，母亲冷冷地对张爱玲说："你总这样住在这里不是办法，现在给你两个选择，一是拿着一小笔钱去读书，二是嫁人。要哪个，你自己选。"

张爱玲对婚姻是恐惧的，还记得她在中学毕业调查表"最恨"一栏，曾经填过"一个天才的女子忽然出嫁了"，她怎么可以稀里糊涂嫁出去，父母的婚姻已经让她对嫁人有了心理阴影。

在母亲的观念中，一个女孩子在嫁人之前，首先要学会做淑女，才能嫁得好，在这一点上，她很自卑，母亲也觉得她朽木不可雕，永远学不会做上流社会的淑女。

如果不嫁人，唯一的出路便是去读书。

她想去读书，在母亲这里她住得很累，本以为能在这里寻找到人世间最柔软的那点温暖，在这里住了两年，这里的温度却是越来越冷硬，母亲对她失去了耐心。

虽然在这里并没有寻到需要的那种温暖，但是，张爱玲不后悔。

她别无去处，便有些赖在母亲这里的意味，她也想给自己找一条路。

于是，她开始补习预备考伦敦大学。

张爱玲是坐得住的女孩子，她安安静静坐在家里温习功课，母亲花了昂贵的学费给她请了一位犹太教师补习英语，因为这昂贵的学费，她没有理由不好好学习。复习功课累了，她便走出去坐在花园的木椅上发一会呆，或者，到公寓屋顶的露台上走走看看。

母亲和姑姑又搬家了，她们搬到了新建不久的爱丁顿公寓，这所公寓后来更名为常德公寓，这里的条件和环境比原来居住的地方要好一些。

清晨,她会被隔壁起士林烘面的香味唤醒,这家起士林咖啡馆就是因为战争从天津新搬来的,那熟悉的香味,让她想起天津的童年时代,想起四岁的时候一家人还在一起的时光。

那时光终究是一去不复返了,她必须在起士林烘面的香味中努力睁开眼,爬起来,去温习功课,去考伦敦大学。

考试时间一晃就到了,英国伦敦大学在上海举行了远东区招生考试。远东区除了中国,还包括日本、香港、菲律宾、马来西亚等国家和地区,在众多考生中,张爱玲力挫群雄,获得了伦敦大学远东地区的第一名。

作为高考状元,她的梦想实现了,她期待着入学的日子。

然而,那一天却变成了遥遥无期的等待,因为赶上了欧战爆发,当时处于战争最动荡最频繁的日子,考生们无法远渡重洋去上学。

千呼万唤的留学梦眼看就破灭了,张爱玲的情绪一下子跌落到冰点。

姑姑张茂渊和母亲商量,香港大学和伦敦大学的入学录取成绩一样,是不是把她送到香港去上学?

母亲沉默无语,去香港上学,是需要本地监护人的,谁来做这个监护人?

姑姑想到了被洋行派往香港工作的李开弟,虽然两个人的爱情没有结果,但是,委托他做侄女的监护人,总还可以吧,于是,张茂渊给香港的李开弟写了一封信,拜托了他做张爱玲的监护人。

信发出去了,迟迟未见回音。

张爱玲几乎不抱什么希望了,她甚至想,如果命里注定一个天才的女子只能走出嫁这条路,那也只有认命吧。

战火把梦想炸得粉碎

李开弟回信了，他同意做张爱玲赴香港大学读书时法律上的监护人。

张爱玲香港大学入学表格中，李开弟成为了她最初的监护人。

开学后，从未独自出过远门的张爱玲，拎着母亲出洋时的旧皮箱，和一同到香港大学读书的其他同学一起，坐上了赴香港的客轮。这是她中学毕业后最快乐的日子，远离上海那沉郁的生活状态，去一个隔山隔海的陌生城市，开启一段新的生活，尽管对于即将启动的崭新的一切心里还是怀有忐忑，但是，毕竟她可以独自到一片自由的天空飞翔了。

轮船到达香港码头，这里的商业气息浓郁，远远望去，码头上围列着巨型广告牌，红红绿绿的霓虹灯倒映在深蓝色海水中，水上人间，一片绚烂喧闹的色晕，让初到这座城的张爱玲心中兴奋中带着几分彷徨。

走上码头，便看到了来接站的李开弟，过去在姑姑那里，张爱玲见过他，遥远陌生的地方遇到一个脸熟的，骤然有几分安全感，她的那点彷徨便一点点消融掉了。

港岛的繁华只在脸面上，走进深处，张爱玲感觉，与上海相比，它还是小气了些，看惯了大上海繁华之后，这里的一切便没有更多的新奇了。不过，每一座城都有它的性格，有它独特的故事，她以后会慢慢了解这座城，融入这座城。

香港大学的前身是香港西医书院，孙中山便是书院的首届毕业生。港大在亚洲高校中很有名气，校区坐落于香港岛西部的半山上，那里的景致，与张爱玲在上海时就读的圣玛利亚女中是完全不同的。

张爱玲进入了香港大学文学院,选修英文和中文。

港大的学生大多来自东南亚,同学们把不同的文化带进校园。这里有固有的古典气质,也有舶来的现代风情,学生们大多是富家子弟,许多孩子是东南亚橡胶大王的子女,每个人都有与生俱来的优越感,相比来说,张爱玲便是一个十足的灰姑娘了,她靠母亲黄素琼有限的财力支撑学业,所以,能省的地方必须省。

一入学,港大就告诉学生们,成绩优秀者,可以保送英国牛津大学。

这句话张爱玲牢牢记住了,她下定决心要成为那个成绩优秀者,她的终极目标还是去英国读书。

那时候,自来水笔就属于奢侈品,同学们都有自来水笔,只有张爱玲没有,她依然用蘸水笔写字,每每上课便带着一瓶墨水,这个带墨水上课的女生看起来很特别,她戴着一副眼镜,文文静静的,很少讲话,不善于交朋友,喜欢独来独往。

其实,蘸水笔也不错,它是钢笔的一种,需要用笔尖蘸墨水书写,写字的时候要频繁地蘸墨水,用起来非常方便。不过,这样的笔用作画画还不错,笔下的线条能根据力度、角度与所蘸墨水的量的不同,出现意想不到的深浅粗细变化。但是,那时候张爱玲已经不画画了,上课的时候她注意听讲,不像上中学的时候,一边听老师讲课,一边给老师偷偷画速写。

中学时代,她虽然也很个性,表现出一种慵懒的特立独行,但是,因为有父亲做坚强的经济后盾,她底气不输那些校友们。现在,面对那些财大气粗的橡胶大王子女,她没有了任何傲气,钱的压力重重地打击着她的自尊,让她在以后的日子,比任何人都在乎钱。

张爱玲在港大上学没多久,李开弟被洋行派到重庆工作,他又把张爱玲托付给他的一位朋友。这位新监护人倒是方便监护,他在港大教书,兼任三个男生宿舍之一的舍监,而且,家也安在校园里。张爱玲去见自己的新监护人。

那位先生是福建人,说着一口带着浓重闽南口音的国语,人很忠厚,只是跟他沟通起来很费劲。

张爱玲本来就柔弱腼腆,因为见到了陌生人,且言语交流不很顺畅,便愈发放低了姿态。她穿着素布旗袍,直愣愣地站在那儿,没发育好的瘦长的身材,高高瘦瘦的,这让新监护人不由地想起一种鸟,却一时又记不起名字,便讪笑着说:"有一种鸟,叫什么……"

张爱玲还不习惯他这种跳跃式思维,说着说着怎么就到了鸟那儿,她从那位先生的眼神中突然明白了,自己这瘦高的身材大概引发了他的联想,便浅笑着说:"您是说鹭鸶。"

那位先生看着张爱玲的样子,忍不住笑了:"对对,就是鹭鸶。"

他的意思,张爱玲像极了一只丑小鹭鸶,颈和腿很长。

张爱玲自嘲地笑笑,这位先生这一比喻,自己从丑小鸭变成丑小鹭鸶,"事实是我从来没脱出那'尴尬的年龄'(the awkward age),不会待人接物,不会说话。话虽不多,'夫人不言,言必有失。'"

不幸的家庭,造就了张爱玲内向的性格。金钱的匮乏,更加深了张爱玲的局促。这种局促而小心翼翼的行事作风,在同学的衬托下,更加明显。母亲能供自己上大学已经很不容易了,张爱玲不愿意再给母亲增加任何负担,所以,她的生活过得很节俭,能省则省,有些可去不去的活动,她都以种种借口推脱掉了。

港大的女生宿舍归法国修道院管理,负责学生宿舍日常管理的是一些修女。

宿舍里的女同学每个人都很有个性:

那位有钱的华侨小姐,不同的社交场合都有不同的行头,从水上跳舞会到隆重的晚餐,衣饰都不同。

那位医学院美女苏雷珈来自马来半岛的一个偏僻小镇，黑而瘦，睡沉沉的眼睛与微微外露的白牙组合在一起，喜欢穿着赤铜地绿寿字的织锦缎棉袍，煞是可爱。她有一个大皮箱，里面放着显焕的衣服。

那位来自中国内地的艾芜林，据她自己说是吃苦耐劳，但是，每到关键的时候总是她第一个被吓。

那位来自上海的炎樱是张爱玲最好的朋友，这个混血女孩和张爱玲坐一艘轮船来的香港，和她们一同坐船来的，还有一个是来自天津的蔡师昭。

不过，女生宿舍最喜欢炫富的是美丽的阔小姐周妙儿，她总喜欢装扮得像个公主，父亲是个富商，与旧香港的首富何东爵士齐名。大家都说，周妙儿的父亲买下了一座离岛青衣岛，并在岛上盖了豪华别墅。

青衣岛的豪华别墅区是周妙儿骄傲的资本，她准备趁着假日请宿舍的同学们去她家的小岛上玩几天，活动由修道院负责组织。

青衣岛在当时是个相对偏远的离岛，从港岛到那里还没有渡轮航线，需要自己租小轮船前往，所以，往返的费用大约每人摊派十几块钱。

对于去同学家的小岛上玩这件事，张爱玲还是心向往之的，但是，一听说有需要自己承担的费用，她立即沉默了。她最怕在学费膳宿与买书费外再有额外的开销，这十几元对于她来说便是一大笔费用。

她悄悄告诉组织活动的修女，这个活动她不参加了。

修女不理解，为什么不参加呢，多好的机会啊，不过就是自己承担一点船费，这点费用还负担不起吗？

张爱玲沉默了一会儿，觉得还是实话实说比较好，便向修女解释，她是单亲家庭的孩子，母亲供自己读大学已经非常吃力了，不能胡乱花钱。

这件事被修女汇报到了修道院长那儿,于是,整个宿舍区都知道,张爱玲父母离异,经济紧张,她和别的女生不一样。

她的这个爆料等于把自己的隐私晒在了阳光下,她最好的闺蜜炎樱听同学们都在悄悄议论张爱玲不参加集体活动的原因,直脾气的炎樱风风火火找到张爱玲,告诉她以后别干这种丢人的傻事,让闺蜜都觉得脸上无光,这点钱哪里也都能省下来,至于这样吗?很多场面必须强撑。

炎樱自说自话地在那里向她发脾气,张爱玲面无表情地听着,仿佛那件事与她无关,她暗想,炎樱虽然和自己是好闺蜜,其实并不真正懂自己,她有父亲的首饰店做经济后盾,自己却什么都没有。

后来,张爱玲发现,炎樱的话有道理,这件事情之后,同学们都用异样的目光看她,当然,她再做出什么与众不同的事,大家也见怪不怪了。因为,她和别人不一样,她是个没钱的穷孩子。

张爱玲正好也不愿意附庸这一类的活动,她索性图个清静,愈发我行我素,不随波逐流。

她把整个身心都投入到功课中去,暂且把写作搁置到一边,但是,她的散文《天才梦》却是个例外。

那篇作文是她刚入学港大的时候写的。

1939 年初秋,《西风》杂志登出征文启事:《〈西风〉月刊三周年纪念现金百元悬赏征文启事》。

启事中写着获奖作品有优厚的奖金,她便是奔着那百元奖金去的,当时,法币还算坚挺,三元可以兑换一元港币。张爱玲用普通信笺纸写了篇五百字的短文《天才梦》寄了去,这是张爱玲自己承认的"处女作",这篇文章的最后一句便是:生命是一袭华美的袍,爬满了蚤子。

她投稿也是抱着试试看的态度，没想到这篇征文获奖了。

从天津考来的同学蔡师昭，负责整理宿舍区女生的来信，那一日，她从众多来信中捡出《西风》杂志社寄给张爱玲的信件，这封信混在那些来自四面八方的家信中，还是显示出了它的与众不同。《西风》杂志社的字迹很显眼，追梦的文青女孩对杂志社的来信都很敏感，蔡师昭第一时间把这封信交到张爱玲手上。

"快看看，《西风》杂志社寄来的信，你的文章是不是登在上面了。"

蔡师昭急促地催着张爱玲拆开信。

张爱玲在港大的好朋友不多，炎樱是无话不说的闺蜜，蔡师昭算是比较能说得来的朋友，大概因为在天津生活过几年，张爱玲觉得她们之间有一种亲近感。还有一个原因，同学们听不懂独来独往的张爱玲在说些什么，蔡师昭能听懂。

张爱玲打开《西风》杂志社的来信，里面是获奖通知，蔡师昭也看到了，立即把这个消息告诉了周边的同学们。

本来以为得了个大奖，张爱玲兴奋了几日，之后奖金寄过来，她才知道，自己获得的，不过就是名誉奖第三名。

那几天一直漂浮在得大奖的幸福泡沫中的张爱玲，顿时情绪低落了。她虚荣心极强，一贯什么都想争第一，最终得了个名誉奖，说穿了就是安慰奖，让她感觉脸上有些无光非常难堪。

没得上头奖，心情落寞，张爱玲向蔡师昭诉说自己的那点心事。

若是换作别的女同学，可能会安慰她一下：名誉奖已经不错了。

事实上，张爱玲就是想寻找一点心里的慰藉。

蔡师昭不是那种会安慰人的女孩子，她在旧式家庭中长大，是那种中规中矩的淑女，从不费心费力细细揣摩别人的心理。蔡师昭不但没有安慰她，还替她表示遗憾。

这一声遗憾让张爱玲更加难堪,她受伤的自尊没有得到及时的诊疗,名誉奖的耻辱成了她心理上的一个重创,一生都无法痊愈。

其实,对于名不见经传的一个业余作者来说,这个结果算是不错了。

那次征文活动,编辑部收到近七百篇征文,一个名不见经传的稚嫩小女孩,能从中脱颖而出,获得一个奖项,已经相当不易了。

张爱玲却觉得,这个奖深深刺痛了她。

她把这件事放在了心上,只要是她放到了心上的事,一辈子都不会轻易放下,张爱玲骨子里是一个小女人,她其实很小气的。若干年之后,张爱玲成了著名作家,重提那次征文的事,脸上却依然是挂不住。

她一生中曾经两次提起《天才梦》,一次是时隔36年之后,在《张看》所录《天才梦》末尾加了一段"附记":

《我的天才梦》获《西风》杂志征文第十三名名誉奖。征文限定字数,所以这篇文字极力压缩,刚在这数目内,但是第一名长好几倍。并不是我几十年后还在斤斤较量,不过因为影响这篇东西的内容与可信性,不得不提一声。

另一次,则是50多年之后,张爱玲在生前发表的最后一篇作品《忆〈西风〉》中,说起自己的那篇短文《我的天才梦》,还是耿耿于怀,隔了半世纪依然满腔怨愤。到死,都没有对这件事释然。

张爱玲在香港大学近乎疯狂和自虐式的努力学习,一则为了不辜负母亲的学费,她觉得学习成绩好一些,亏欠母亲便也少一些,这样心理上能多一些平衡;二则她想拿港大的奖学金,如果能拿下奖学金,自己的学费就有保障了,可以尽量不动用母亲那笔钱;三则如果学习优秀,据说毕业后还可以免费保送到牛津大学去深造。

张爱玲确实很努力,她从入学开始,便用英文给母亲和姑姑写信,她不放过任何学习机会,教室和图书馆留下她瘦高的身影,努力总会有回报,她"能够揣摩每一个教授的心思,所以每一样功课总是考第一"。于是,独自拿下了港大文科的两个奖学金,学费、膳宿费全免。

香港大学的英籍历史教授佛朗士,是张爱玲最喜欢最仰慕的一个教授,他是个已经很中国化的豁达之人,孩子似的肉红脸,瓷蓝眼睛,对历史有独到见地,不像别的历史教授那样古板虚假,比如他和中国教授们一同游广州,便大模大样地到一个名声不大好的尼姑庵里去看小尼姑。佛朗士教授很留恋过去的历史,排斥物质文明,所以他选了个偏僻的地方盖了几间房,不装电灯自来水。

古怪的老师,大概也喜欢充满个性的学生。

张爱玲是佛朗士教授最喜欢的学生,他自掏腰包拿出八百块钱做奖励资金,奖给了勤奋好学的张爱玲。如果不是自己欣赏的好学生,哪个老师肯从自己家里拿钱奖励给学生。

这份奖金是额外的,是一份意想不到的惊喜。

那个夏天,张爱玲还有一个意想不到的惊喜,便是,母亲来到香港旅游。

母亲住在浅水滩酒店,从香港大学到浅水湾,路程不算近,张爱玲坐车赶到那里看望母亲,房间里,除了母亲,还有一个金发碧眼的男子,那便是母亲的美国男友。母亲和那名外国男子看上去很随意,但是,张爱玲却很尴尬,那个男人很英俊,看上去比母亲小一些,据说是一位记者。

好不容易有了母女两个人单独相处的机会,张爱玲兴奋地向母亲汇报自己的学习成绩,她告诉母亲她拿下了两个奖学金,她还把佛朗士教授给她的八百块钱奖励拿给母亲看。

母亲听到佛朗士教授的奖励,微蹙了一下眉,告诉她,把钱放在那儿吧。

正聊得兴高采烈的张爱玲一怔,她小心翼翼地把口袋中的钱放在母亲面前,在母亲异样的目光中默默离开酒店,回到学校里。

暑期,同学们都放假回家了,只有极少为了节省交通费的穷学生还住在学校。校园里安静寂寞,好在,张爱玲能够独享这种寂寥。

过了两天,张爱玲又去看母亲,母亲告诉她,她的八百块钱奖励已经被自己在牌桌上输掉了。

说那些话的时候,母亲穿着西洋蓬蓬裙站在阳台上,她的外国男友就在一旁,母亲一副心不在焉的状态,似乎那八百块是很不值得一提的一笔小钱。

张爱玲感觉到了心疼,感觉到了冷,后背发凉的透心冷,此时是香港的暑热季节,那冷,是来自内心的。

母亲怎么可以这样?她以自己浅浅的阅历看不懂。

母亲或许根本没有输掉那笔钱,不过是故意这样说,一个男教授给了女儿一笔奖励,那笔钱不是一个小数目,母亲担心女儿受骗,故意用这种蔑视的态度对待那笔钱。

但是,张爱玲没有看懂母亲的用意,当时没懂,后来不想懂,这笔输在赌桌上的奖学金成了横亘在她和母亲情感上的一个死结。

她觉得母亲太冷酷,从此心扉向母亲关闭。

佛朗士教授后来再也没有机会奖励他喜欢的学生了,不久,他应征入伍参加志愿兵,操练期间被哨兵误杀,这位历史教授,以这种乌龙死亡方式完成了自己古怪的一生。

战争是残酷的,之后,母亲的那位男友赴新加坡,也在新加坡战火中遇难。

战火也烧到了香港这个孤岛,1941年深冬,日军入侵,香港沦陷了。香港大学被迫终止学业。

战争刚开始的时候,天真的学生们有的还乐得欢蹦乱跳,因为12月8日正是大考的第一天,战争让他们的考试终止了,免考是件多么幸福的事啊。

很快他们便发现,这点小幸福与残酷的战争相比,实在不值得一提。

战争让学校变成了临时医院,他们没有学上了,到处是轰炸声,到处是受伤的伤员,张爱玲和她的同学们迅速转变了角色,由学生变成了"大学堂临时医院"的临时看护。

张爱玲免费保送到牛津大学去深造的梦想搁了浅,她无精打采地开始了新的生活。对于这场战争,她是冷漠的,冷漠到对身边的一切忽略不见,周围到处是鲜血,死亡。病人的日子悠长得不耐烦,在混乱肮脏的临时病房内,每到深夜,便要面对重伤病号的死亡,在这恐怖嘈杂中,她必须强迫自己学会视而不见听而不闻,她必须穿过躺满伤兵的整个房间去热一瓶牛奶。她需要以平常心面对战争,很快,她调整好了自己的心态,在被调去做记录轰炸时间工作的时候,还能埋头看书。

她貌似只是生活在自己孤独的世界里。

其实,周围的一切她都铭心刻骨记在心中了,否则,以香港为背景的《倾城之恋》她怎么能写出来。《倾城之恋》中那种无可摆脱的乡愁,那种无处安放的漂泊感,那浓浓的乱世氛围,作为港漂的无力感,没有经过深刻思考的人是写不出来的。

她装作冷漠,内心却焦虑地期盼战争早一点结束,她可以重新回到教室读完她的大学课程。

此刻,也是在港岛,还有许多漂泊在这里的作家。当张爱玲在港大勤奋读书的时候,女作家萧红也正在香港的寓所写《呼兰河传》,她们从未谋面,她们都经历了香港的战乱,在中国现代文学史上,两位最具才情的女作家擦肩而过。

每只蝴蝶都是花的灵魂

每个人生命里都需要几个知己，不必太多，有几个便足矣。

张爱玲在港大的寂寞读书岁月，也有一个最好的朋友陪伴在她左右，她便是经常在张爱玲作品中出现的炎樱。

炎樱与张爱玲在入港大之前便相识了。

来香港前，为了顺利通过伦敦大学考试，张爱玲曾报名参加由牛津、剑桥、伦敦大学三家联合招考的监考人所开办的补习班，炎樱也是补习班的学员，那时候两个女孩子并不熟悉。之后，她们都被伦敦大学录取，都转读香港大学，张爱玲选择的是香港大学文学院，炎樱选择的是香港大学医学院。

补课老师介绍两个女孩子结伴登上赴香港的客轮。

张爱玲生活能力极差，母亲也不放心她独自远行，听说有个女孩子做伴，便委托炎樱照应张爱玲。

若在平时，炎樱这种看上去与淑女毫不沾边的女孩子，张爱玲的母亲黄素琼是定然不会让自己的女儿与其交往的，但是，闯世界的远行，却不需要柔弱小姐，这一点她知道，因为她是闯过世界的女人，所以，才把女儿托付给一个开朗大方甚至有些粗犷的女孩子。

其实，炎樱和张爱玲同岁，只是炎樱看上去对人情世故要比张爱玲练达一些。

这个委托，炎樱深深记下了。

炎樱是张爱玲替她取的名字，她真实的姓名是法蒂玛·摩希甸，摩希甸是她的姓，她是混血儿，父亲是阿拉伯裔锡兰人，也就是今天的斯里兰卡人，母亲是天津人。当年，炎樱的母亲是一位追求婚姻自由的天津姑娘，她喜欢上皮肤黝黑的东南亚帅哥，不顾家里的反对，私下成婚，从此和天津的娘家不再来往。

炎樱的性格中，有父亲的开朗果敢，也有母亲的浪漫执着。

炎樱的父亲在上海成都路开摩希甸珠宝店，珠宝店门面很有规模，招牌上霓虹闪烁中英文对照，一看就是像模像样的大珠宝店。

结伴奔赴香港的两个女孩子，一路上结下了友谊。张爱玲性情孤僻不爱与人交流，炎樱却是个天真热情的女孩子，她性格外向，说话做事不过心，她想说什么从不看张爱玲的脸色，她不管她高兴不高兴，想说就说，张爱玲即使心里不舒服，也无奈。炎樱从来不惯着张爱玲的小姐脾气，张爱玲索性也就不往心里去了。

张爱玲总喜欢夸赞炎樱长得美，其实，炎樱的模样算不上美，她大眼睛，瓜子脸，这些元素还算是美，但是，肤色黝黑，肩宽腰阔，个子也不高，典型的一个混血女孩，整体上看就不能算是美女了。

两个女孩，一个白皙清秀，一个黝黑健康；一个颀长瘦削，一个丰腴娇小；一个清傲腼腆，一个热情诚挚。外貌和性格都是强烈的反差，偏偏两个人成了最好的闺蜜。

炎樱对张爱玲给自己取的这个中文名字，一开始也不甚满意，她其实是一个很爱美的女孩子，炎樱，这名字带着温度和色彩，她最在意自己有些黑的肤色，于是，自己改名为"莫黛"，又觉得这名字太直接了，有些俗，便又改成"貘梦"，意思是是吃梦的小兽。改来改去，最后一比较，觉得还是炎樱这个名字最好，便默认了张爱玲给自己取的名字。

炎樱确实像一个可爱的小兽，她眼睛黑亮，那双无辜的大眼睛经常睁得圆圆大大的，从她那双透亮的眸子，清亮的眼神，一眼就能看到她的心底。

但是,你不要以为这个性格外向的女孩真的就是粗犷型的,她毕竟也是家境殷实的富家小姐,她的生活情趣和艺术修养都是高雅有品位的,她在心灵上与张爱玲能够契合,这才是两个女孩子能成为闺蜜的原因。

　　在这个世界上,恐怕只有炎樱能买到让张爱玲满意的围巾,换任何一个人都不行。包括爱丽斯或邝文美,炎樱是无法替代的。可能,任何人都无法替代。

　　依照张爱玲的审美,她喜欢的服饰,谁能懂得,只有炎樱。

　　炎樱本来不是学艺术的,她在港大读的是医学,但是,似乎天生有艺术细胞,她和张爱玲都喜欢绘画,都对服装情有独钟。炎樱的家中是开珠宝店的,珠宝与时尚密不可分,也许,炎樱的时尚感是存留在骨血中的,她自己未必是时尚中人,却比任何人都懂得捕捉时尚潮流。

　　港大的女学生是爱美的,她们的学生装是素色旗袍式校服,那校服未必合身,估计炎樱也会悄悄把她们的旗袍改做最好看的样子。遥想当年,两个身着旗袍的小女生行走在校园内,她们各有各的美,各有各的风姿。

　　张爱玲的许多衣服除了她自己亲手设计,便是由炎樱设计,服饰的款式颜色都堪称经典,而且是这个世界上独一无二的。后来回到上海,炎樱开了家服装店,张爱玲亲自为她的服装店写《炎樱衣谱》做广告:“我们各人住在各人的衣服里”“我不知道为什么,对于现实表示不满,普通都认为是革命的,好的态度;只有对于现在流行的衣服式样表示不满,却要被斥为奇装异服。”

　　张爱玲喜欢奇装异服,炎樱设计的服装,在她看来,是算不上奇异的。

　　炎樱在写作上也很有才气,只是,有张爱玲这样一个作家闺蜜做衬托,她的文字便不显山不露水了,她写过七篇散文,文笔都是相当不错的。张爱玲的《炎樱语录》收集了许多炎樱说的话语,句句都精辟有味道:

"那女人的头发非常非常黑,那种黑是盲人的黑。"

"月亮叫喊着,叫出生命的喜悦;一颗小星星是它的羞涩的回声。"

"每一个蝴蝶都是从前的一朵花的灵魂,回来寻找它自己。"

这样有文采的生动语言,却没有当作家,太可惜了。

校园里,张爱玲读书比炎樱刻苦。

张爱玲的目标是学校的两个奖学金,炎樱有她的珠宝商父亲做经济后盾,从来不考虑学费生活费,所以,她和这所大学的许多阔小姐们一样,学上得很轻松,课余时间便四处寻找好吃的零食,她喜欢吃蛋糕,按照张爱玲的说法,像那只永远吃不饱的加菲猫。

爱吃零嘴的炎樱让自己的身材越来越丰满,但是,她还是忍不住地吃。

这个可爱的女孩子身上的才气和人间烟火气并存,她并不像张爱玲那样爱钱,但是,到校园外买蛋糕买零嘴的时候,付账总要抹掉一些零头。回到上海后,在虹口犹太人的商店里买东西,她也是这样,讨价还价之后,还要真诚地把钱包翻过来给店主看:"你看,没有了,真的,全在这儿了,还多下 20 块钱,我们还要吃茶去呢。专为吃茶来的,原本没有想买东西,后来看见你们这儿的货色实在好。"

讨价还价时,她的狡黠中透着真诚和稚气的耍赖,能把店主气笑了。末了,不但抹了零头,还告诉她附近哪一家茶室的蛋糕最好。

张爱玲近乎机械的读书生活中,炎樱给她带去无限的小快乐。

炎樱的语言是机智幽默的,她没有像张爱玲那样从小在私塾先生的教鞭下之乎者也按部就班地学习过中文,所以,她组织语言都是不按语法,跳跃而鲜活的,有时候,你猝不及防,她就会蹦出一句什么好句子,让张爱玲大跌眼镜。

炎樱的机智幽默对张爱玲来说,便是一缕明媚的阳光,她喜欢炎樱的俏皮,只有和炎樱在一起,她才能无所顾忌地开怀大笑。

张爱玲很少和别的女同学一起散步,有炎樱在,就不同了,便时不时有别的女同学加入到她们的队伍中,因为炎樱有快乐的凝聚力。

那一次,在校园外的半山区小径上,张爱玲、炎樱和另外一个女生一起散步,三个女孩子安静地走着,那位原本性格开朗的女生突然打破寂寞说:"这就是我的脾气,我喜欢孤独。"炎樱故作认同地点点头:"孤独地同一个男子在一起。"她这句话像一个突然抖落的喜剧包袱,把大家都逗乐了。

这样开怀的笑声,是张爱玲过去不曾有过的。

因为有炎樱这样一个善良幽默,心地纯净的闺蜜,张爱玲的大学生活并不沉郁。

她们一起逛书店,一起走很远的路去散步,一起到校园的夜色中看星星。

那年暑假,两个人没有事先约好一起回家,炎樱便先回了上海,张爱玲发现炎樱先走了,委屈地扑在床上号啕大哭,身边没有了炎樱,她便想家,却又不知道该想谁,想母亲,母亲不知去了何方;想姑姑,姑姑会想她吗?想弟弟,弟弟好歹还有父亲在身边,她突然觉得自己被全世界都抛弃了,整个暑假都闷闷不乐的。

有时候炎樱开玩笑会过头,这是张爱玲不太欣赏的。比如,某个清晨,为了叫醒正在酣睡的张爱玲,炎樱居然端来一盆冷水劈头盖脸浇到她头上,张爱玲被叫醒了,却勃然大怒,她不好用中文骂难听的,只好用英文骂娘。

有时候,炎樱也爱使小性,发点娇小姐脾气,张爱玲也学会了包容。两个女孩子其实是相互包容的,她们在一起的时候,都把自己最真诚的一面拿出来,谁都没有面具,于是,两个好朋友彼此都坦坦荡荡,没有世俗的那些累。

两个花季少女天真地以为,可以这样一直无忧无虑读到大学毕业。

那个寒冷的冬季,日军的炮火打过来,香港大学再也无法安放她们的书桌。

学校停课了,学生们在炮火中惶惶不可终日,一个炸弹掉在张爱玲她们宿舍的隔壁,学生们蜷缩在宿舍楼的最底层,连洗菜都不敢到窗户前面去,因为光线昏暗,吃的菜里面都是虫子。

炎樱是女同学中胆子最大的,她该怎样生活还怎样生活,哼着小曲一个人去城中看电影,回来后,她说看的是五彩卡通,然后她又独自回宿舍的楼上的浴室洗澡,乱飞的流弹打碎了浴室的玻璃窗,她依然在浴盆里从容地泼水唱歌,歌声把舍监引过去,发现炎樱在一边洗澡一边唱歌,舍监又惊又气,狠狠地把她训了一通:你不要命啦!

炎樱是医学院的学生,战争一爆发,便常去看护伤员,但她始终记着张爱玲母亲当初的嘱托,因为放心不下张爱玲,炎樱独自走很远的路,回来看她。

这份情谊张爱玲感觉很温暖,寒冷的屋子里,因为躲避战乱晚上连被子都没有,两个女孩子只能挤在一张床上,找一些报纸杂志盖在身上取暖。

经历了生死磨难的朋友,才是靠得住的真朋友,她们算是生死之交了。

战事一结束,暮春时节,张爱玲和炎樱便把存在银行里的所有钱都取出来,买了船票,准备回上海。

这座城已经彻底沦陷了,她们别无选择,只有回家。

炎樱还有一个温暖的家可以回,张爱玲心中却是如同当初来香港的时候一样忐忑,回了上海,她能去哪里?

轮船如期开了,驶离港岛的一刻,炎樱是兴奋的,她能看出张爱玲心中的不快,但她依然在有些微凉的甲板上欢快地和她聊着,她想用自己的快乐感染她。

轮船上有个年老的水手,是日本人,日本的侵华战争让张爱玲和炎樱对这个水手抱有成见,但是,老水手是个善良人,他主动和她们聊天,告诉她们他有三个女儿,差不多也和她们这般年纪,他还拿出他三个女儿的照片给她们看。那是幸福的一家人,这照片让张爱玲又想起自己的心事。

有炎樱陪伴,旅程不寂寞。

一路走啊走,透过舷窗看外面的景色,那山像青绿山水画,美极了。入夜,海湾是蓝灰色的,漂泊在海中的小渔船安安静静入梦了,淡淡的雾气升腾着,外面的一切显得那么不真实。

如果永远在这样美妙的梦境中该有多好?但是,很快她们便要回到冷酷的现实中,战火正在家门口燃烧,张爱玲从有家难回到无家可归。夜深了,炎樱已经进入甜甜的梦乡,张爱玲好羡慕这个吃饱就睡的好朋友。

张爱玲和炎樱回到上海后,依然是最好的闺蜜。

张爱玲住在姑姑家,她和炎樱经常相约一起去逛街,不论两人一起去做什么,最终总要找一家咖啡馆,坐下来认真侃大山。

两个人买蛋糕是 AA 制,你付你的账,我付我的账,边吃边聊,有时候聊得很前卫,有时候聊得很现实,有时候聊得很文艺,有时候也聊柴米油盐的人间烟火,她们互相给对方出损招,那情景,像极了现在闺蜜们的闲聊。

她们都没有男朋友,但是会聊起未来的那个不知道是谁的男子,聊那个男人会不会出轨,会不会包养二奶。

炎樱对张爱玲说,如果我未来的丈夫吻了你,我当时一定会生气,气完之后,过一段时间还会理你,也许就会说:张爱玲,我们和好吧。因为我们关系这么好,我一定会经常在丈夫面前提起你的好,他理当会喜欢上你的。

张爱玲被炎樱的无私感动得一塌糊涂。

这闺蜜真够铁的,连爱人都可以跟闺蜜分享。

她暗想,如果是自己的丈夫偷偷吻了炎樱,她会原谅吗?

她不知道,这种假设她想不出来,女人在爱情面前总是自私的,她不知道未来自己会遇上一个什么样的男人,不知道那个男人值不值得她吃醋。

4 成名，注定不一样的她

写作是一种美丽苍凉的手势

初夏的那个昏沉沉的午后，从香港到上海的轮船停泊到上海码头，张爱玲回来了，那一天是 1942 年 5 月 8 日。

她别无选择地住回姑姑家。

姑姑依然住在静安寺路的常德公寓，只是，从五楼搬到了六楼。对于张爱玲来说，那座意大利式的建筑熟悉而亲切，三年之前她从这里出发，去到香港，却没想到以这样的方式回来了。

母亲不知去了哪里，她为了心爱的男人再次离开上海出国了。她的那位做记者的男朋友，在新加坡死在日军的轰炸中，不知道失去爱情的母亲是不是又在外面寻找到了新的爱情。

母亲一去则无消息，张爱玲住进了她过去住过的房间里，那房间的一切是母亲出国前布置好的，虽然看上去很雅致，却不是张爱玲喜欢的，在她看来，这个房间的色彩太素了，其实她更喜欢具有强烈对比性刺激性的颜色。那个房间，她最喜欢的两串大玻璃珠子还在，珠子一串蓝色，一串紫红色，是童年时代母亲从埃及带给她的，于是，她又想起母亲的种种好，心底便有了雾蒙蒙的泪，那泪却走不进眼睛里,她是不会为母亲哭泣的。

姑姑这里毕竟不是自己的家,她多少还是有些寄人篱下的感觉。

姑姑并没有嫌弃她的意思,她知道张爱玲的个性,对于这个侄女,你不可对她太热情,太热情了她会觉得你同情她可怜她;也不可对她太冷漠,太冷漠了她宁肯流浪街头也不会登你的门,所以,姑姑只能巧妙地把握火候,由着她随便住。

骤然中断学业,张爱玲那股子求学的惯性还没停下来,她还想继续读书。于是,她准备转学到上海的圣约翰大学继续读文学系。

虽然是转学,却是需要入学考试的,她并没有把那次考试当做一回事,草草准备了一下就仓促上场了,结果考试成绩一出来,让她顿觉脸上无光,她的国文居然不及格!

也许是这些年在香港主要精力都在学英文,写作业都用英文,不留神把国文荒疏了。这种八股式的考试就是这么死板,张爱玲自嘲地笑笑,只好选了个国文补习班,恶补了一阵子国文,然后才转入文学系四年级。

那时节,张爱玲的弟弟张子静正在圣约翰大学经济系一年级读书,他知道姐姐和他成为了校友,非常高兴。

上学是需要学费的,张爱玲的学费谁来买单?

在香港上学的时候,是母亲负担她的学费,而今,母亲寻不见了,张爱玲不知道怎样才能联系到母亲。

姑姑此时似乎也没这份资金帮她交学费,姑姑经过据理力争,后来原本是从家中分得过一点嫁妆钱的,她用那些钱都搞了投资,结果没看好行情,钱打了水漂,家底赔光了,姑姑只能在外面工作,靠着一份薪水过活,她也拿不出多余的钱供侄女去完成学业。

弟弟张子静提醒姐姐,可以去找父亲要学费。

张爱玲沉默了,自从那年她逃离那个家,就没有再想过与父亲有任何瓜葛,父亲的那顿毒打,还有那半年囚徒一样的监禁,令她一想起来就不寒而栗。

从姐姐的目光中,弟弟还是读出了姐姐有一丝对亲情的渴望,他决定去找父亲说这件事。

张子静回到家,张志沂正在烟铺上很陶醉地吸着大烟,那股怪怪的香味弥漫在空气中,父亲长得还是很周正的,但是,他躺在那里抽鸦片的样子很丑陋,张子静站在烟铺前,迟疑了一下,说出姐姐要到圣约翰大学读书的事。

张志沂不紧不慢地抽他的烟,没有说话。他知道儿子的弦外之音是什么,他知道前妻又离开了上海出去浪漫去了,没人给张爱玲支付学费了。

张子静小心翼翼地看着父亲的脸色,终于吞吞吐吐地说出,姐姐上学的学费还没着落,父亲能不能替姐姐交上学费。

张志沂虽然依然沉着脸,心里却是一种说不出的滋味。自从五年前那个春节前的深夜女儿从家里跑出去,他一直没见过她,其实他内心深处是牵挂着她的,不管她是不是认自己这个父亲,她都是自己的女儿。有时候,他常常会梦见她小时候的样子,白白胖胖的,张着一双萌呆呆的大眼睛,偎依在父亲怀里。那年打完她,自己也暗自后悔了很久,把她关起来就是怕她跑到母亲那边去,结果她还是跑过去了,而且一去不回还。

女儿需要学费,这是老天赐给他的一次父女和好的机会,他无论如何不能再错过这次机会,不管现在的妻子孙用蕃是不是高兴,他都会把握这次机会,为女儿掏这次学费。

“叫你姐姐来家里见见面,我给她学费。”张志沂说。

张子静听到父亲这样说,与其说是走出去,还不如说是逃出去,他怕自己在那里站久了,父亲反悔。

张子静到姑姑家去找姐姐，把父亲的原话告诉了姐姐。

张爱玲刚一听到弟弟的话，是断然拒绝的，经过弟弟的劝，她陷入纠结中，去，等于向父亲低头，不去，学费没办法解决。

她终究还是去了，据说，继母知道张爱玲要回家，也知趣地躲了出去。

但是，爷俩见面，并不愉快，他们有着共同的性格，都不轻易向对方低头，都态度冷淡，张爱玲记着她被父亲毒打并软禁的事，父亲记着她逃跑不听话的事，话不投机半句多，那凝结的尴尬局面还是父亲先打破的："学费我让你弟弟给你送去。"

张爱玲转身就走了，此一去，再也没有回家，再也没有见过父亲。

父亲没有食言，让弟弟给张爱玲送去了学费。

1942年秋季，张爱玲进入圣约翰大学，但是，她只读了两个月，就辍学了。

张爱玲辍学的真正原因已经无法考证了，不适应圣约翰的教学方式应当是最直接的原因，至于不想欠父亲人情似乎不是最主要的，父亲已经替她掏了学费，人情已经欠下了，她辍学与不辍学都已经不重要。据说，她的理由是上海圣约翰大学没什么好的中文教授，上那种大学不如当自由撰稿人靠写作谋生。

从此，她开始了自己的写作生涯，写作，成了她终生的事业。

张爱玲回到上海，便是为文学史准备的，她的辍学是一个明智的选择。

她确实有才气，而且，那才气谁都挡不住，她的写作先从自己最喜欢最熟悉的做起。

她文字好，会画画，英文水平高，于是，在《泰晤士报》上写影评和剧评，并主攻上海《二十世纪》(*The 20th Century*)等刊物。

1943年1月，《二十世纪》第4卷第1期发表了张爱玲配有插图的英文评论《中国人的生活和时装》。

这篇文章便是中文的《更衣记》。随后，她在英文《二十世纪》月刊发表《中国人的宗教》《洋人看戏及其他》等散文和其他五六篇影评。

图文并茂的文章一发表，立即产生了轰动效应。文章的发表鼓励了张爱玲，她发现原来写稿子挣钱并不那么难，于是，她开始静下心来，安心在家写作。

常德公寓的环境很幽静，也适合写作，累了，便站在阳台上看看远处的风景，高处依然是辽阔的，从楼顶往下看，却是熙熙攘攘的乱世红尘。

住在这红尘中，要想获得一份宁静，便要往上走，而且必须往上走。

她最初的写作基本上都是英文写作，她需要钱，英文杂志的稿费比中文杂志高，仅此而已。当挣的钱足够养活自己的时候，她不满足这种写作方式了。

是的，她应当往上走，走到更高的地方。

她开始了中文写作，她准备出了足够的时间和素材，进军小说创作。

写作状态中的张爱玲看上去还是轻松悠闲的。张爱玲回到上海后，和炎樱依然是最好的闺蜜，她们经常相约一起去逛街，不论两人一起去做什么，最终总要找一家咖啡馆，坐下来认真侃大山。

空闲的时候，张爱玲也会一个人四处散散步，楼下的滚滚红尘中，能捕捉到更多她需要的小说细节，她喜欢闻气味，油漆与汽油的气味她都喜欢，行走在马路边，捕捉着汽油味，这气息总让她隐隐想起童年时代的某个美好时光。

一个晴好的午后，她到楼下遛弯，走来走去，来到了一个亲戚家的花园。

这个被她叫做舅舅的黄岳渊,是母亲的一个远房亲戚,家里人从小便让她唤做娘舅,黄岳渊舅舅是上海著名的园艺家,他打理的小花园精美雅致,张爱玲去了那里,无意中和这位舅舅说起自己正在写小说。

黄岳渊的好朋友周瘦鹃是著名作家,"新鸳鸯蝴蝶派"的代表人物,于是,黄岳渊给张爱玲写了封信,介绍她去拜见周瘦鹃。

张爱玲小心翼翼地捧着黄舅舅写的那封信回了家,她把已经完稿的《沉香屑·第一炉香》认真整理了一下,连同那封推荐信一同装进一个大信封,选了个不太冷的上午,找到上海愚园路608弄94号,轻轻叩响了周瘦鹃紫罗兰庵的门。

这轻轻一叩,便也叩开了张爱玲的文学之门。

周瘦鹃详细记录了与张爱玲的那次见面:

一个春寒料峭的上午,我正懒洋洋地呆在紫罗兰庵里,不想出门,眼望着案头宣德炉中烧着的一枝紫罗兰香袅起的一缕青烟在出神。我的小女儿瑛忽然急匆匆地赶上楼来,拿一个挺大的信封递给我,说有一位张女士来访问。我拆开信一瞧,原来是黄园主人岳渊老人介绍一位女作家张爱玲女士来,要和我谈谈小说的事。我忙不迭赶下楼去,却见客座中站起一位穿着鹅黄缎半臂的长身玉立的小姐来向我鞠躬,我答过了礼,招呼她坐下。接谈之后,才知道这位张女士生在北平,长在上海,前年在香港大学读书。

周瘦鹃草草翻阅了一下张爱玲带来的小说手稿《沉香屑第一炉香》,他对这个稿子很感兴趣,让她先放在这里,容他慢慢看,一周后再给她回音。

这一周,张爱玲的心情既期待,又不安,她不知道自己的作品在周瘦鹃这样一个文学大家眼中会是怎样。一周之后，她再次来到紫罗兰庵，周瘦鹃的脸上带着笑意说："写得不错！我主编的《紫罗兰》下个月就要复刊，你是否愿意将小说发表在这本杂志上？"

张爱玲满怀期待地点点头。

很快，《沉香屑·第一炉香》在《紫罗兰》第二期全文发表，卷首是周瘦鹃的《写在〈紫罗兰〉前头》："请读者共同来欣赏张女士一种特殊情调的作品，而对于当年香港所谓高等华人的那种骄奢淫逸的生活，也可得到一个深刻的印象……"

《沉香屑·第一炉香》的故事从上海女学生葛薇龙求学香港讲起，那位竹布衫外面加上一件绒线背心的内地保守少女，走进富孀姑母梁太太家，便走进了一场永远的噩梦，姑妈把她拖进另外一种生活模式，那是一种声色犬马的虚华，她与花花公子乔琪的爱情悲剧令人唏嘘，在霉绿斑斓的铜香炉上，那缕沉香营造出的格调，高雅新奇，吸引读者无数。

《沉香屑·第一炉香》在上海引起巨大轰动。

这轰动效应不但张爱玲没有预料到，周瘦鹃也没有预料到。

第一炉香火了，周瘦鹃让张爱玲抓紧燃第二炉香。

于是，《紫罗兰》随后分三期连载了张爱玲的《沉香屑·第二炉香》。

整个火热的夏季，张爱玲的"两炉香"连载四个月，让上海的读者迅速对这个冉冉升起的文坛新星刮目相看，许多读者都喜欢上了"张爱玲风格"，那华丽而苍凉的笔调，那特立独行的独特气韵，读了便让人忘不了。

她的名气，随着天气的温度一路攀升，到秋季，她已经成为全城瞩目的青年作家。

张爱玲说，"出名要趁早"，她的出名算是趁早的，二十二三岁便已经是著名女作家了。

张爱玲虽然开始蹿红，此时她还没有什么明星意识。

就在开始走红的那个夏天，在福州路昼锦里附近的中央书店，张爱玲带着新稿件去见《万象》的主编柯灵，在柯灵的记忆中，他第一次见到的张爱玲，非常低调地着一袭素雅的丝质碎花旗袍，肋下夹着一个报纸包，里面包着她的小说《心经》和她自己手绘的插图，这装扮完全像是一个女学生。后来，这篇小说发在了《万象》杂志上。

《心经》的故事较为简单，讲述了年轻的女孩许小寒和父亲的故事。20岁的许小寒，有着完美的家庭和不错的追求者，但许小寒却不像花季少女那般开朗明媚。她所有的心事和秘密都与父亲相关，那个40岁不到的男人，和小寒一起去看电影，会被误会是她的男朋友，这扰乱了许小寒的心思……

与《沉香屑》比起来，《心经》也许太过晦涩，不够深刻，但却打动了许多读者。张爱玲的名气愈发大了，不仅是在上海，在全国，人们都知道有个女作家叫张爱玲。

柯灵对张爱玲的走红有些意外，他后来回忆说："我扳着指头算来算去，偌大的文坛，哪个阶段都安放不下张爱玲；上海沦陷，才给了她机会。"

不管是机遇还是巧合，总之，张爱玲的文字却被时代和读者认可了。这个文坛新手，似一朵奇葩，绽放在乱世的上海滩。

张爱玲与她的辉煌时代

1943年，张爱玲以惊人的文学天赋，在乱世绽放出别样的美丽，成为红遍上海滩的文坛明星。

继《沉香屑》和《心经》之后,短短的一年时间里,张爱玲发表了《琉璃瓦》《茉莉香片》《倾城之恋》《到底是上海人》《金锁记》等作品,她进入创作旺盛期,这些作品既是她的成名作,也显示了她的创作顶峰。

此时的上海,时局动荡,经济崩溃,战乱纷飞,浮华时代中,她的作品洞彻人性的弱点和世间的荒诞,那妙笔生花的文字,让那些沉沦在苦闷中的人找到了寄托,迅速受到了读者的热烈追捧。

《倾城之恋》一问世就受到读者的追捧和好评。这篇小说讲述的是一个温暖而琐碎的爱情故事,单身离异的有钱人范柳原和大家闺秀白流苏是一对自私的世俗男女,他们互相爱慕,却又有着各自的算计,两个人原本已经看破对方,准备各奔东西了。战争的爆发,打破了日常生活中表面的东西,就在范柳原即将离开香港时,日军开始轰炸浅水湾。或许是出于人性的本能,范柳原又回到白流苏身边保护她,看似圆满的爱情结局,细细品味,那天长地久的诺言中浸透着苍凉和无奈。但是,这种圆满结局的爱情传奇故事,正契合乱世中人们的审美需求,没有谁知道,兵荒马乱中患难与共的一对男女,经历了战火之后,那场倾城之恋会维持多久。

《倾城之恋》是张爱玲小说中的经典,小说在《上海杂志》月刊连载后,立即赢得了读者群极大的反响。用张爱玲自己的话说:这是一个动听的而又近人情的故事。

许多评论家对《倾城之恋》进行解读,这其中,便有著名学者傅雷。

傅雷早就欣赏张爱玲的才华,他在众多评论者中,对张爱玲的解读是比较精准与深刻的,他在《万象》发表了《论张爱玲的小说》,对张爱玲及其作品《金锁记》评价非常高,但是,《倾城之恋》却没能入他的法眼,他认为:"因为是传奇(正如作者所说),没有悲剧的严肃、崇高,和宿命性;光暗的对照也不强烈。因为是传奇,情欲没有惊心动魄的表现。几乎占到二分之一篇幅的调情,尽是些玩世不恭的享乐主义者的精神游戏;尽管那么机巧,文雅,风趣,终究是精炼到近乎病态的社会的产物。好似六朝的骈体,虽然珠光宝气,内里却空空洞洞,既没有真正的欢畅,也没有刻骨的悲哀。"傅雷还批评张爱玲的《倾城之恋》,称其中人物"疲乏,厚倦,苟且,浑身小智小慧,担当不了悲剧的角色"。他的批评最后归纳为两点:"勾勒得不够深刻","华彩胜过骨干"。

傅雷的批评文章刊发后,引发了强烈反响。正在当红的张爱玲,沉浸在读者的追捧中,对这个另类的声音非常不服气,她很快写了《自己的文章》答辩。傅雷文中指出她对范柳原与流苏的转变写得不深刻,张爱玲回答说:

> 我喜欢参差的对照的写法,因为它是较近事实的。《倾城之恋》里,从腐旧的家庭里走出来的流苏,香港之战的洗礼并不曾将她感化成为革命女性;香港之战影响范柳原,使他转向平实的生活,终于结婚了,但结婚并不使他变为圣人,完全放弃往日的生活习惯与作风。因之柳原与流苏的结局,虽然多少是健康的,仍旧是庸俗;就事论事,他们也只能如此。

因为文学理念的不同,张爱玲与傅雷的这场争辩并无胜负,反倒令张爱玲在上海文坛的地位愈发红火。

张爱玲迅速红遍上海文坛的半边天,许多报刊都向她约稿,她开始应接不暇了,她本来天生就长了一副有点架子的模样,这下子就真有点小架子了,一般的约稿信她理都不理,稿子不肯随便给人。

诸多的约稿函,几乎都是一样的措辞,唯有《天地》杂志的那份求稿信很奇特,主编是一位名叫苏青的女性,在信中打性别牌:"叨于同性,希望赐稿。"

其实,很多时候,同性并不是优势,但是这位女主编却写出这样的言辞,且,那封信是手写的,便比那些油印的显得多了几分诚意。张爱玲看了那句与众不同的话,忍不住笑了。这家刊物的女主编苏青她是知道的,她的小说《结婚十年》正满大街叫卖,她的小说张爱玲还没有认真读,想来是不错的。

因为都是文坛上刚刚走红的女作家,因为对方是一个聪明有趣的同性,因为《天地》杂志影响力不算小,张爱玲动了恻隐之心,把自己刚刚完成的《封锁》给了《天地》杂志。

张爱玲和苏青的友谊从这里出发,两个人见面后,互相惊为天人,惺惺相惜,苏青成为张爱玲生命中为数不多的几个好朋友之一。

此时,张爱玲的作品已经成为上海各家刊物抬高自己的砝码,如果哪家刊物有幸登了张爱玲的作品,那一期肯定大卖,《天地》登出了张爱玲的短篇小说《封锁》,同时刊载的,还有胡兰成的议论文《"言语不通"之故》。苏青在杂志编后记夸赞《封锁》是"近年来中国最佳之短篇小说"。

《封锁》未必是最佳短篇小说,但绝对是一篇好小说,它讲述的是上海沦陷时期的故事:一辆行驶中的电车因日军搜查,暂时封闭,那个短暂而封闭的时空,衍生为一个小小的社会,各色人等,百态尽露。银行会计师吕宗桢为了躲避讨厌的亲戚,坐到了素不相识的吴翠远旁边,搭讪调情。吴翠远是大学英文女教师,是一位长相普通的新女性,她既不甘心像贫寒人家的女孩那样匆匆嫁人,又无法自我奋斗到出人头地,她渴望爱情,但她的相貌却不足以使她偶遇一场浪漫的爱情。电车上的短暂封锁,为她提供了一个结识陌生男人的机会。在吕宗桢的攻陷下,她逐渐放松警惕,开启了一个理想而浪漫的梦境。然而,当封锁结束了,吕宗桢突然站起身来,挤到人群中,消失不见了。他并没有下车，只是遥遥地坐在他原先的位子上。吴翠远明白他的意思：封锁期间的一切，等于没有发生。整个的上海打了个盹，做了个不近情理的梦。

尽形尽象的讲述方式，对女性精神深入的解剖和自省意识，是典型的张爱玲风格。这篇小说发人深思，繁华一梦中，能引发每个人不同的人生思考。

刊物印出来后，《封锁》的作者张爱玲和《"言语不通"之故》的作者胡兰成都收到了样刊。

胡兰成随便一翻，就翻到一篇《封锁》。

张爱玲的文字，吸引着他读下去，然后，便有了后来的许多故事。

每个人都活在自己的衣服里

她的小资情调是骨子里就有的。

没有合适土壤的时候，她是一个苦兮兮的沉默低调女子，一旦寻找到契机，她的调调便立即提升上去。

她依然住在姑姑租的那所公寓，公寓里的家还好好地在那里，现在她不必感觉自己是寄人篱下了，她可以为姑姑分担公寓的租金，可以承担一部分她们共同的生活费，她的稿费比姑姑的薪水高得多。

姑姑张茂渊在无线电台报告新闻，诵读社论，薪水还可以，用她自己的话说："我每天说半个钟头没意思的话，可以拿到几万的薪水，我一天到晚说有意思的话，却拿不到一个钱。"但是，与张爱玲相比，她的收入还是低了一些。

张爱玲历来讲究在钱上不欠别人的，对姑姑当然也是一样，按照后来胡兰成的说法，她与她姑姑分房同居，两人锱铢必较，于是姑姑笑她财迷。

她自己也承认自己有些财迷,那天走在路上遇到一个小瘪三抢她的手提包,她顾不得大家闺秀的矜持体面,赤膊上阵和他争夺了几个回合,手提包最终没有被夺去。还有一次,另一个瘪三抢她刚买的小馒头,她也是死不松手,馒头洒落一地,她还在保卫手中剩下的。

她尝到过没钱的滋味,所以,比别人更在乎,甚至舍命不舍财。

有了钱,底气便壮起来。

张爱玲在这所公寓终于有了主人翁的感觉,她觉得,在这座公寓,自己寄住在旧梦里,在旧梦里做着新的梦,有一种天长地久的感觉。

她在家的时间比姑姑长得多,她每天更多的时间是躲在房间内搞创作。

午后,她会为自己准备一杯下午茶,精美的茶具,配上色彩迷人的牛奶红茶,诱人的香气在空气中氤氲,茶是浓的,她喜欢喝浓茶,茶点是精致的小点心,这是每天必不可少的。她喜欢吃油腻熟烂之物,喜欢吃点心。

在阳台上静静地喝茶,看晚烟里上海的风景,想着命运的郁郁苍苍,她会在优雅的沉思中独自发呆,直到背上吹的风有点冷了,毛毛的黄月亮升起来,卖馄饨的梆子声远远响起。

心血来潮的时候,她也会一个人乘着夜色跑到街上买蟹壳黄,这种饼形的点心酥而脆,是张爱玲最喜欢的。手里捧着几块点心,踏着月光回家,走着走着,她也会莫名地惆怅,她说自己惆怅的原因是,22岁的年纪,已经写过不少爱情小说,而她自己却连一次恋爱也没谈过,要是让人知道了不好。

只是,这样的惆怅只是月光下的刹那心情,一旦走进灯光通明的寓所,吃上那满口留香的蟹壳黄,那些小情绪便顿时逃遁到窗外的夜空无影无踪。

在乱世里,在战期的孤岛上,能有这样的一隅安静之地,让她踏踏实实搞自己的创作,算是不错了。

偶尔也有扰乱她思路的琐事,比如那天一大早,便有人敲响公寓的门,房东派人来测量公寓里热水汀管子的长度,说是拆下来去卖。

姑姑过后感慨:"现在的人起的都是下流的念头,只顾一时,这就是乱世。"

乱世里,租住的家也是家,张爱玲喜欢完美,喜欢精致。

桌面的一块玻璃被她不小心打碎了,于是,完美的雅致碎成一地狼藉。

张爱玲立即拿出六百元,找来木匠把破损的桌面重新修好。

姑姑其实比张爱玲还在乎完美,她们的家永远是一丝不乱的整洁,永远带着一种高高在上的气质。

不过,打破东西依然是免不了的,张爱玲在《私语》里记录过一次:

> 急于到阳台上收衣裳,推玻璃门推不开,把膝盖在门上一抵,豁朗一声,一块玻璃粉粉碎了,膝盖上只擦破一点皮,可是流下血来,直溅到脚面上,擦上红药水,红药水循着血痕一路流下去,仿佛吃了大刀王五的一刀似的。给我姑姑看,她弯下腰去,匆匆一瞥,知道不致命,就关切地问起玻璃,我又去配了一块。

把外在的完美看得比命都重,把包裹在身体外的那层体面看得比里面的血肉之躯都重,张家的每一个人其实都活在虚荣中,因为虚荣而显得亲情冷漠。

张爱玲和姑姑的亲情还算可以,她与父亲却是永远解不开了。

这一年,张爱玲发在《天地》杂志上的散文《私语》,把自己的家事悉数抖落了一遍,女儿成了名作家,张志沂正暗自自豪呢,劈头便被张爱玲来了一闷棍,这一顿狂打比当年他毒打张爱玲狠多了,让他背着吃喝嫖赌恶父亲的骂名,永世都翻不了身。

张爱玲确实是锱铢必较的小女子,她在钱财上很计较,在亲情上很计较,每一笔小账她都清清楚楚记着,她本也不是大方的女子。

她最大方的时候,只有买衣料与胭脂花粉。

有余钱便去买,她在意自己的穿衣和妆容。

在文坛上,她是个引人瞩目的女子。

在着装上,她是个触目女子。

虽然她说,中国人不赞成太触目的女人,一个女人不该吸引过度的注意,奇装异服,自然那更是伤风败俗了。

但是,她一旦成为了红遍文坛的美女作家,立即不去在意别人的目光,穿什么是她自己的事,管你别人是不是挂在嘴唇上说说道道。

张爱玲的服饰观,便是"我们各人住在各人的衣服里"。

张爱玲在服装上的审美源自母亲和姑姑。

在天津的时候,母亲和姑姑乐此不疲地结伴去街上采购布料,那些美艳的绫罗绸缎被她们搬回家,然后自己动手设计制作裙装,张爱玲默默地站在一边看。女人们沉浸在服装的热恋中,是最可爱最柔情最有女人味的,张爱玲喜欢那种美妙的氛围,她天生有独特的审美观,她欣赏母亲出国前穿的那件钉有发光的小片子的绿衣绿裙。

为了爱美,她不惜丧失原则。

父亲的姨太太,那个从青楼里来的女人,曾给张爱玲做了一套雪青丝绒的短袄和长裙,"看我待你多好! 你母亲给你们做衣服,总是拿旧的东拼西改,哪儿舍得用整幅的丝绒? 你喜欢我还是喜欢你母亲？"

她对姨太太说："喜欢你。"

因为，她太在意那套漂亮衣服了。

母亲虽然脚下是三寸金莲，且属于削肩、细腰、平胸、薄而小的标准美女，却挡不住她追求时尚的步履，她烫时尚短发，穿精致服装，于是，张爱玲便在童年时萌生出：八岁我要梳爱司头，十岁我要穿高跟鞋。

这个理想只是理想，八岁的时候她并没有梳上爱司头，十岁的时候也没有穿上高跟鞋，倒是用自己的第一笔稿费，买了一支小号的丹祺唇膏。

此后，她的理想便更加渺茫了。

父母离婚，父亲娶回来的后母给了她一整箱自己穿剩的旧衣服，那件暗红的薄棉袍，碎牛肉的颜色，穿不完地穿着，让她自惭形秽，她暗自想，若是自己的亲妈妈，怎忍心让女儿穿这么旧的衣裙。

从后母麾下逃到母亲这边，她依然没穿上漂亮衣服，母亲说了，如果要早早嫁人的话，那就不必读书了，用学费来装扮自己；要继续读书，就没有余钱兼顾到衣装上。

读书，读书，她憧憬着通过读书改变命运。

书读到一半，战争来了，把她读书的美梦打碎了。

她幻想过自己将来做画家，做学者，就是没想到却成了作家。

靠写作谋生，确是辛苦了一些，却让她名利双收，她口袋中终于有了余钱，可以兼顾到衣装上了。

张爱玲的穿衣也如同她这个人，不鸣则已，一鸣惊人。

出道初期那个穿着碎花素色旗袍的女学生，很快就以另外一种风格出现在上海文坛。

她彻底告别了那个素面朝天的自己，把女人最美丽最精致的一面开发出来。

女作家潘柳黛在她的文章《记张爱玲》里记录过她和苏青去看张爱玲，事先打了电话，知道张爱玲正在家，她们在午后的日头下，一路走街串巷，风尘仆仆敲开公寓的门。

门开了，随着门缝的一袭幽幽香气，张爱玲站在她们面前，她穿着一件柠檬黄袒胸露臂的晚礼服，腕上是晶莹的手镯，颈间戴着项链，头上插了珠翠，浑身上下散发着婉约典雅高贵不俗的气质。

她们问张爱玲："打扮成这样是要上街吗？"

张爱玲摇头："不是上街，是等朋友到家里来吃茶。"

两个人略显不安地走进去，桌上已经沏好了茶，摆好了各种茶点，香炉上焚了香，袅袅的香烟像一缕魂飘飘摇摇。

这氛围，和她们随意的装束非常不搭，潘柳黛和苏青觉得有些局促，有些不自在，她们交换了一下眼神说："既然你有朋友要来，我们就走了，改日再来。"

张爱玲拦下她们，浅笑着说："我的朋友已经来了，就是你们两人呀！"

潘柳黛和苏青彼此看了看对方的装束，又看了看张爱玲，忍不住笑了："我们又不是外人，用得着这样隆重吗？"

张爱玲引她们坐下，不慌不忙慢慢斟茶，举手投足间显出极致的韵味，朋友来家中做客，她是绝对不能马虎的，悉心装扮显得多尊重人家。

但是，女人怕比，她装扮好了自己，忘记了来访的也是女人，倘若你把自己装扮成了唐诗宋词的华章，而来的人裸着一张黄脸，无棱无角地穿着一身松松垮垮的衣裙，你让人家情何以堪？

坐在那里，两位客人的窘迫之态一直挥之不去。

潘柳黛心里更是酸溜溜的，她把这件事写进了《记张爱玲》里，穿越几十年，依然能从她的文字间感觉到那股飘飘忽忽的酸味。

弟弟张子静也说，姐姐穿衣裳顶喜欢穿古怪样子的。张爱玲刚从香港回来的时候，张子静去看她，那时候张爱玲还没成名，他能顺利见到姐姐，成名后，张子静再去找姐姐，便不容易了，去十次，有八次见不到姐姐的面，比一个粉丝见偶像还难。

那天，张子静见到的张爱玲穿着一件矮领子的布旗袍，两边都没有纽扣，穿的时候必须钻来钻去，领子下面打着个结，袖子短到肩膀，长度只到膝盖。花色是大红颜色的底子，上面印着一朵一朵大大的蓝花。

这件衣服放到现在，不过就是件改良旗袍，但是，当时张子静从没有看见过这样的旗袍。

张爱玲之所以穿成这样，就是要与众不同，就是要引人注意求得关注，她教导弟弟说：

一个人假使没有什么特长，最好是做得特别，可以引人注意。我认为与其做一个平庸的人过一辈子清闲生活，终其身，默默无闻，不如做一个特别的人，做点特别的事，大家都晓得有这么一个人；不管他人是好是坏，但名气总归有了。

在这个世界上做一个特立独行的人，也是需要代价的，如果这辈子你成功了，作为一个名人，怎样与众不同大家都能接受，因为你是名人，名人就是要有个性。但是，如果混到最后都是最普通的一分子，大家便容不得你搞特殊化，付出的代价便是孤独寂寞一生。张子静后来听从了姐姐的教诲，虽然没有多大才气，却做得特别，特别到连个交心的朋友都没有，一生没有结婚，到生命的尽头还是孤家寡人。

与弟弟相比，张爱玲算是成功者，无论是穿衣还是创作，她的与众不同另辟蹊径,都成为旧上海的一道独特风景。

有人给张爱玲的穿衣风格定义为奇装异服。

今天看来,她的任何一件服装都不算奇异,在民国年间,女人们要保守得多,她桃红柳绿的搭配似乎是招摇了些。她敢于穿强烈撞色的衣服,她有一件衣服,底色是深紫或碧绿,图案却是最刺目的玫瑰红印着粉红花朵,嫩黄绿的叶子。她还有一条裙子,是用祖母的被面改的,被面的图案很有画意,她从没有在别处看见过类似的图案,所以就让开时装店的炎樱给她做成了裙子。穿着那条裙子,她还和影星李香兰一起拍了张照片。照片上的张爱玲慵懒地坐在那儿,脸上带着一丝小得意的表情,无疑,她这身服装抢了李香兰的风头。

张爱玲第一次去苏青家,不知道穿了件什么衣服,那件轰动整条斜桥的服装,在旧时上海街头或许真的不常见,弄堂里的平民没见过什么世面,容易少见多怪,但是,街上行走的阔太太小姐他们是见的,什么样的时尚人物他们没见识过? 只是,那些女人和张爱玲都不是一个风格,于是,她便成了一道风景,整条街的小孩子闻风而动,在她后面一面追,一面叫。

张爱玲在前面一步一款,优雅婀娜地走,后面拖了一条长长的队伍,他们喧嚣着直奔苏青的家,那场面,该是怎样的骇人。

同样的场面,她去印刷所校《传奇》稿样的时候又重演了一回。

她婷婷袅袅走进印刷所,一身的惊艳,脸上却是安静的。

一张文人斯文知性的面孔,配了一身桀骜不驯的张扬惊艳的服装,搭配在一起,别是一番效果。

据说,整个印刷所的工人停了工,倾巢而出,看张爱玲和她的服装。

在她的朋友圈中最有轰动效应的,应该是她出席一个朋友哥哥婚宴那一次,她穿了一套前清老样子绣花的袄裤去道喜,那套前朝样式的老式旗袍,看上去很喜庆,满座的宾客为之惊奇不止。婚宴上,她吸引了大家的眼球,没人看新娘子了,都把目光投向她。

她身上的旗袍不是民国年间上海流行的款式,但是,也不完全是祖母太祖母时代的古董。张爱玲穿着祖母的宽大的绸装,里面套上别致的旗袍,她把自己安放在一种谁也搞不懂何年何月的氛围中,用青春的脸,青春的身体,把看似古旧的奇特款式穿成上海滩的传奇。

于是,她便成了一个"奇装炫人"的传奇人物。

张爱玲穿着各种奇特的衣裙行走在人群中,"仿佛穿着博物院的名画到处走,遍体森森然飘飘欲仙"。

有朋友问:"为什么偏偏穿成这样?"

她说:"我既不是美人,又没有什么特点,不用这些来招摇,怎么引得起别人的注意?"

她的许多服装都是炎樱设计的,作为她的闺蜜,炎樱最懂她。

后来,炎樱和妹妹合开了一家时装店,张爱玲也是"股东"之一。

炎樱妹妹并不看好这个当红美女作家做自己服装店的股东,她知道张爱玲会写小说,但是,会写小说和开时装店有什么关系? 她也知道张爱玲喜欢穿奇装异服,不过,如果自己的店里卖张爱玲身上那样的服装,估计几天就开黄了。

于是,炎樱妹妹阴沉着脸嘟囔着:"爱玲能做什么呢?"

张爱玲为了表示自己不是吃白饭的,也得表现一把。

她做模特人家炎樱妹妹是不认可的。

于是,她为炎樱时装设计写了篇文章《炎樱衣谱》,数百字的小文登在报纸上,比广告效应还好。

张爱玲对服装有研究,有着自己独到的审美,她懂时尚,懂女人,懂得如何装扮。

她的小说中的女人们都衣着得体,里面的许多插图都是她亲自动笔画的,她绘制的那些女子,风情万种,美得令人窒息。

至于她自己,被家庭压抑了20多年,终于有了释放自己的机会,她要彻底释放一下,她用文字释放,用服饰释放。

该说的,该骂的,她淋漓尽致地写出来,不管是家族的隐私,父母的隐私,悉数抖搂,让他们颜面扫地。

该穿的,她不管任何人的目光,只要自己喜欢,就往身上穿。

她自恋,但也率真。

她不流俗,却故意用俗气热烈的大红大绿包裹自己。

她孤傲冷漠,但永远没有停止对美好生活的追求。

她说,"服装,有时是一种态度"。那些绚丽的,那些与众不同的充满个性的不俗服饰,便是她的人生态度。

5 初遇，你也在这里

人生注定的遇见

遇见，是一种缘。

张爱玲与胡兰成的遇见，始于她的那个短篇小说《封锁》。

第11期《天地》发刊后，苏青寄了一本给正在南京养病的汪伪政府文化部官员胡兰成。

胡兰成读到这份刊物的时候，已是春节前后。

南京东南大学西大门对面的石婆婆巷，在今天看来是一条不起眼的小巷，但是，民国年间却住过徐悲鸿、胡兰成这样的名流。

走进由古旧的砖块堆砌的幽深围墙，胡兰成当年购置的平房院落就坐落在石婆婆巷20号。

那一日阳光很好，虽然刚刚立春，暖洋洋的日头已经有了春阳的饱满，院子里的草坪细看已泛出星星点点的绿意。

胡兰成搬了把藤椅，放在草坪上，躺在藤椅上懒懒地晒太阳，这些日子他腰酸背疼的，在阳光下晒晒感觉舒服一些。一边晒太阳，一边顺手便把新寄来的那本《天地》拿过来随性地翻看。

他是个看上去很斯文的男人，金丝眼镜衬托出他的儒雅，30多岁,过了青春张狂的时段,却正是男人最好的年龄,或许真的身体有恙,他的脸色有些苍白,这些许苍白愈发显出了文人气质。

手里拿着刊物,他翻开,先看发刊词。

发刊词是苏青写的,文字大方利落,倒也文如其人。

再往下翻,便翻到《封锁》。

对于这个名叫张爱玲的作者,胡兰成不熟悉,因为很长时间不怎么读报刊了,前段时间摊上点事,根本没有心思关注这些。现在腾出了心情,也有了心思躺在太阳下读读儿女情长的小说来消遣。

读了一二节,胡兰成被那篇小说吸引,不由得坐直了身子忘记了腰酸背疼,当他要认真做一件事的时候,不允许自己慵懒地躺着。他认真地读完,又回过头细读一遍,忍不住赞道:"好文笔!"

恰好,他的好朋友胡金人去家中探望他,胡兰成把《封锁》拿给胡金人看,胡金人是画家兼作家,文学艺术鉴赏水平极高,他一般不随便说谁的小说写得好,看完张爱玲的小说,他也拍案大赞。

胡金人的认同,让胡兰成对这个写小说的作者更有了几分好奇。

张爱玲这个名字,一看便知是女人,能把小说写成这样的女子该是什么样?出于好奇,胡兰成动笔给苏青写了封信,先是客套寒暄,然后不加掩饰地对张爱玲的小说用了很多溢美之词,并流露出想结识张爱玲的意思。

苏青与胡兰成之间的关系原本是非常微妙的,他们之间有文人间的惺惺相惜,还有男女之间的暧昧。前段时间,胡兰成因开罪汪精卫而被关押,苏青上下奔走替他开脱,甚至还让张爱玲陪着去周佛海家。那次说情起了决定性作用,胡兰成被放出来,到南京养病,里面便有苏青的功劳,当然,美女作家张爱玲出面也起到推波助澜的作用,只是胡兰成并不知道。

苏青接到胡兰成这样一封信,醋意是有一些的,虽然心里酸,又不好明着泛醋,她不是一般小女人,吃醋撒娇不是她的本性,她给胡兰成回了一封信,回答得极简单:作者是位女性,才分颇高。

胡兰成是聪明人,一看苏青信中寥寥几个字,便知她在想什么。

一个才分很高的女人,如果老且丑,苏青也就介绍他认识了,看来这个女子容颜年岁都在苏青嫉妒之列,胡兰成便有些念念不忘了。

依照苏青对胡兰成的了解,她知道胡兰成已经暗暗惦记上了新出道的美女作家张爱玲。但是,她的刊物要办大办强,尚需张爱玲这样的名作家撑门面。

《天地》新的一期出刊了,这一期又有张爱玲的一篇文章,不但有文章,还配发了她的照片。

散发着油墨香的新刊寄到胡兰成手上。

胡兰成现在对《天地》极为关注,一接到寄来的刊物,他便急急打开,他想了解那个名叫张爱玲的女作家。越是搞不清对方的底细,越是感觉对方神秘,越急切想了解,这是人的正常心理,那段时间,胡兰成"只觉世上但凡有一句话,一件事,是关于张爱玲的,便皆成为好"。

张爱玲的那张照片,把胡兰成惊艳住了。

果然是个很美很年轻的女子,只有这样优雅的女子才能写出这般美好的文字。

胡兰成莫名地感到兴奋,他把刊物上的作者照看了无数遍。

他平日里极少出去散步的,那一日走出家门,穿过长长窄窄的小巷子,慢慢走进满城荡漾的春风中。他有一种预感,自己今生似乎会和这个名叫张爱玲的女子发生点什么。

他有了一种想见一见张爱玲的冲动,他极力控制自己,等过些日子回了上海,一定能见到的。

深春时节,胡兰成回到上海。

一回到上海,出了火车站,他就迫不及待地去找苏青。

他来了,苏青是极高兴的。

当时,苏青正忙,《天地》杂志全靠着这个20多岁的女子在那里支撑,约稿、编辑、印刷、发行,一系列的工作,她都要亲力亲为,甚至还要亲自策划亲自写稿。

忙碌中的女子,是没有精力细细装扮自己的,她飞毛扎刺地忙碌着,见到胡兰成,立即停下手里的工作,请他到自己的办公室坐。

胡兰成坐了,彼此并无什么寒暄,只是说了说各自的近况。

胡兰成说这些的时候心不在焉的,他在想,怎样把话题转移到张爱玲身上。

七拐八拐的,话题总算说到了张爱玲。

苏青心里是明白的,胡兰成惦记上张爱玲了,这个男人多情且花心,只要他惦记上的女人,一般都逃脱不掉。而且,他对自己的魅力特别自信,当着上一任女人的面,便可以谈论他的下一个猎艳目标,全然不顾即将被他抛弃的女人的心情。

她看了一下钟表,已经到了午饭的时间,便说:我们先去吃饭吧,边吃边聊。

胡兰成感觉肚子也饿了,就同意了苏青的建议。两个人在附近找了一家小饭店,要了两份蛋炒饭,吃着,聊着,似乎又回到了他们之间从前的某种状态,苏青的脸在春天的温暖中泛着红晕。

说了没几句,胡兰成的话题又转到张爱玲身上。

他说,他要以一个热心读者的身份去拜见张爱玲。

苏青委婉地说:还是不要去了,张爱玲从不轻易见人。

胡兰成很执着,他说自己一定要去的,并让苏青给他写一个张爱玲的地址。

苏青用哀怨的目光看了一眼胡兰成,她发现,胡兰成根本没有看她,他眉头微蹙着,脸上已经现出了几分不耐烦。

苏青这些年，阅过一些男人，对于男人这种状态，她知道自己硬拦着是没有用的，即使自己不告诉他，他也会从别人那里得到张爱玲家的地址。

她是个聪明人，她还想和胡兰成做朋友，不想因为一点醋意就把这个男人彻底得罪掉。她用大姐大的爽快口气对胡兰成说："这儿没有纸笔，怎么给你写地址，还是先到我的寓所去，我写给你。"

这次轮到胡兰成有些迟疑了，他在考虑去与不去，苏青这个女人，看似大大咧咧没心机，其实心思很重，这些年她在情场上、文坛上、商场上，甚至官场上摸爬滚打，若是随她去了，不知她是不是真的写给自己。

到了苏青的寓所，苏青找出一张便签，用自来水笔在上面写下了：静安寺路赫德路口一九二号公寓六楼六五室。

苏青把写好的便签交到胡兰成手上，心里一片怅然若失。

胡兰成慌忙接过去，他心里想着，马上去那个地方去见张爱玲，但是，出于对苏青的尊重，还是留下来，又陪她天南地北聊了一会儿。

两个人各怀心事装腔作势地聊着，胡兰成恨不得马上脱身而去，苏青却不急。

第二天吃过早饭，胡兰成认真装扮了一下，头发经过了悉心梳理，用了头油，梳得一丝不乱，脚上的皮鞋也打了一遍鞋油，确认自己装扮得够帅了，他才走出自己的住处。

他住在大西路美丽园，与张爱玲住的赫德路相隔不远。

一路上，兴冲冲地走着，按照苏青给他写的纸条上的地址找到张爱玲的住处，胡兰成敲响了张爱玲那扇门。

门开了，是张爱玲和她姑姑雇的保姆，她看了一眼这个陌生男人，只说小姐不在家。

胡兰成想说明来意，保姆已经哗的一声把门关上了。

看来苏青说的没错，张爱玲是不见生客的。

胡兰成事先也想到了这一点，他今天冒冒失失过来，张爱玲有可能不见他，也有可能不在家，他提前已经准备好了一张字条放在衣袋中，上面先是简要做了自我介绍，然后写了自己的拜访原因，写了自己的住址和电话号码。

现在这张字条派上用场了，他把字条从门缝里塞进去，便恋恋不舍地走了。

胡兰成走得很慢，两只耳朵一直听着那边门口的动静，一旦听到开门的声音，他可以迅速折回身。

但是，字条递进去后，那门静悄悄的，纹丝没动。

胡兰成去的那个上午，张爱玲是在家的。

不期而至的敲门声随时可能打断她的思路，她拒绝见生客，不想让自己宝贵的时间陷进无聊的应酬中。

家中雇了保姆，一下两下的敲门声，自不去理他，如果敲得很执着，便让保姆去应对。

胡兰成属于敲门比较执着的。

敲完门把来访者挡在门外，是张爱玲的常规动作。

被挡在门外，还要往门缝里塞一张事先准备好的字条，这样的访客却不多。

张爱玲拾了那字条，便被上面的字吸引住了，上面的字迹非常优雅清丽，柔美中又有一点筋骨，羞涩中又有些张扬，华丽中又有些低调，一个男人能写成这样的字，应当是经历了丰富的人生阅历之后，才有的一种境界，所以能写出这样一手刚柔并济的字。这字有个性，但又偏柔美，有些讨好欣赏者的感觉。

张爱玲凭着自己的敏感，觉得这一定是一个会讨好女人的男人。

但是，这种讨好却不让女人生厌。至少，张爱玲拿到那张字条，读过之后,微微一笑。

原来是胡兰成留下的字条。

他写得很诚恳:贸然拜访,未蒙允见,留沪数日,盼能一叙。

胡兰成这个名字她是知道的,一个饱读诗书生花妙笔的汪伪政府官员,做过宣传部政务次长,兼任《中华日报》《国民新闻》总主笔,当过行政院法制局长。去年冬季,因与汪精卫生罅隙,得罪了汪精卫,被关押在上海路12号汪伪政治工作局看守所的一间牢房。消息秘密传出来,苏青这样的消息灵通人士第一时间就知道了胡兰成被关押的讯息。那个时候,苏青表现得很焦虑,她几乎是发了疯地四处奔走想救出胡兰成。

张爱玲也是从苏青嘴里第一次听到胡兰成这个名字。

苏青央求她陪着一起去伪南京政府的行政院长周佛海家,为被关押的胡兰成奔走求情,请求释放胡兰成。

张爱玲当时好奇地问过,胡兰成这个人触了什么罪?苏青说得轻描淡写,张爱玲也没有问太多,那时候,她已经和苏青成为闺蜜,闺蜜有求于自己,且不过是陪同她壮壮门面,又不用自己去周旋,她觉得不过就是个顺水人情,于是她便去了。

后来,胡兰成大抵是从狱里放出来了,居然为张爱玲写了一篇评论文章,对张爱玲的文字,只是夸,夸得张爱玲都觉得不好意思。那篇评论张爱玲后来看到了,和姑姑还说起过这件事,但是,并没有放在心上。

因为多了这些铺垫,张爱玲对胡兰成的感觉便不一样了,既是苏青的朋友,一定是苏青介绍来的,还是见一见的好,况且,人家还给自己写过评论呢。

第二天午后腾出时间,张爱玲按照字条上的电话,打给胡兰成。

电话那边的声音是陌生的,且有些一本正经的冷,一听到她介绍自己是张爱玲，对方语气立即变得柔软了，柔软中带着莫名的谦恭。

张爱玲说，下午过去看他。

胡兰成没想到是这个结果，剧情大反转，现在她非但不拒绝，还亲自过来看自己，他诚惶诚恐地说，欢迎爱玲小姐。

放了电话，胡兰成匆忙收拾一下有些凌乱的桌面，到镜前梳理了一下油光的背头，初见一个女人，应该给对方留下好印象，这是胡兰成的惯例。

刚收拾好自己，门便被叩响了。

胡兰成急急去开门。

门口站着的，是一位单薄的小女子。

那一日，张爱玲依然刻意装扮了自己，但是，她那刻意扮出来的高贵成熟与她23岁青春的容颜并不相搭，胡兰成一眼就看明白了，他在《今生今世》中写了他第一次见到的张爱玲：

我一见张爱玲的人，只觉与我所想的全不对。她进来客厅里，似乎她的人太大，坐在那里，又幼稚可怜相，待说她是个女学生，又连女学生的成熟亦没有。我甚至怕她生活贫寒，心里想战时文化人原来苦，但她又不能使我当她是个作家。

张爱玲的顶天立地，世界都要起六种震动。是我的客厅今天变得不合适了。她原极讲究衣裳，但她是个新来到世上的人，世人各种身份有各种值钱的衣料，而对于她则世上的东西都还没有品级。她又像十七八岁正在成长中，身体与衣裳彼此叛逆。她的神情，是小女孩放学回家，路上一人独行，肚里在想什么心事，遇见小同学叫她，她亦不理，脸上的那种正经样子。

坐在胡兰成面前的张爱玲，样貌还完全是一个少女的样子，胡兰成原以为会为这个才女惊艳一把的，当面对面坐在一起，她和照片上的感觉却不一样。虽然没有惊艳到胡兰成,但是,她的另类气质是胡兰成在别的女人身上没有见过的,还是深深吸引了他。

张爱玲一脚踏进胡兰成的家,本以为不过就是寒暄几句,为昨天自己没有让他进门赔个不是。见了他才发现,这个穿着半旧的黑大衣的男子,眉眼长得很英俊,又不乏秀气。30多岁的年纪,说话儒雅温和,口才极好,大多时候,是他在说,张爱玲默默坐在那儿听着,像一个中学生听老师讲课。

温暖的春日午后,他们聊了很久,聊张爱玲的作品,聊她的稿费多少,还聊到胡兰成在南京的一些事情,这种温馨的闲聊对张爱玲来说很奢侈,不知不觉,天色已近黄昏。

张爱玲抬头看窗外,该回了。

她说了几句辞别的话,起身向外走,胡兰成随在她身边去送。

并肩走着,并无寒暄,无语的间隙,空气中便有几分暧昧。

胡兰成坚持把她送到弄堂口,分别时却半似调侃地说了一句:"你的身材这样高,这怎么可以?"

张爱玲下意识地看了一眼比自己的个头还略矮一些的胡兰成,那一眼,正好触到他的目光,那眼神的成分有些复杂。

这样的调侃,是熟络到一定程度的男女才可开的玩笑,对于只见过一面的男女来说,便显得有些突兀。

这句话是对一下午聊天成果的检验,张爱玲没想到儒雅的胡兰成说了这样一句沉在人间尘埃中的话,她没有回应,只淡淡一笑,道了声再见,那瘦瘦高高的身影便消失在城市街道正层层晕染的傍晚夜色中。

于千万人之中遇见你所要遇见的人,于千万年之中,时间的无涯的荒野里,没有早一步,也没有晚一步,刚巧赶上了,没有别的话可说,惟有轻轻地问一声:"噢,你也在这里?"

他们,遇见了。

因为爱过,所以慈悲

张爱玲走了之后,胡兰成回味着他们一下午的长谈,他觉得自己喜欢上这个比自己小 15 岁的小女子了。

在情场上,他和张爱玲不在一个重量级,张爱玲尚未谈过恋爱,但是,胡兰成却已经和好几个女人有过感情瓜葛。

这些女人中,他的第一任妻子唐玉凤,是父母之命媒妁之言成就的一桩婚姻。

胡兰成的故乡是浙江嵊县的乡村,家境寒微,父亲靠在茶叶店做帮工养家,勉强供他到杭州蕙兰中学读书,中学未毕业,便因编辑校刊见罪于校务主任,被开除。

满怀落魄回到家中,能进入洞房花烛夜,算是落魄之后的一大喜事。

但是,这桩喜事并没有给胡兰成太多的喜悦,揭开盖头的一瞬间,他看到一个穿半旧青布太婆衣,脸上脂粉不施,一张白白的团团脸的女子,那个女子长得也不美,没有气质,这让他心中立即凉到底,简直不喜。

新娶的妻子唐玉凤不能烟视媚行,像旧戏里的小姐或俏丫鬟,她是绣花也不精,唱歌也不会,没有旧式女子的柔媚,没有新式女子的时尚,女学生白衫黑裙,唐玉凤永远是半旧青布太婆衣,一个说新不新说旧不旧的乡土气极浓的女子。她虽然是他明媒正娶,还为他生儿育女,却没有阻挡他的爱情之路,唐玉凤想必也活得窝囊,大病一场之后,26 岁便离世了。

胡兰成说：每个女人与我都不过三年五载，唯玉凤七载。

唐玉凤算是胡兰成情史上最有成就感的女人。

婚后，胡兰成去杭州邮政局当邮务生，只干了三个月，又被开除。

两次被开除，可见胡兰成是个自恃自傲，极有个性之人。

不甘就此混一生的胡兰成，借了路费盘缠北上读书，到了燕京大学，谋了份副校长室抄写文书的差事，边工作边做旁听生，这一年多的旁听便是他的最高学历。

胡兰成辞去燕京大学的差事后，他又四处寻找更好的工作，曾借住在蕙兰中学同学斯颂德家。

斯家女儿雅珊小姐美丽可人，那时候胡兰成的妻子唐玉凤还健在，胡兰成却喜欢上了 16 岁的斯家小姐，他以借书为名勾搭斯家小姐，那段婚外情终未修成正果，却深深伤害了斯小姐，被在外地读书的斯颂德一纸书信逐出家门。过后，他无处可去的时候，却又厚着脸皮去人家蹭吃蹭住，对于这个在家中白吃白喝还白玩弄感情的人，斯家包容了他，让他也感觉很惭愧。

之后，胡兰成在杭州中山英文专修学校教了一段时间的书，据说期间曾追求同学于君的妹妹，那个姓于的女学生并没追到手，只好罢了。

他又跳槽到广西省一中继续教书，在那里，遇上了美女同事李文源，因为强吻人家，闹得满城风雨，学校因此解聘了他。

胡兰成处处留情，每到一处，总留下些花花草草的风流故事。他不能没有女人，不能没有爱情，他的生命只有在男女之情中才能活得枝繁叶茂。

虽然不断被学校解聘，但他还是觉得自己是个做教书先生的料，便又在百色第五中学和柳州四中教了几年书。在百色第五中学教书的时候，妻子唐玉凤已逝。在那里，经同事介绍，娶了第二任妻子全慧文,这个女人是一名中学教员。

关于全慧文,胡兰成很少提及,只说:

> 我那年 28 岁,不要恋爱,不要英雄美人,唯老婆不论好歹总得有一个,如此就娶了全慧文,是同事介绍,一见面就为定,与世人一式一样的日子。我除了授课,只在家用功读书,有时唯与慧文去墟场买龙眼黄皮果吃。

全慧文不是美女,却也周正,她有一张苍黄的长方脸,长眉俊目,初嫁胡兰成的时候,齐耳短发,也是一幅女学生装扮,后来烫了一头波浪卷。她为胡兰成生了四个子女,后来全慧文得了精神疾病,大抵也和胡兰成的滥情有关系。

胡兰成从教书匠到文化人的转变,起于第七军军长廖磊对他的赏识,从此他进入报界,办《柳州日报》,之后又阴差阳错被聘到上海担任《中华日报》的主笔,又被调派至香港,任《南华日报》总主笔,他得到汪精卫夫妇的赏识和提携,平步青云,汪伪政权很看重这个喉舌,给了他宣传部次长的高职。

然后,他有了新的女人应英娣。

胡兰成与应英娣刚交往的时候,全慧文大概还没得精神病。应英娣是那种天生丽质的美,胡兰成说她的人品与相貌,好比一朵白芍药。张爱玲借《小团圆》的主人公九莉的眼光去看:"的确照任何标准都是个美人,较近长方脸,颀长有曲线……她是秦淮河的歌女。"陪伴胡兰成多年的侄女青芸也说,胡兰成所有的女人中,应英娣最漂亮。

全慧文是个中规中矩的女人,忍受不了胡兰成在外面拈花惹草,终日抑郁得了精神病,这恰恰成了胡兰成与之离异的最好借口。于是,上海的当红歌女应英娣成了他的第三任夫人。全慧文离婚不离家,胡兰成让侄女青芸帮他照顾那个家。

遇上张爱玲的时候,应英娣依然算是胡兰成名下的妻子。

胡兰成的情感史,这般丰富多彩,在这之前,已经俘获过无数女人的心,当然,这还不算苏青之类的打擦边球的暧昧关系。

依照胡兰成谈情说爱的厚重阅历,想俘获一张白纸似的一个小女子,当然很简单。只是,这个小女子是才华横溢的女作家,他要和这个小女子谈一场惊世骇俗的恋爱,这恋爱要如烟花般绚烂,要成为彼此人生的最美的段落。

在张爱玲礼节性造访的第二天,胡兰成便去看张爱玲。

既然已经有了追求她的心思,胡兰成是不能让这份惦记在大好春光中消磨掉的,他要立即付诸行动。

这一次,张爱玲痛痛快快地把他迎进了门。

胡兰成虽然出身寒微,后来却也见过大世面,但是,张爱玲居室装潢的华贵还是把他惊住了,那陈设与家具不是很贵重,却精美雅致,古雅中带着强烈的现代气息,张爱玲穿着宝蓝绸袄裤,戴了嫩黄边框的眼镜,那张脸已经没有了昨天在胡兰成府上时的局促和腼腆,她浅笑着,那华贵的环境与她很搭。

反倒是胡兰成觉得有些不安和胆怯,他后来说,"三国时东京最繁华,刘备到孙夫人房里竟然胆怯,张爱玲房里亦像这样的有兵气"。

本来是胸有成竹地想一进门就直奔主题,这氛围,把胡兰成搞得有些没自信了。他侧身看着阳台外的景色,在这里,可以看到上海最经典的街景,楼下的马路上,电车当当地来来去去,张爱玲装扮成这样,在这样的环境中写作,想来是不会寂寞的。

胡兰成虽然心里没底,嘴巴却会说,他说完理论,便说自己的人生故事,当然是捡着最能打动人的励志故事说,张爱玲依然话很少,他说,她听。

当一对男女并不厌倦对方,且有那么一丝丝好感的时候,不用言辞间的挑逗和勾引,彼此内心便有了一种莫名的默契,那一丝暧昧在不知不觉中成长着,长着长着,便长成了爱情。

在胡兰成织就的爱情迷境中,张爱玲在一点点地沦陷,她不准备让自己清醒了,她其实已经对这个大叔级别的男人有些着迷了。

胡兰成在张爱玲的家里也是一坐就是大半天,胡兰成说,自己在她的房里不停地说,而张爱玲只管听。尽管这样,胡兰成觉得自己在张爱玲面前还是处于下风:"男欢女悦,一种似舞,一种似斗,而中国旧式床栏上雕刻的男女偶舞,那蛮横泼辣,亦有如薛仁贵与代战公主在两军阵前相遇,舞亦似斗……但我使尽武器,还不及她的只是素手。"

张爱玲不仅仅是在爱情上,似乎在她的生命中,天生不会使用武器,靠着一双素手活着,能活成什么样,算什么样,活好了是她的幸,活不好是她的命。

经过两个回合的切磋和接触,胡兰成真的喜欢上张爱玲了。

从张爱玲家回到他居住的大西路美丽园的家中,已经中午时分,他无心吃饭,躲到书房决定要给张爱玲写封信,表达自己对她的感情,那些言辞是不好当面说出口的,只能落到文字上。

遇上爱情的人,几乎个个都是诗人,胡兰成感觉自己突然有了写诗的冲动,他给张爱玲写的信,写成了像"五四时代"的新诗。

这封诗歌写成的信由信使送到张爱玲府上,漫说是张爱玲,任何一个女子拿到这封信,不用看信里的内容便知,写信的人爱上自己了。刚刚和自己聊了半天,第二天便送来一首情意绵绵的诗,唯有坠入情网的人,才这样迫不及待。

张爱玲急急拆开信看,通篇并没有说一句爱你,字里行间却都是火辣辣的情。

她回信道："因为懂得，所以慈悲。"

这句话，鼓舞了胡兰成的情胆，他在任何时候都不是个有胆量的男人，唯有在男女之情上，胆量惊人，他从此每隔一天必去看她。

张爱玲心里是盼着他来的，他来了，她便快乐，俨然像一个幸福的小女人；他走了，她便莫名地惆怅，忍不住想他，想他说过的每一句话，想他的容颜，想他的笑，直到想得淡去他的样貌，只剩下心底那个人，他已经悄悄住到了自己心里来。张爱玲心里留下了这个不速之客，却总是无端生出烦恼来，忍不住就心烦，忍不住就唉声叹气，连姑姑都躲着她，不知为什么她变得有些像林黛玉，悲风悲雨的。

她知道，自己大概是爱上他了。

这个男人，背景应当是很复杂的，他自己说过结过几次婚，现在名下还有老婆，爱上这样一个人，会有未来吗？

张爱玲的惆怅变成了烦躁，她辗转反侧反复思考之后，写了一张字条，告诉胡兰成，以后不要再来看她了。

久经爱情沙场的胡兰成，一看便知，这个小女子已经陷入情网不能自拔了，她无力拒绝自己的爱情，只能靠这种方式斩断情丝，了却爱的烦恼。

此时，如果对方错以为这张字条是绝交信，那就大错特错了。

胡兰成把那张字条轻轻扔到一边，脸上浮出胜利的笑意。他整理了一下衣装，立即动身又直奔张爱玲的寓所方向。

去了，她并没有提字条的事，对他的突然到访没有丝毫惊诧，似乎算计好了，他会此时来，所以装扮得非常齐整，几案上还新沏了茶，摆放了小点心，他们之间隔了香茶氤氲的热气，眸光间的深情彼此却看得真。

以后，胡兰成索性天天都去看她了。

胡兰成和张爱玲情感上的这点事,看得最清楚的是苏青。

苏青和胡兰成之间的暧昧,更多的便是异性之间动物性的那点暧昧,胡兰成对苏青并没有动过真心思,只是因为这个女人有文才,长得还算周正,用胡兰成自己的话说:鼻子是鼻子,嘴是嘴,无可批评的鹅蛋脸,俊眉修眼,有一种男孩的俊俏。

苏青对于胡兰成,也没有上升到爱情的热度,胡兰成不过是她情场上的一个替补队员,她欣赏英俊多情的男人,在她的自传小说《离婚十年》中公然说:"我需要一个青年的、漂亮的、多情的男人,夜里偎着我并头睡在床上,不必多谈,彼此都能心心相印,灵魂与灵魂,肉体与肉体,永远融合,拥抱在一起。"

她是一个过来人,这位中央大学的"宁波皇后",大学没毕业就被夫家催促匆匆完婚,从女大学生迅速变身为家庭主妇,生育四女一儿。丈夫不但有外遇,还懦弱虚荣,自己不养家,也不许苏青在职业上发展。遭遇了经济压力,情感困惑之后,恰又遇上一女夭亡,苏青感到自己在这段婚姻中已经看不到希望了,便选择了离婚。

结束十年婚姻之后,单亲妈妈苏青并没有走进自己的幸福生活,她靠着写作谋生,也谋爱情,因写《论离婚》被伪上海特别市市长陈公博赏识,坊间传说他们关系暧昧。这种暧昧,为苏青换来了一张十万元的支票和做他的随从秘书以及市府专员,并资助她创办《天地》杂志。

张爱玲说,苏青是乱世中的盛世人,在那座孤岛上,苏青为了活着,是不惜代价的。

苏青和胡兰成是老乡,他们很早就认识,后来便不仅仅是认识,关系超出了乡党的情分,有了一些情感纠葛。

他们之间算是若即若离的情人,彼此用情都不深,都不真。

苏青的小说《续结婚十年》里,那个谈维明,影射的便是胡兰成。

"我闭了眼睛,幻想着美丽的梦。美丽的梦是一刹那的,才开始,便告结束。"

然后,他问她是否满意。她没有回答。

他又问:"你没有生过什么病吧?"

这时,她爆发起来,笑道:"我是不满意。在我认识的男人当中,你算顶没有用了,滚开,劝你快回去打些盖世维雄补针,再来找女人吧。"

这是上过床的情人关系。

张爱玲在小说《小团圆》也影射了胡兰成和苏青的关系:

"你有 X 病没有?"她(苏青)忽然问。

他(胡兰成)笑了。"你呢?你有没有?"

张爱玲刚刚坠入胡兰成的情网的时候,是不知道胡兰成和苏青的这种关系的。她那时候和苏青的关系很好,算是闺蜜了,她们一起做文学,张爱玲评价苏青说:"我想我喜欢她过于她喜欢我,是因为我知道她比较深的缘故。"苏青则说:"女作家的作品,我从来不大看,只看张爱玲的文章。"两个闺蜜也像上海街头的小女人一样相伴逛街,去裁缝店做衣服,张爱玲陪苏青到裁缝店里去试大衣,两人还曾换穿衣服。

好的无缝隙的两个才女闺蜜,中间却横亘着一个胡兰成。

胡兰成爱上了情人的闺蜜,情人心里是不舒服的,不管他们之间的关系多么松散,遇上这种事,总归还是无限的不舒服。

苏青心里是有怨的,是委屈的,这份幽怨无法对张爱玲说破,只能对胡兰成抱怨。

胡兰成最大的本领就是可以游刃有余地让自己的感情穿梭在几个女人之间,他并不立即斩断苏青的念想,一边用性爱安慰着苏青,一边用感情拉拢他和张爱玲的距离。

当张爱玲对胡兰成的感情完全不能自拔的时候，忽然有一天，她贸然走进闺蜜苏青的家，撞见了在那里逗留的胡兰成。

胡兰成后来在《今生今世》里说："当初有一晚上，我去苏青家里，恰值爱玲也来到。她喜欢也在众人面前看着我，但是她又妒忌，会觉得她自己很委屈。她惟常到炎樱家里，虽与我一道她亦很自然。"

张爱玲那天是吃醋了，她并不是什么人的醋都吃，炎樱也是她的好朋友，苏青也是她的好朋友，偏偏苏青和胡兰成在一起，张爱玲就嫉妒，因为她看明白了胡兰成和苏青之间的关系。

闺蜜之间，但凡有一个男人夹杂进去，友谊的小船便行驶不稳了。张爱玲与苏青后来渐行渐远，皆因有一个胡兰成。正如张爱玲在《半生缘》所说：

如果我不爱你，我就不会思念你，我就不会妒忌你身边的异性，我也不会失去自信心和斗志，我更不会痛苦。如果我能够不爱你，那该多好。

她爱他，因为爱，而痛苦着。

把爱情低到尘埃里

我要你知道，在这个世界上总有一个人是等着你的，不管在什么时候，不管在什么地方，反正你知道，总有这么个人。

张爱玲等来了，等来了这样一个男人。

爱上一个人的时候，总会有点害怕，怕得到他，怕失掉他。

每天生活在这种患得患失中，其实是痛苦的。

那段时间胡兰成几乎每天都选择同一个时间到张爱玲的住处报到，有时候多陪她坐一会儿，有时候不过就是见上一面。

每天一到胡兰成要来的那个时段，张爱玲的心里就像有草儿在疯长，她难以安心写作，全部心思都听着那一声笃笃的敲门声，敲门声一响，她立即飞快地跑到门口，快乐地笑着，把他迎进去。

她已经沦陷了。

她原本是喜欢下雨的，现在却怕下雨，雨声潺潺，像住在溪边，他会不会因为下雨不来？

他来了，撑着雨伞来见她。

外面雨声正紧，室内细语绵绵，这是她最幸福的时刻。

她明白，自己恋爱了，深深地爱上了这个比自己大15岁的男人。

她为自己和这个大叔级别的男人的爱情找到了最好的借口：我一直想着，男子的年龄应当大十岁或是十岁以上，我总觉得女人应当天真一点，男人应该有经验一点。

按照她的这个逻辑，胡兰成几乎就是为她量身定制的，他比她大十岁以上，有着多次感情经历，经验比一般男性丰富许多，有前面的那么多婚内婚外感情的垫底，哄好一个天真的没有任何感情前科的小姐，对胡兰成来说，不过就是一道十位数以内的加减乘除数学题。

他真是懂女人啊。

从胡兰成身上，张爱玲感受到了男女之情，也感受到了已经忘却的父爱。

他无微不至的关怀，像暖阳升腾在她的世界，照亮了她苍凉的内心，她的心底和外面的街景一样，进入了繁花似锦的盛夏，灿烂的夏花开放了。其实她心中早就备好了种子，只等待着阳光和暖风，只等待有人唤醒她的爱情,她等待的那个人便是胡兰成。

那一日,坐着闲聊,便聊到《天地》上登过的张爱玲那张照片。

胡兰成爱上张爱玲,最初的心动是因了那张照片。

照片上的张爱玲比本人要妩媚一些,丰满一些,更有大女人的气质。

张爱玲默默地听着胡兰成评价那张照片,既然他喜欢,她准备送一张给他。女人对于自己爱的人大抵都是这样,你既喜爱,我就给了你,无论是什么,只要自己能做到的。

照片就在她的房间呢,只是,她想在背面题上几句话再送他,至于写什么,她还没有完全想好。

翌日,胡兰成来之前,她已经题好了字,他进门坐定,她便取出那张照片递上去。

胡兰成接了,翻来覆去地看,后面的字映入眼帘:

见了他,她变得很低很低,低到尘埃里,但她心里是欢喜的,从尘埃里开出花来。

傲然的女作家,在她爱的男人面前,骤然卑微起来,她本来是飘浮在天上的仙女,见到了胡兰成,便让自己低到尘埃里。爱上一个人,在乎一个人,便要主动放低姿态,便要快乐地卑微,便要走入柴米油盐的人间烟火中。

胡兰成并没有因为这几句话而激动或者神魂颠倒,他理性地看着那几句话,这便是他想要的结果,俘虏一个红遍文坛的女作家的心原来并不难,甚至比拿下一个识不了几个字的女子还要容易。看来,不论什么样的名女人,本质上都是一样的女人,在爱情上,女作家的智商并不比一个文盲村妇高出多少。

1944年注定是张爱玲最幸福最辉煌的一个年头,她在收获了爱情的同时,还出版了第一本散文集《流言》,创作了《红玫瑰与白玫瑰》《炎樱语录》等名作;还与平襟亚为了《万象》的连载问题打了一场官司。她的第一部中短篇小说集《传奇》也在那个夏季出版发行。

《传奇》是张爱玲新中国成立前唯一的一部小说集,同时也代表了她创作的最高成就,里面收录了张爱玲在1943—1944年发表的十个中、短篇小说:《沉香屑·第一炉香》《沉香屑·第二炉香》《茉莉香片》《心经》《花凋》《年轻的时候》《倾城之恋》《金锁记》《封锁》《琉璃瓦》。

小说的内容多是上海中上层阶级和抗战时期香港人的生活。

对于《传奇》这个书名,张爱玲有自己的说法:书名则传奇,目的是在传奇里面寻找普遍人,在普遍人里寻找传奇。

《传奇》出版发行之后,迅速火起来,张爱玲成为上海沦陷时期"孤岛"最有名的女作家,她笔下的主人公都是平凡人物,她的文字也是私人性极强的话语,颠覆了过去文学注重人生飞扬的传统手法,她的作品从安稳和谐的方面把握人生,很容易被读者接受。

胡兰成调到了南京工作,一个月才回一趟上海,他们由每日一见变成了两地情的思念。

胡兰成回到上海的第一件事,便是看张爱玲。

他把他们相见的场景写得很美:

每次回上海,不到家里,却先去看爱玲,踏进房门就说"我回来了"。……我常时一个月里总回上海一次,住上八九天,晨出夜归,只看张爱玲,两人伴在房里,男的废了耕,女的废了织,连同道出去游玩都不想,亦且没有工夫。……

长长短短的话说到黄昏,胡兰成还是要回他美丽园的那个家,临睡前侄女青芸陪他说话,胡兰成凡事爱听青芸的意见,忍不住就把她和张爱玲的事说给青芸听。

青芸清清爽爽的一个女孩,父亲走得早,这些年跟着叔叔走南闯北,把他当做自己的父亲。她不好说叔叔太滥情,只能敷衍着说:"叔叔总是好的,张小姐亦不比等闲女子。"

有了青芸这句话,胡兰成觉得自己和张爱玲的感情是没有错的,他这些日子心里满满的,忍不住就想放声啸歌,想把自己的故事找个人说说。

张爱玲偶尔也去一次胡兰成的家。

在上海美丽园的家中,住着胡兰成的第二任妻子全慧文和他的儿女们。那个女人精神明显不太好,对于胡兰成带来的这个装扮奇异的年轻女子,她视若不见。这个女人感情上是受过创伤的,她用这种疗伤方式,彻底让自己走到了另一个清净世界。人世间的正常生活与她无关了,混混沌沌的精神世界里,没有爱情,也不会再有人伤害到她。偶尔,她会到胡兰成的房间里去纠缠一下,这种纠缠胡兰成已经习以为常,他会熟练地反手单臂提起她把她摔到一边,然后,该写稿还接着写稿,该看书继续看书。

张爱玲很少来美丽园,或许是不愿看到那个女人呆滞的目光和表情。尽管此时胡兰成早已和全慧文离婚,她即使是第三者,也是胡兰成和现任应英娣的第三者,与全慧文是没有关系的。但是,一见到全慧文,她心中便凉凉的。

不管怎么说,她曾经是胡兰成的女人,和自己正在热恋的这个男人,有着千丝万缕的关系。

从美丽园走出来,张爱玲心情便会无端沉重起来。

生命中,许多东西是不可预料的。

比如说,她从没预料到自己会喜欢上一个有过几次感情经历的男人，没想到这个男人结过几次婚，但是，一旦爱上他，这一切就都算不上什么了。

他是不是个好人，现在她都不管了，爱上了他，就得装糊涂，即使他坏，也只能忍受。

原来爱上一个人是这样的麻烦，她的心一半留在他那里，一半还要留给写作，留给自己的呢？

从他的家，到自己的家，路程真的太近了，想着，便到家了。

不写作的时候，张爱玲最近总是喜欢一个人痴痴地坐着发呆，她有心事，却不知道该对谁说。姑姑虽然近在身边，但她总觉得姑姑从来没有结过婚，恋爱的事她是不懂的。

其实，姑姑张茂渊早已看出了张爱玲的痴，也看出了这段感情背后的纠缠。

胡兰成到这里来得勤，张茂渊便看出这个男子对侄女的心思，于是她便状似无意地问了胡兰成一句："胡先生来上海，可曾带了妻小？"

聪明如胡兰成，自是听出了张茂渊话里有话，他敷衍了一句，表示没带妻小。

张爱玲却有些看不懂这两个人在说什么。

明明姑姑平日不是婆婆妈妈的人，却问这样一些家长里短的问题。

胡兰成明明妻小就在上海，却说没带。

她不知姑姑的意思，是提醒她这个男人有家有口的，并不适合她。

看着张爱玲在感情中越陷越深，张茂渊后来也明着说过这件事，告诉她这个男人年龄有些大，且懂得察人太会说话，这样人往往不可靠，张爱玲是听不进去的，劝则劝了,听不听自然是张爱玲自己的事,她不同于一般的20多岁的女孩子,她是上海滩的知名作家,比姑姑的排场大得多。

张爱玲只道姑姑连一场像样的恋爱都没有谈过,她不知道姑姑和李开弟之间的爱情传奇,姑姑对谁都没说过。她觉得,像姑姑这样的剩女,40多岁了还没把自己嫁出去,在爱情上她是没有发言权的。

回到公寓,女佣人已经下班回家了,她和姑姑雇的女佣人每天早上来,下午回去,不承担她的膳宿,这样,张爱玲和姑姑每天晚上还有自己的独立空间。

姑姑正在翻箱倒柜,翻看她压箱底的那块帔霞。在张爱玲的印象中,每隔些时,姑姑总把它拿出来看看。

淡红色的帔霞,坠着一块同色系的帔坠,那帔坠是系在披肩上的宝石,那块宝石用青绿丝线穿着,一面光滑,一面粗糙,淡紫红的半透明,那种红很不鲜亮,是冻疮肿到一个程度的那种淡紫红,只有配这块帔霞最合适,只是两个颜色太接近,放上去便看不见了,有聊做无。若是放在白色衣物上,白的也被它带得显出脏相;放在黑色衣物上,放了不如不放。

姑姑把宝石拿下来,翻来覆去在自己的服装上比较,最终叹了口气:"看着这块帔霞,使人觉得生命没有意义。"

这块帔霞于是便永远搁置在那里,如同永远嫁不出去的姑姑。在爱情上,她绝不迁就,必须找到最适合自己的那一个,而自己最爱的那个人李开弟却已经属于别人了,生命没有意义,也要顽强等下去,即使永远等不到,也要等。

张爱玲后来在散文《姑姑语录》中,记录过这些故事和场景。

她只是把姑姑的话记录下来了,姑姑的情事,直到后来姑姑嫁给了李开弟,她才惊呼:原来是这样。

张爱玲和姑姑其实都是痴情女子,只是她们爱的方式不一样。

张茂渊把爱情放到了高不可攀的神圣殿堂中,张爱玲把爱情低到了尘埃里。

每每翻看完压箱底的那块帔霞,张茂渊便心事重重。

那一晚,张爱玲也在想她和胡兰成的未来,他们的爱情有未来吗?

晚饭后,张爱玲拿了本书,有一搭无一搭地翻看,她看得很慢,展开的那一页,很久都没翻动过。

张茂渊就着灯光,一针一线缝她的一条裤子,那条裤子已经做了很长时间了,今天裁剪一条裤腿,明天裁剪一条裤腿,裁好了便搁置到一边,想起来便缝几针,到现在连一条缝都没缝完。她觉得自己总会慢慢做完这条裤子的,只是最近她发现自己长胖了,不知道这条裤子做好之后,是不是还能穿进去。

不远处的军营里,熄灯号响了,单调的几个音节,让寂寥的夜空更显空旷。

在这乱世间,在这抗战时期的"孤岛"上,这样的号音并不能给人心灵上的安慰,反倒让这已经步入盛夏的夜晚显得凄凉之外且有些恐惧。

"又吹喇叭了。姑姑可听见?"

张爱玲从书本上抬起头,问姑姑。

姑姑一针一线缝她的裤线,摇着头说:"没留心。"

便又进入夜的沉静中。

一静下来,张爱玲忍不住思念胡兰成,下午刚刚见过面,一分开,她还是想,低入尘埃中的爱少了一份王者的傲娇,只要能够在他身边,她决定不在乎他的一切。

楼外,那个熄灯号的旋律又响起来,划伤了夜空的沉静,这一次不是从军营传来的,不是用号音吹出来的,而是有人在响亮地吹口哨。

口哨声带着几分调侃,让那熄灯号的旋律变得有几分滑稽,也让张爱玲钻进牛角尖的思恋忽地一下跌入白炽灯下的现实中。

她站起身,走到小阳台上,向楼下望,想看看是谁在吹口哨。

街灯昏暗地亮着,只有风中摇晃的树影,看不到行人。

6 爱情，含笑饮毒酒

现世安稳，岁月静好

胡兰成的爱比张爱玲多了许多附加条件。

他爱张爱玲，因为她长得不俗，比他过去的许多女人都要有气质几分；她有才，她的才华没几个女人可以相比；她有显赫的身世，这一点却是胡兰成最在乎的。他本是寒门出身，没有可以炫耀的家庭背景，做过高官，也是忽上忽下，像一个没有定数的暴发户。张爱玲的门第，是他过去的那些女人们无一可比的，这是他可以炫耀自己的一个资本。事实上，后来，他经常以此进行炫耀。

他说他是这个世界上最喜欢张爱玲的男人：

可是天下人要像我这样欢喜她，我亦没有见过。谁曾与张爱玲晤面说话，我都当它是件大事，想听听他们说她的人如何生得美，但他们竟连惯会的评头品足亦无。她的文章人人爱，好像看灯市，这亦不能不算是一种广大到相忘的知音，但我觉得他们总不起劲。我与他们一样面对着人世的美好，可是只有我惊动，要闻鸡起舞。

他夸张爱玲的美丽是"正大仙容"，他说张爱玲的绣花鞋真漂亮，他称赞张爱玲接茶的动作姿态高雅迷人,他不吝惜夸赞她的言辞。

当然,张爱玲也会忍不住夸赞胡兰成,两人坐在房里说话,张爱玲会长久地看着胡兰成:"你怎这样聪明,上海话是敲敲头顶,脚底板亦会响。"

彼此的夸赞在别人看来是很落俗套的,甚至有几分肉麻,恋爱中的男女却需要这样毫无创意的俗气。每次见到他,她都欢喜得欲仙欲死。

一个男人这样欣赏自己,张爱玲便也更加自信起来,从小没有人这样赏识过她,她依赖于他的赏识,她需要在一个男人赞赏的目光中前行。

他回南京了,每日相见已经成为她情感上的一种依赖,突然断档就像一直吸食鸦片的父亲戒烟的那几日一样,精神恍恍惚惚。

这便是她深深的离愁,这愁绪,是过去从来没有体验过的。

胡兰成从南京回到上海,从车站出来,便直奔张爱玲的家。

门打开,两个人相见,胡兰成像是丈夫回到了久违的家。

张爱玲幽幽地看着胡兰成,她日思夜想的,便是这个男人。

过后,她说:"你说没有离愁,我想我也是的,可是上回你去南京,我竟要感伤了。"

两个人也说到结婚。

张爱玲说,自己没有怎样去想这个,等到要结婚的时候,自然就结婚。

说起她和胡兰成的未来,她叹息一声说:"我想过,你将来就只是我这里来来去去亦可以。"

她其实也想进入婚姻,成为胡兰成名正言顺的女人,但是,他们中间,还有胡兰成的现任妻子应英娣,她不知如何是好,也就不再去多想了。

应英娣是歌女出身,模样生得极为标致,且时尚摩登艳丽,风情万种,她做胡兰成的情人多年之后,才有了一个名分。早在胡兰成没有娶第二任妻子之前,他们就同居过,名不见经传的小职员和一个美丽的歌女之间,说不上谁高攀谁,他们的爱情是平等的,而且两个人的感情一直很好,并没有因为这中间胡兰成娶了全慧文生了一帮儿女而淡漠。

全慧文精神出问题,有应英娣这个第三者的责任,但也不全是,胡兰成拈花惹草是本性,他身边还有许多其他的临时性花花草草,每一朵野花,都摧残着全慧文的心理,这个本不坚强的女人终于承受不住疯掉了。

这便给了应英娣一次机会,她和胡兰成同居着,两个人并没有举办婚礼。

胡兰成和应英娣有一个家,住在上海的另一处。自从喜欢上张爱玲,胡兰成便很少回应英娣的那个家。

风言风语很快传到应英娣的耳朵里,她只道胡兰成还是和过去一样,在外面采采野花而已,所以没太在意,胡兰成曾经信誓旦旦地对她说,会一生一世对她好的,这个誓言她记得清。

偶尔,胡兰成也会到应英娣住处去一趟,每次见了面,便是激烈的争吵,吵得昏天黑地。应英娣便知,这一次,他和张爱玲玩真感情了。

和上海当红女作家争夺男人,应英娣晓得自己和那个女人不是一个重量级的,但是,爱情保卫战终究要搞一搞的。她拉开了阵势,胡兰成回南京的时候,应英娣也追了去。

在南京石婆婆巷的那个家里,她去了,胡兰成理都不理她,即使避不开了说上几句话,也总是奚落的词语。

他用尖酸刻薄的语气说她长得太矮。

与张爱玲相比,她确是矮多了。

他也斜着眼神说她长得丑。

她其实并不丑,过去他曾说她像白芍药一般。

他就是要在精神上虐待应英娣,不仅仅在精神上,这种虐待体现在方方面面,一言不合,他便大打出手,应英娣的鼻梁差点被他打歪。

歌女出身的应英娣自有一套识别男人的法术,她看明白了,这个男人的心已远去,和他在一起将无幸福可言。

她不再死缠烂打,主动提出了离婚。

现在,胡兰成又恢复了自由身,他与张爱玲之间没了任何障碍。

胡兰成决定和张爱玲结婚。

他们的结婚,并没有走法律程序,胡兰成对张爱玲的解释是,战乱中时局不稳,在这动荡年代还是不要大张旗鼓举办什么婚礼。像旧式婚姻的许多男女一样,他们决定只签下了一纸婚约,这个决定是胡兰成提出的,张爱玲隐隐觉得没有官方认证的一纸婚约,分量似乎轻了些,却不好深究,怕说出来,被胡兰成觉得自己俗。

1944 年 8 月,一个晴好的日子。

对于张爱玲来说,这是她生命中一个非常重要的日子。

张爱玲特意穿了一件能闻得见香气的桃红单旗袍,请来了自己的闺蜜炎樱,胡兰成则带着自己的侄女青芸,聚在张爱玲的房间内。

姑姑张茂渊就在隔壁,张爱玲对她说了自己要结婚的事,张茂渊一脸沉重,没说一句祝福的话,她心事重重地说:是不是再慎重考虑一下。

张爱玲摇摇头,说自己已经决定了。

张茂渊默然不语。

她还是觉得胡兰成不可靠,并不能给张爱玲幸福。既然不能说服张爱玲,她只能用自己的行动表明自己的意见,她没有走进张爱玲的房门，没有见证侄女的婚礼。

张爱玲离开姑姑的房间，姑姑的那脸凝重并没有影响到她的心情，她心中燃着炽烈的火，一点冷雨岂能浇灭这爱情荒原上的天火。

张爱玲亲手制作了一张小小的结婚证书，对于有着绘画天才的她，这张纸笺是她所有的美术作品中画得最认真的一帧。那张纸笺算不上精美，却制作精致，有艺术感。她小心翼翼拿起笔，在自制的结婚证书上写了两句：

胡兰成与张爱玲签订终身，结为夫妇。

写完，她觉得似乎还缺点什么。便把手中的笔交给胡兰成。

胡兰成深深看了一眼满脸娇羞的张爱玲，提笔写下了：

愿使岁月静好，现世安稳。

炎樱和青芸屏住呼吸，看着他们在纸上写，两个人作为证人，都深感责任重大，所以，落笔的一刹那，仪式感很强。

最后，那支笔交到了炎樱手上，她郑重地在旁边写下了：炎樱为媒证。

炎樱并不喜欢胡兰成这个人，当初听说张爱玲和这样一个男人谈恋爱，她还曾惋惜地说，胡兰成是第一个突破你防御的人，提醒张爱玲："你一点女性本能的手腕也没有。"提醒归提醒，一旦自己的闺蜜要结婚了，她不管多么不赞成，出于面子，还是做了他俩的证婚人。

那时的胡兰成38岁，张爱玲23岁。

他们的婚姻，不但没有法律程序，也没有婚纱照，没有婚宴，甚至没有婚房，简简单单，两个人便定下了终身。

已是初秋时节，外面的阳光依然是盛夏的炽热，婚约签写完毕，张爱玲抬起头，温柔地望着额头上沁出细密汗珠的胡兰成。

胡兰成意识到张爱玲在看他，回了她一个幽幽的笑。

他笑得儒雅而有分寸，从此，这个男人便属于她自己了。

张爱玲认为非常美满的这桩婚事，在别人眼里，这婚姻，对张爱玲来说不公平，这个男人不仅老，还有过无数女人，最重要的，在人们心目中，他身上有严重污点，他是汉奸。

最温情的时候，胡兰成也会问她：爱我你觉得值得不值得？

张爱玲说：你问我爱你值不值得，其实你应该知道，爱就是不问值得不值得。

新婚蜜月，两个人都沉浸在幸福欢愉中。

1944 年 8 月 26 日，正是他们最甜蜜的蜜月期。

午后，张爱玲携了胡兰成来到上海康乐酒家，那里已经聚了众多上海滩文化圈的名流，《传奇》读者茶话会将要在这里举行。

张爱玲精心打扮了自己，她"穿着橙黄色绸底上套，像《传奇》封面那样蓝颜色的裙子，头发在鬓上卷了一圈，其他便长长地披下来，戴着淡黄色玳瑁边的眼镜，搽着口红，风度是沉静而庄重"。

在胡兰成眼里，她是她的新娇娘，是开在他眼中的一朵灿烂夏花。

流光溢彩的橙黄上衣，搭配亮闪闪的蓝色长裙，黄边框眼镜，一抹红唇，或卷或舒造型奇特的发型，这装扮，即使 70 多年之后的今天，也不是随便哪个女人敢把自己捯饬成这样。

胡兰成却觉得，张爱玲那一日的风度是沉静而庄重的。

言外之意是说，若在平日里，张爱玲的装扮还要艳丽，还要张扬。在一个女人最美好的花季年华，无论穿什么都难看不到哪里去，更何况张爱玲这样一个有气质的大家闺秀。她苍凉的灵魂，只有用华美高贵的色彩包裹着，她才能得到些许安慰。

那一日，胡兰成这个文化名流丈夫并没有帮上娇妻什么忙。

反倒是来为闺蜜捧场的炎樱，在关键时刻替她解围。

座谈会上，有人说《传奇》作品整篇不如局部。

一贯不善言辞的张爱玲不知该如何反驳，讷讷无语。

胡兰成自称自己是护花使者，花儿遇上麻烦了，他却尴尬地坐在那里。与会者似乎都很反感他这个汪伪文化官员，他的到来，并没有为张爱玲增添光彩。

好在，没人知道他们是以夫妻档来参加这次活动，他们的那一纸婚书，是悄悄签下的，并未对外公开。

此时，多亏炎樱在场，她站起来，为张爱玲辩驳：

"她的作品像一条流水，是无可分的。应该从整个来看，不过读的人是一句一句地吸收而已。"

婚后张爱玲依然是落寞，并无设想的那般繁华，她的生活似乎并没有多少改变。

她依然和姑姑一起住在那所公寓里，胡兰成又回了南京，深秋时节，他调到武汉《大楚报》工作，他们与其说是两地分居，不如说各自依然过着自己的生活。

他从来没有要求过张爱玲随他一起去南京，去武汉，张爱玲似乎也不愿离开上海，他们的关系不像夫妻，更像是一对情人。

结了婚，反倒不能像热恋的时候那样，天天可以见到他了，张爱玲在思念中煎熬着，她唯有把更多的时间用到写作，分散那份痛苦的思念，聊解思恋之苦。

平时，张爱玲很少去马路上散步，一个人在路边走来走去，总觉得奇奇怪怪的，再加上她经常穿奇异服装，容易招来各式各样的目光。

胡兰成回来了，就不一样了，天气晴好的时候，她喜欢陪着他去附近马路上走走。

她穿了那件结婚那日穿过的桃红单旗袍。

胡兰成上下打量了,随口说:"好看。"

那件旗袍嫣嫣的红,温润不俗,却或多或少有些媚气,胡兰成也未必真的觉着这色彩最适合张爱玲。陷入爱情的女人,最在乎的是爱人的看法,她已经忽略了自我,带着小女子的傻气,低头端详着身上的旗袍说:"桃红的颜色闻得见香气。"

他们偶尔也去逛一逛静安寺庙会,张爱玲看上了双绣花鞋子,鞋头连鞋帮绣有双凤,胡兰成亲手帮她挑选的,她的脚线条是硬朗的,穿上这双鞋,立即变得柔和了。

只因胡兰成夸过那套红色旗袍,夸过那双绣花鞋,他每每回来,她便穿给他看。

那双绣花鞋是张爱玲自己付账买的,其实她特别想让他帮自己买。

她觉得,再厉害的女人也想花心爱的男人的钱,花自己的钱是成就感,花男人的钱是幸福感。这并不是因为女人贪婪,女人不是随便哪个男人的钱都会拿来花的,这个爱自己的男人,要用可否花到他的钱来验证他的爱,而男人是用她是否愿意花他的钱来试探她的爱。

她的稿费比别人高,足够她花的,但她还是试图找胡兰成要零花钱。

不过,胡兰成却不用张爱玲是否愿意花他的钱来试探她的爱,他的钱还有许多用场,他有一群孩子靠他养,有一个病病歪歪的前妻神经兮兮的也要养着,还有许多之前爱过的女人们,哪一个都比张爱玲更需要钱,所以,他只给过她一点钱。

张爱玲用这点钱,做了一件皮袄,她自己设计的式样,大抵是让炎樱的服装店给做的,宽宽大大,愈发显得她高大威猛。

面对这高高大大的女人,身材矮小的胡兰成抱着她,只觉诸般不宜,每每这个这时候,他便在心底轻叹:这个女人太高了,居然生得这样高这样大。

短暂的相聚时光,是张爱玲最幸福的时刻。

她喜欢在晚饭后的灯下,和他挨得很近,脸对脸深情对望,她的脸好像一朵开得满满的花,又好像一轮圆得满满的月亮。她喜欢胡兰成抚她的脸说:"你的脸好大,像平原缅邈,山河浩荡。"

倘若换作其他任何人,如果说她的脸大,她一定会翻脸的,胡兰成却说的,她还可以附和着他调侃:"像平原是大而平坦,这样的脸好不怕人。"

柔和的灯光下,她伸出纤指,轻抚胡兰成的眉毛,一路划过胡兰成那张已经有些沧桑的脸,满腔柔情:"你的眉毛,你的眼睛,你的嘴。你嘴角这里的涡我喜欢。"

轻轻一个热吻,算是给这张脸盖上了一枚印章。

然后便是轻柔销魂的一声"兰成",万千深情蕴含其中。

他说的话,不管是真是假,她都信。

他说:"你的头发总是一样的。"

她便立即去找炎樱,让她帮助自己换个发型。

于是,张爱玲半披的中长发变成了卷曲的短发,梳中长发的张爱玲温柔神秘,换了新的发型倒显出几分干练,头发又短又倔强,有了棱角分明的女强人感觉。她原本个子就高,一头短发进一步拉长了她身材的视觉效果,于是,也就愈发显得高高瘦瘦。

女为悦己者容,不管这发型是不是适合自己,胡兰成喜欢的,她便喜欢。

张爱玲的粉丝们对她的新发型却颇有微词,诗人路易士发现张爱玲的头发变了,便代表男人的审美撰文公开品评,评头论足地说她的短发不温柔,还是留长发好。

张爱玲对胡兰成说起这件事,胡兰成却说:"你其实很温柔。"

他的鼓励,便是她的自信。

张爱玲愈发像一个温柔的小女人,愈发像一个贤妻良母,她对家庭,对女人有了更深的感悟,虽然她和胡兰成的家根本就不像一个家。

丝袜上的一道裂痕

岁月并不如胡兰成说得那般静好。

悄悄签下的那一纸婚书,并没有几个人知道,许多人还以为张爱玲只是胡兰成的情人,于是,坊间便流传,张爱玲是胡兰成的"文艺姘头"。

街头巷尾茶余饭后,人们喜欢八卦,八卦一下当红的女作家也是一种消遣。在那个时期的上海,张爱玲和苏青算是最抢眼的两个文坛女子。

关于苏青的八卦,已经成了人们不感兴趣的旧闻。

苏青和陈公博的故事是人人皆知的,陈公博帮她办起《天地》,在纸张紧张的情况下,还亲自为她弄到了两车皮白纸。运纸的那天,苏青亲自押送,她坐在卡车货厢堆积如山的白纸上,满脸都是得意的笑,在上海街头招摇过市,那场景,许多人都看到了,于是,人们公然赠送了她一个陈公博的"露水妃子"的称号。

张爱玲和苏青,一个是"文艺姘头",一个是"露水妃子",与她们有感情瓜葛的两个男人又都是汉奸,上海小报的花边新闻怎能放过这样好玩的绯闻故事,于是,小报上关于她们两个的桃色新闻赫然登出来。

小报铺天盖地,发得满世界都有。

苏青的朋友特意买了拿给她看,恰好那天苏青见到了张爱玲,便将小报拿给张爱玲看。

张爱玲眯着眼睛迅速扫了一眼,粗糙的纸张上,"文艺娲头"几个字刺痛了她的双眼,她连忙收回目光,推开苏青递过来的报纸说:"我从来不看这个。"

苏青也连忙洗白并标榜自己:"我也不看,是朋友给我带过来的。"

为了表示自己和张爱玲一样不俗,苏青找来一盒火柴,点燃了那一沓小报,两个女人默不作声,看着蓝色的红色的火焰吞噬掉那些纸张。

手头的小报在跳跃的火焰中焚烧成灰烬,街面上的小报却是烧不尽的。几乎所有的上海人都知道张爱玲和汉奸的情人关系了,她该庆幸,好在没几个人知道她和胡兰成结了婚,如果知道她已经成了胡兰成的女人,恐怕给她的定义比"文艺娲头"还要难听。

胡兰成在人们心目中的形象,张爱玲并非不知道,她并不是因为他是坏人而喜欢他,她已经爱上他了,不管他是什么人,在她那里,都已经成为最牵挂的爱人。

没有胡兰成陪伴的日子里,张爱玲依然把自己的生活过得很好,她看书,写作,改编舞台剧,忙碌而又充实。

临近春节时分,张爱玲的小中篇《倾城之恋》被她改编成舞台剧,腊月的寒风中,《倾城之恋》在上海新光大戏院公演,场场爆满。

张爱玲在作品中,以主人公范柳原和白流苏的故事,用动人的笔触探讨了婚姻、爱情和人性。这是世人关注的话题,也是她自身正在面临的问题。

她和胡兰成之间,又何尝不是范柳原和白流苏式的爱情?他们相爱,却似乎也没有出路。

两地分居,很久才能见上一面,张爱玲只能让生活忙碌起来,或许,只有这样她才不会那么思念远在武汉的胡兰成。

忙碌中,1945年春节便一步步走近了。

胡兰成来信了,说要回来过年。

张爱玲读完信,便欣喜地与姑姑准备过年的物品,房间掸了尘,去最好的裁缝店做了一身新衣。一切都准备妥当,她满怀期待地等着。但是,一直等到除夕,胡兰成也没有回来。最后,她等来的只有一封信,胡兰成说自己当下有工作重任,三月份再回上海。

张爱玲心中有委屈,却不好说出来,她以为他工作忙,一个女人怎好打扰丈夫的公事?但是,她心中还是有一种隐隐的感觉,胡兰成变了,自从他离开南京,到武汉工作,他似乎对自己有了些敷衍。

有时候,她默想,胡兰成是不是也像自己思念他一样,思念着自己?

她心中是有答案的,只是她不愿承认。

这个春节过得了无快乐,她心中无限沉重,只有投入新的工作,才能分散一下自己的哀愁。她必须工作,必须忘却她对胡兰成的思念,忘却她理不清的烦恼。

进了正月,日子过得又飞快起来,一晃便临近元宵节了。

《杂志》月刊打电话给她,言说准备做一次访谈,让她和苏青就妇女、家庭、婚姻诸问题说说自己的看法。

因为胡兰成和苏青的暧昧关系,张爱玲心中是有一个结的,不过面子上两个人依然是好朋友。特别是近日,胡兰成躲躲闪闪的态度,让敏感的张爱玲心中有一种不祥之感,这个男人是不是又恋上了别的女人?这个男人的滥情她是知道的,他自己有时候也对她说,说他曾经好过的那些女人,他带着胜利者的炫耀姿态对一个深爱自己的女人说旧情,张爱玲的心是淌血的痛,她却恨不起他来,她爱他,或许比他染指过得任何一个女人都爱。他曾经有过那么多女人,她恨也恨不过来,便也不在乎多一个苏青了。

张爱玲说:"像苏青,即使她有什么地方得罪我,我也不会记恨的。"

但是,也分什么事,女人之间的关系很微妙,为了一个共同的男人,女人总会记恨的,只是怎样一种记恨法。

张爱玲从来不牵愁惹恨,总起来说是大度的,她没有为处处留情的胡兰成难为苏青,朋友还是朋友,有些事,只要心里记着就是了,不必说出口,搞得彼此都尴尬,只是她们之间的友情变得岌岌可危。

元宵节的大红灯笼绽放在乱世的上海街头,有些华美,也有些刺眼。

不知为什么,《杂志》访谈的日子选在了元宵节这一天。

好在张爱玲并不忙,苏青总是忙的,忙了外面忙家里,那天也抽出时间参加。

她们都答应了这次访谈,访谈的地点就设在了张爱玲家的客厅里。

张爱玲备好了茶点,苏青早早就来了,带着一脸阳光的笑,过年的新衣还穿在身上,两个人谈笑着,只是张爱玲心中明白,无论她们表面上多和谐,她始终认定炎樱才是自己无话不谈最好的朋友,即使没有胡兰成和苏青那点事,苏青在自己心目中的位置,也超不过炎樱。

那一日的访谈进行得很顺利,张爱玲和苏青珠联璧合,在社会、婚姻、妇女、家庭等问题上的见解不悖。

那篇访谈发在了 1945 年 3 月《杂志》月刊第 14 卷第 6 号,她们的许多见解都很前卫,即使在 70 年之后,依然被很多女子认可。

正月一过，日子便铆足劲往前窜，终于盼来了三月。

自从去了武汉，胡兰成已经不再按照一个月回一次上海的节奏与张爱玲相聚，相聚没了规律，便让人觉得日子没有盼头。

那个晴好的周末，胡兰成终于回来了，一回来便说，这一次要住一段时间。

张爱玲是兴奋的，这兴奋来自于胡兰成的归来。

天气渐渐暖了，有了暮春初夏的意味，胡兰成这一次没有食言，他真的住了一段时间。

日头渐渐西落，公寓的小阳台也有了习习凉风，两个人并排站在阳台眺望红尘霭霭的上海，岁月静好的一刹那，却也无限美好。

胡兰成把手搭在张爱玲的肩上，张爱玲的个头稍高，他要抬高手臂才能够到她的肩。

望着天边的余晖，胡兰成不由地想起年初美军对汉口的那次大轰炸，汉口那边飞机咆哮着向下投弹，汉阳的天空也是这样残阳似血。现在，他已经预感到这场战争快结束了，一想到自己的前途，他便有些伤感，忽然对张爱玲说："时局要翻，来日或许大难。"

张爱玲诧异地看他，求解。

胡兰成说："你记不记得有首汉乐府诗：'来日大难，口燥唇干，今日相乐，皆当喜欢。'"

张爱玲记得，那是曹植的《善哉行》，言说天灾祸临头，必然会焦虑不安，今天没有祸事，就应该享受美好。但是，这首诗与今天似乎没有关系。张爱玲从不研究政治，不知道时局是怎么一回事，如果在政治上明白一些，她也不会爱上胡兰成。她便调侃："这口燥唇干好像是你对他们说了又说，他们总还不懂，叫我真是心疼你。你这个人啊，我恨不得把你包包起，像个香袋儿，密密的针线缝缝好，放在衣箱里藏藏好。"

说完便回室内为胡兰成倒茶,旋即扭转腰肢端了一杯香茶过来,递与胡兰成,满眼都是温情的笑,难得的一番妩媚,竟让胡兰成忍不住说:"你这一下姿势真是艳!"

　　张爱玲的体贴和柔情只是片刻的安慰,胡兰成已经嗅到了末日到来的味道,他明白,做汉奸的下场会是什么,出来混终究是要还的。

　　那一晚他们睡得很早。

　　临睡前,胡兰成忽然心血来潮,对张爱玲说起了另一个女人,他在武汉认识的一个女护士。

　　他说这些的时候,就像以往他对张爱玲炫耀他过去的那些女人一样,语气中带着几分捕获到新猎物的得意。

　　女护士的名字胡兰成说了,张爱玲并没有记在心上,她心中感觉万分的痛,不明白他为什么会这样,自己明明对他这般的好,他却依然还喜欢上新的女人。过去的那些莺莺燕燕她可以忽略不计,那毕竟只是他的过去,和自己才结婚几日啊,他的心中又放进一个新人。

　　她有些看不懂胡兰成,满心的哀怨,却在胡兰成温情的搂抱中又软了去。她发现自己真的很贱,明明知道了他的劣,却离不开他,离不开他的身体,离不开他的人。

　　她忽然明白了为什么自己给他寄信,他从来不回,原来在那边又有了另外的女人,他怎么忍心用这样的利刃伤自己的心?

　　她压住心中的妒火,轻声对胡兰成说:"过去的事情就过去了,你以后不再和她好,好吗?"

　　胡兰成信誓旦旦地答应,保证以后不再跟那位小护士来往。

　　胡兰成的话有几分可信度,张爱玲不敢揣度,想多了心里苦。她心中有泪,但是,胡兰成一走,她还是想他。

　　爱已低到尘埃中,想抬高一下,却办不到了。

胡兰成说的他的大难之日很快来临了。

随着日本兵败，胡兰成这个汉奸文人已经成为丧家之犬。他灰溜溜地来上海，知道大限已到，与张爱玲此一相见，便不知何时再见了，因而便说："时局依然这样，有朝一日，夫妻亦要大限来时各自飞。你自己保重就是了。我必定逃得过，惟头两年里要改姓换名，将来与你虽隔了银河亦必定我得见。"

张爱玲心中沉的像灌了铅，她对胡兰成海誓山盟："那时你变姓名，可叫张牵，又或叫张招，天涯地角有我在牵你招你。"

这个女人真是痴情的可爱，天真得紧，胡兰成看着她纯情的眸光，忽然有一种负罪感。

他是汉奸文人是一罪，他辜负张爱玲又是一罪。

去年深秋，他一调到武汉经营日伪刊物《大楚报》，便喜欢上了另一个女人。

那个女人叫周训德，汉阳的一个小护士。

张爱玲并不知道胡兰成在武汉怎样生活，自己在这边只知道一边写作，一边傻傻思念。

胡兰成一离开张爱玲，就不再思念，他原本就是这样一个人，一生中命犯桃花，招惹了无数女人，如果哪一个都牵肠挂肚地思念，岂不累死？

他工作的报社在江汉路胜利街口，白天在报社上班，晚上便住宿在汉阳县医院，报社和医院，隔着一条汉水，每天他都要乘渡船来来去去。

汉阳县医院有个叫周训德的实习小护士，模样长得清秀，那身洁白的棉布护士服，永远洗得那么白，穿上愈发俊气，胡兰成一住进去，就盯上了周护士，在他眼里，这个武汉妹子是纯美的，他喜欢远远地看着她，越看越有滋味。

周训德并没有像张爱玲一样对胡兰成一见钟情,这个父亲级别的老男人色迷迷的目光,让她躲闪不及,特别是晚上在医院值夜班的时候,他会有事没事地过来找她说话。

"你做我的学生吧。"

胡兰成发出邀请,这个女孩子有些喜欢诗词,于是胡兰成作诗:"汉水本来碧清,与长江会合,好像女子投奔男人。"

这诗带着几分暧昧,周训德装作看不懂。

他又从古诗中,挑出一些暧昧的淫词浪曲读给她听,她不是有文才的女作家张爱玲,依然无动于衷。用胡兰成的话说:"她看人世皆是繁华正经的,对个人她都敬重,且知道人家亦都是喜欢她的。"

周训德是学产科的护士,她经常要在风雪天夜里出去接生,白天还要帮着医生盯门诊、配药,她做事一丝不苟,一贯认真。

这位小护士的清纯和天真无邪是张爱玲不具备的,胡兰成说:"你还是做我的女儿吧。"对于一个对自己充满父爱的老男人,周护士不再设防,胡兰成很快就获得了她的信任。不忙的时候,恰逢胡兰成也在,她会到他的房间坐上一坐,或者陪着胡兰成去江边走走。她接过生的人家都认识她,敬重她,一路的问候声中,他们慢慢前行,胡兰成赞美她:"声音的华丽只觉一片艳阳,她的人就像江边新湿的沙滩,踏一脚都印得出水来。"

完全取得周训德的信任后,胡兰成又说:"你做我的妹妹吧。"

这是男人的撩妹三部曲,胡兰成的手法其实很落俗套,但是,多情的女人们就是逃不过去。

周训德此时已经有些依恋胡兰成了,他说做学生就做学生,他说做女儿就做女儿,他说做妹妹就做妹妹,她已经渐渐爱上他,竟然主动送他照片,像张爱玲一样,也在背面写了字,那词句比张爱玲的"低到尘埃"露骨多了:"春江水沉沉,上有双竹林。竹叶坏水色,郎亦坏人心。"

明摆着，这个傻女子已经喜欢上胡兰成了。

胡兰成便也回了一首《桃叶歌》："桃叶映红花，无风自婀娜。春花映何限，感郎独采我。"

一切都挑明了，事已至此，妹妹也不做了，索性直接做情人。

胡兰成说："《诗经》里'子兮子兮，如此良人何！'没有法子，只好拿她做老婆，只怕做了老婆亦仍觉拿她没有法子。我道：'我看着你看着你，想要爱起你来了。'她道：'瞎说！'我仍说：'我们就来爱好不好？'她道：'瞎说！'"

情已至此，胡兰成便直奔主题："训德，日后你嫁给我。"

周训德摇头："你比我大廿二岁。我娘是妾，我做女儿的不能又是妾。"

这个小护士知道上海还有个大作家张爱玲是胡兰成的女人，胡兰成对她说的时候，口气中也是炫耀，之后还要问周训德是不是嫉妒，周训德心里是明白的：张小姐嫉妒我是应该的，我嫉妒她不应该。

此时，远在上海的张爱玲还在苦苦思恋着她的胡兰成，她哪里料到刚刚结婚才三五个月，胡兰成便又有了新欢，这个第三者，不过是个不谙世事的草根小女子。她成了胡兰成的情妇之后，居然不想永远做情人，不想永远做妾，她的理想是做有名分的正牌夫人。

胡兰成把他与周训德交往的每一个细节毫无遗漏地告诉张爱玲。

渣男的本色此时已经暴露无遗，张爱玲的尊严被这般践踏，怎能宽容大度地接受自己的男人包养第三者？胡兰成却自说自话："我与爱玲说起小周，却说的来不得要领。一夫一妇原是人伦之正，但亦每有好花开出墙外，我不曾想要避嫌，爱玲这样小气，亦糊涂得不知道嫉妒。"

依照张爱玲的性格,怎么会糊涂到不知嫉妒,她嫉妒又有何用?选择了这样一个男人,选择了这样一桩婚姻,自己的真情拴不住这个男人的心,看来,每有好花开出墙外,他都要采一采的。

她不恨胡兰成,只恨自己,为何爱上他,为何事已至此,心中还是舍不下。

红玫瑰,白玫瑰

胡兰成每天乘渡船过汉水往返于报社和汉阳县医院,他和周训德住到了一起,空闲之时,两个人游归元寺、游古琴台、游鹦鹉洲,月牙湖的荷花深处,你侬我侬柔情蜜意,这次第,哪像是烽火连天战乱中的沦陷之地啊,胡兰成给自己创造了一个静美岁月,他深陷在小周护士的软语温乡里。

周训德虽然年岁小,却比张爱玲更懂得世俗之事,她不甘心总保持这种情人关系,也不想做妾。为了把这个年轻貌美的小情人哄好,胡兰成居然和她举办了一场婚礼,此时距离他与张爱玲签订婚约还不足一年。

一个男人的一生中,至少会拥有两朵玫瑰,一朵是白的,一朵是红的,如果男人娶了白玫瑰,时间长了,白的就成了桌上的米饭粒,而红的就成了心头的朱砂痣;但如果他要了红的那朵,日子久了,红的就变成了墙上的蚊子血,而白的,却是床前明月光。

此时,张爱玲便是那枝红玫瑰,她已经由耀眼的鲜艳,变成了墙上的一抹蚊子血,胡兰成的新宠周训德是那枝床前明月光白玫瑰。

薄情寡义,见一个爱一个丢一个,是胡兰成爱情的关键词。

张爱玲只道胡兰成在武汉有了个小情人,却不知道他们已经谈婚论嫁以夫妻相称了。自从5月份胡兰成从上海回了武汉,便杳无音讯了,她心绪极乱,无力拿起笔写作,于是,便一封接一封给胡兰成写信,每一封信都是一篇唯美的散文,无论她的书信写得多么美,永远是石沉大海,没有回音。

胡兰成的离去,让张爱玲和苏青释然了,这一年张爱玲不再把她当做情敌了,她连续在《月刊》上发表《留情》《我看苏青》等小说散文,还出了一本散文集《流言》。

胡兰成离开上海的时候,便已经是夏天了,张爱玲在感情的漩涡里挣扎得筋疲力竭,这个夏天太长了,日复一日总是这样的炎热,夏日还有多久?张爱玲盼着夏天快快过去,或许,秋天到了一切就会好起来。

秋天还没到,1945年8月15日,日本宣布无条件投降了。

胡兰成的好日子也过到头了。

一听到日本投降的消息,胡兰成就成了惊弓之鸟。

他不甘就这样失败,日本人也像他一样不甘,他们悄悄指使他搞什么"武汉独立"。胡兰成照做了,怂恿二十九军军长邹平凡宣布武汉独立,13天后他们的美梦宣告失败。本来胡兰成只是个文化汉奸,这样一来,进一步坐实了他的汉奸名分,在全城上下一片喊打声中,他只得落荒逃窜。

周训德和张爱玲一样,刹那间便品尝到了爱的苦果。

胡兰成历来是自私的,他从来就不想为女人担当什么,大限已至,他要为自己寻找退路。9月初,他混在投降后被遣送回国的日本兵中,仓皇逃离武汉,临逃亡前,他把手头的十两金子和吃剩下的一袋半大米转送周训德,赚取了小周护士的两行长泪。

周训德哭哭啼啼地把胡兰成送出门,她知道,此一去,山高水长,再无交集。但是,她不知道那些金钱和粮食都是淌着血的,两个月前,她和胡兰成高调举行婚礼,医院所有的同事都知道,自己所有的朋友都知道,《大楚报》的编辑记者们也知道。胡兰成跑了,胡兰成的女人还在,作为汉奸的女人,周训德被抓捕归案,承受了数月之久的牢狱之灾。

周训德被捕入狱的消息胡兰成知道了,他淡淡地说了一句:她会出来的。然后就继续走上他的逃亡之路,从此以后,这个女人究竟怎样了,他便不关心了。

为了那个不知逃到何方的老男人,周训德承受了无限的痛苦,这份痛苦,她命中该承受,谁让她和胡兰成搅到一起呢。

深冬季节,周训德走出牢狱,眼睛中的清纯可爱再也找不见了,变得呆滞木讷,十七八岁的好年纪,却是一脸的憔悴,一脸的忧伤。

这忧伤,张爱玲有过,而且一直没有走出来。

人们都知道周训德和汉奸文人有过几个月的婚姻生活,谁还愿意娶这样一个汉奸的二手女人啊?曾在《大楚报》工作的一位编辑,暗恋周训德已久,她落魄之后,这个编辑便伸出援助之手和她结了婚。在熟悉的生活环境中,他们忍受不了人们的指指点点,只好离开武汉去了重庆,从此便无消息。

胡兰成逃出武汉,在一片喊打声中不知该逃到哪里去。

重庆方面没有放过他这个汉奸,他们在四处追拿他。胡兰成先是逃到南京,南京绝对不是落脚之地,他又离开南京到上海。

秋日的清风中,张爱玲正一边写稿一边为胡兰成牵肠挂肚,门被敲响,开门时,她无论如何都没想到,来的居然是她朝思暮想的胡兰成。

她顾不上姑姑在身边,一把拥住他。

胡兰成脸色很不好看,他直奔张爱玲的房间,把自己当下的情况告诉她,他现在是四面楚歌的汉奸,上海他是不敢久留的,和张爱玲道个别,他还要继续逃亡之路。

他只在张爱玲处住了一夜。

胡兰成与张爱玲也只是匆匆见了一面。他不敢多作停留,只待了一天,便马不停蹄地向浙江方向逃去。

他逃到浙江诸暨,住到中学同窗斯颂德的家。

当年刚出道,找不到工作居无定所的时候,他曾经住在斯家,勾引斯颂德那豆蔻年华的妹妹,被斯颂德赶了出去,换作别人,无论如何也不能厚着脸皮再去找人家了。

胡兰成本来就是不顾脸面的人,他居然又灰溜溜地来到了斯家。

斯颂德在外地工作,斯老爷子已经故去,斯小姐已经出嫁,家中只剩斯母和庶母两位寡妇。

斯母是个善良的女人,上次胡兰成勾引玩弄女儿的感情,对这个中山狼般的男人,她还原谅了他,曾经在儿子的反对声中两次容留过他。这一次,她依然留他住下来,把他当做远方的客,尽心招待。她不知道胡兰成的背景,不知道他是走投无路的大汉奸。

胡兰成本性不改,一住进斯家,就对斯家庶母也就是斯颂德父亲的小老婆范秀美有了想法,这想法并不是临时产生的,早在当年住在这里时,他就喜欢这个女人,有碍于老爷子的面子,只好收敛了,但他又离不开与女人的感情游戏,便扭转身撩拨清纯的斯家小姐。如今,老爷子不在了,范秀美刚满40岁,徐娘还未半老,尚年轻尚美丽尚风情,一朵还未凋零的花儿应该呵护一下才对。

但凡被胡兰成看上的女人,他总有手腕搞到手,总有手腕把她干脆麻利地抛掉,张爱玲这样著名的作家都被他搞得神魂颠倒。在他经历的所有女人中,张爱玲还算是最难缠的,别的女人被抛弃了就会自动消失,但张爱玲会写信,她情意绵绵的书信雪片似的飞到他那边,在那煽情的文字干扰下,一般男人都会被她打动。不管张爱玲如何诉说情意,胡兰成却是淡定的,无论她说怎样地爱着他,他都淡然把信扔到一边。对女人,他要的不是质量,而是数量,他要的不是结果,而是过程,看准一个猎物时,他可以死缠烂打,但是,一旦某个女人对他纠缠不休的时候,他便烦了。

胡兰成说:"女人矜持,恍若高花,但其实亦是可以被攀折的。"

他只是一个折花郎,折完便丢弃,弃完再折另一朵。

范秀美这朵花很好得手,她原本就生在尘埃中,在枝条上开得很低,她正寂寞,正梨花带雨地期盼有个男人疼惜自己,胡兰成便来了。

追捕胡兰成的风声越来越紧,胡兰成知道,斯家不是久留之地,他和斯颂德的同学关系许多人都知道,他还要继续逃下去。

范秀美说,那就去温州我的娘家吧。

胡兰成觉得,这倒是个出路,便跟着范秀美立即出发奔赴温州。

正是初冬时节,天气阴沉沉飘着冷雨,胡兰成和范秀美转道丽水,在那里歇歇脚再继续前进,那一晚,他们住到一起。

车马行程中,没人能看出这不过就是一对露水新情人。

胡兰成后来说,她和范秀美的感情是感激之情,用他的话说"在我是因为感激,男女感激,至终是唯有以身相许"。

张爱玲在他眼里,已经连蚊子血都不是了。

温州真是好地方,这座城是美的,远离政治漩涡,作为避难所再合适不过。胡兰成给自己改了个名字,叫张嘉仪,借的却是张爱玲的家世。这个名叫胡兰成的男人摇身一变成了儒雅文人张嘉仪,没有人怀疑张嘉仪的来头,因为他了解张爱玲的家世,一切都说得头头是道。

温州很美,范秀美娘家却贫穷寒酸,能让女儿给人当小妾的人家,自然是穷人。范家租住在九山湖窦妇桥徐家宅的一间厢房,范秀美的母亲双目失明,不知道女儿带来的是个什么样的男人。

房间狭窄逼仄，只能挤出一方空余来安置一张床，胡兰成和范秀美住在那张床上。这样糟糕的居住环境胡兰成只能忍着，他哪敢去外面租客房住。好在范秀美小家小户出身，会服侍人，且比较温顺，柴米油盐的人间琐事她都通晓，在艰苦的条件下，还能让胡兰成感觉到红尘中的安逸。

家中的环境很差，外面的景色却是美的，于是，胡兰成得空便带着范秀美到外面看美景，难得他在逃亡的岁月还能有这样一处桃花源。

渐渐地，他发现在这里并没人关注他，这才带着范秀美搬到旅馆去住。

在遥远的上海，胡兰成走后，张爱玲一直不放心。当初，胡兰成到温州后，给她写过一封信，说自己已经逃到温州，很安全，不要挂念。

张爱玲还是忍不住牵挂，江南二月的冷风中，她要独自一人去温州，寻找她的爱人胡兰成。从上海出发之前，张爱玲特地到时装店做了一件翠蓝棉袍，她要穿给胡兰成看。

一路辗转，到了温州，到了她照着信上的地址寻找，毫无结果。她想，逃亡途中他大概不敢写真地址，她有一种预感，胡兰成还在温州，她相信凭着自己的虔诚，上天会帮助她找到她的兰成。

张爱玲身穿翠蓝棉袍，拖着沉重的步履，搓着冻得麻木的手，来到温州一家比较好的旅馆办理住宿。

忽然，一个熟悉的男人身影一闪而过，胡兰成，那个身影一定是胡兰成。

她追了去，是他，真的是他，人并没有变瘦，气色也很好，胡兰成身边还有一个中年女人，那女人在张爱玲眼里不过就是个一般人，只是看样子胡兰成很依赖她，她对胡兰成嘘长问短的似乎很会疼人。

胡兰成告诉张爱玲,她叫范秀美。

难道,这是胡兰成的新女人,张爱玲的心里有一股醋意。

张爱玲站定了,胡兰成与她对视的目光中没有爱恋,没有感激,而是毫无来头地劈头便问:"你来这儿干什么?"

张爱玲的眼眶湿润了,她来这里干什么,胡兰成难道不知道她来这里干什么?他们有过婚约,她还是他的妻子。

胡兰成另外给张爱玲找了家宾馆,让她住下来。

那一晚,她让他留下来陪她,他诸多的不情愿,终究没走。

积攒了几个月的思念终于一泻千里,张爱玲沉浸在幸福中,这幸福的感觉,却在清晨被范秀美笃笃的敲门声驱散了。

张爱玲到了温州,胡兰成晚上便夜不归宿陪她住了,范秀美心中有妒火,又不好发作,那个夜晚她辗转难眠,终于,她忍不住了,于是,一大早便来敲他们的房门。

范秀美进屋后,胡兰成便像见到久违的亲人,向她诉说自己身体的不适,范秀美很贴心地为他按摩,他们更像是一对夫妻。

张爱玲看明白了,在温州这个地方,胡兰成应该是和这个女人住在一起,现在,她反倒更像一个外人。

胡兰成告诉范秀美,张爱玲会画画,说让张爱玲为她画一幅肖像。

张爱玲不好回绝,便拿出随身带着的画笔,为范秀美画像。

一个女人为她的情敌画像,这场景让人觉得很莫名其妙,两个女人各怀心事,谁都不自在。

画着画着,张爱玲手下的笔不由停下来,她把画笔扔到一边,没好气地说:就画到这里吧,不画了。

范秀美站起来,她没有问张爱玲为什么不画了,作为女人,她当然懂得这个女人在想什么,其实她坐在那里也很尴尬,她逃也似的离开那个房间。

胡兰成问张爱玲:怎么不画了?

张爱玲伤心地说:"画着画着,我只觉得她的神情,眼睛嘴巴越来越像你。你在我和她之间做个抉择吧,要我,还是要她。"

胡兰成沉默不语,他不能说,张爱玲虽然已经是一个被他丢弃的花,但是,这个著名作家还是他炫耀的资本,他不能放弃她。

他的最新一任女人范秀美,现在在他心目中还有魅力,他也舍不得放弃。

张爱玲叹息一声:"你是到底不肯。我想过,我倘使不得不分开你,亦不致寻短见,亦不能再爱别人,我将只是萎谢了。"

张爱玲在温州住了 20 天,既然她知道了实情,胡兰成便不再避讳了,他甚至当着她的面和范秀美秀爱情,全然不顾张爱玲的感受。

但凡是一个正常女子,都忍受不了这样的背叛和羞辱,张爱玲知道,爱情已死,自己已无回天之力,只能在一个有了丝丝春意的三月天背着行囊落寞离去。

她的爱可以低到尘埃里,但也忍受不了一再蒙尘,他移情周训德,她忍了,原谅他,现在,他却又移情同学的后母,弃人伦于不顾,这样的男人值得她爱吗?

心倦了,情倦了,她心灰意冷地踏上回路。

她已经看清了前面的路,他们的感情,已经没有出路了。

她不能在这棵挂满各种女人爱情忧伤的树上活活吊死。

一别两宽,各生欢喜

烟花三月,从风景如画的温州,张爱玲心情郁闷地回到上海,一路上景色迷人，张爱玲的心却依然是无法解冻的隆冬。

她这一次真的彻底死心了，过去她对胡兰成是失望，这一次是绝望。

一路颠簸，来的时候满心希望，走的时候心冷似铁。

回到上海不久，胡兰成来信了，信笺上的字依然是那么清秀端庄，里面的文字依然是那么唯美迷人，张爱玲已经没有了过去接到他的来信时的欣喜激动，她破天荒没有回信。

她已经不愿意再忍受这种生不如死的折磨，她对这种折磨的感觉是："那痛苦像火车一样轰隆轰隆一天到晚开着，日夜之间没有一点空隙，一醒来它就在枕边，是只手表，走了一夜。"

她痛苦得不想吃东西，只能每天喝一大杯西柚汁，直到有一天她从路边百货公司的橱窗里看到瘦而苍老的自己，才恍然明白，自己已经为了胡兰成丑成了这个样子，这个样子的女人胡兰成不会喜欢，别的男人也不会喜欢。

张爱玲回不回信对于胡兰成来说并不重要，他对自己征服过的女人依然胸有成竹，这些年无论是什么样的女人，但凡被他征服，便全身心依附于他，他相信张爱玲只是一时使小性，过几天就好了。

丢了胡兰成的爱情，张爱玲也想再寻找一个值得爱的人，这个人在哪里？

无意间，她认识了桑弧。

张爱玲的小说被电影公司看上了，她去谈《不了情》的剧本。

那天，她的着装依然是一如既往的讲究：

一件喇叭袖洋服本来是楚娣一条夹被的古董面料，很少见的象牙色薄绸印着黑凤凰，夹着暗紫羽毛。肩上发梢缀着一朵旧式发髻上插的绒花，是个淡白色条纹大紫蝴蝶，像落花似的快要落下来。

这么繁琐的装束,张爱玲应当是尽心打扮了老半天,她只是去见导演,并没想到要让导演为之惊艳。

男人为女人所动,并不是因为她的才,更多的是因为她身上的女人味。

张爱玲这样的装束很有女人味,她的容颜在电影导演的眼里真的不完美,但是,她的气质却无人能比。

那是她与导演桑弧第一次见面。

那次见面是在剧院的后台。

那一次,她给桑弧留下了极深的印象。

她对桑弧的印象更深:他从台阶上走下来,一袭青衫,并不擅言辞,但儒雅有风度。他的长相也很特别,一脸严肃棱角分明,最与众不同的,他的额前有个好看的美人尖。

不知为什么,在桑弧面前,张爱玲又有了低入尘埃的感觉,他是那样干净,那样出尘不染,有他衬托着,张爱玲觉得自己在他面前没有骄傲的资本。

几天后,朋友龚之方有事去张爱玲家,带了桑弧一同去,龚之方那天穿什么张爱玲没有注意,却注意到桑弧身穿一件浅色爱尔兰花格呢子上衣,那件衣服穿在他身上,有些别扭,像临时租来的。也许是由于不甚熟悉,坐在张爱玲身边,他有些拘谨,样子看上去很稚嫩,很青涩。张爱玲发现,其实自己不仅仅喜欢大十岁以上的男人,对于青涩一些的男子她也不排斥。

为了写好剧本,他们相约一起去看电影。

去电影院之前,她用刚从百货公司买的一盒粉精心化了妆,过去,她虽然喜欢奇特的衣服,却很少用脂粉化妆。这几日,她突然对化妆有了兴趣,试着化了一次,她对自己化完妆的样子很满意,因为满意,便多了一份自信。

与一个男人肩挨肩坐在影院,而且是这样一个年轻英俊有才的男人,张爱玲有些心猿意马,一种暧昧的感觉在两人间滋生着成长着。

电影很长,两个人从昏暗的影院走出去的时候,外面刺眼的阳光,让刚才隐藏在黑暗中的一切变得有些不真实。两个人并排向外走去,她还是第一次和一个年轻男人这样走路,默默地走到影院外面,桑弧似无意地扭转头打量了她一眼,她感到他的脸色变得有些难看了。

从影院各奔东西的路上,张爱玲找了个僻静处,从包里偷偷拿出粉盒,用里面的小镜子照了照,她发现自己脸上出了油,妆容有些花了。

桑弧是一个非常注重细节的男人,他或许是看到了她脸上弄花的妆容,有些反感了。

张爱玲立即补了妆,其实,补完他也看不到了。

她很在意他的感受,她有些喜欢他。

刚刚从一桩废弃的感情城堡中走出来的女人,都渴望有另外一座新的城堡立即接受自己。她内心的伤痛需要一段新的恋情来抚慰。

《不了情》拍完,开始上映了,人们在关注这部新影片的同时,也在八卦。坊间流传,张爱玲和桑弧的关系已经不是一般的合作关系和朋友关系,他们在悄悄恋爱。

张爱玲和桑弧对这些八卦,并不辟谣,而是继续合作了《太太万岁》。

如果说张爱玲和桑弧之间有恋情,张爱玲的恋情也是初恋的那种感情。少女时代,她没有过与同龄少年的初恋,在桑弧身上,她似乎是在补这一课。

初恋的感情，从来不问未来，不问出路，张爱玲和桑弧的感情大抵就是这样。

那是一种无疾而终的感情。

几十年后，张爱玲在她的小说《小团圆》中，把这段感情写了出来，小说中的男二号燕山的原型就是桑弧。

女主人公九莉和燕山之间有一段刻骨铭心的恋情，那恋情纯美深情，不受尘世间的污染，这恋情抛却了一切物质的东西，完全是精神层面的，这样的爱情注定没有结果。

小说中的九莉对燕山说，没有人会像我这样喜欢你的。

燕山默认。他最终娶了别的女人，九莉的爱情又走进低谷。

小说的结尾，这样写道：但是燕山的事她从来没有懊悔过，因为那时候幸亏有他。

张爱玲在桑弧的陪伴下，走出胡兰成给她带来的爱情阴影。

胡兰成伤害完张爱玲，又继续他的逃亡之路。他带着范秀美又回了诸暨的斯家。

他和范秀美俨然成了这家的主人，斯夫人是善良之人，叹息一声，也是无语。

胡兰成躲在斯家，不敢随便出去，八个月的时间，他写了《武汉记》，把他和范秀美的爱情故事记录在里面。

八个月，不长不短，张爱玲心中纵有许多恨，也都随着时间渐渐埋在心底。

心中不再牵挂那个人，反倒云淡风轻了，她把全部精力投入到写作上，在胡兰成身上耽误了太多时间，她不能再这样浪费时间和感情了。

她要多写，多挣钱多攒钱，她亏欠母亲那份债还没还。母亲写信说就要回来了,尽管她从来没有要求张爱玲还她,张爱玲却觉得,自己这辈子不能亏欠任何人的,她一定要还的。她少女时代便梦想着,将来将钞票放在一打深色的玫瑰下,装在长盒子里还给母亲。

现在她已经没有了少女时代的浪漫,玫瑰和钞票实在不相搭,她把自己攒的钱换成了黄金,她要还母亲黄金,把金灿灿赤裸裸的金子拿给母亲。

除了为母亲攒钱还债,她还要用自己的稿费资助不断逃亡的胡兰成,胡兰成用她的资助,和别的女人花天酒地,不断在她的心上划出深深的伤,旧伤未愈,又添新伤,张爱玲的伤永远在淌血。

八个多月没有胡兰成的消息了,她差不多快把这个男人忘了,桑弧带给她的纯真的爱,让她觉得自己的世界骤然开朗。原来她是可以离开胡兰成的,原来她不仅仅可以找老男人的肩膀偎依,谁都不依赖谁的初恋般的爱其实更心安,这种不问未来的无痛的爱,公平公正,不用低到尘埃中,不用飞到高不可攀的天上,它是脚踏实地的。

忽然,胡兰成回来了,寒冷的冬夜他瑟瑟发抖地站在张爱玲面前,告诉她,自己取道上海再往温州,特意来看她。

张爱玲问,范秀美是怎么回事?

胡兰成据实交代他和范秀美的事,就像他过去对张爱玲说他的那些女人们,他不放过任何细节,绘声绘色地说着他们的那些故事,张爱玲终于忍无可忍,"你我结婚时,你签上'现世安稳',你现在哪里给我安稳?"

胡兰成却理直气壮:"我待你,天上地下,无有得比较。若选择,不但于你是委屈,亦对不起小周。人世迢迢如岁月,但是无嫌猜,安不上取舍的话。"

灯光下,胡兰成因为激动,脸是扭曲的,扭曲得那么狰狞丑陋,张爱玲冷漠地把头别过去,她不想再看到他。

胡兰成从自己的行李中,取出《武汉记》书稿,让张爱玲看。

张爱玲把头别到一边,她不想看,她知道这里面记录的是胡兰成和别的女人的爱情,她是妒忌的。

胡兰成轻轻打了一下她的手背,示意她看。

张爱玲迅速把手收回来,有些怒有些怨地叫了一声:"啊!"

这声大叫让胡兰成一惊,他发现张爱玲这一次真的很愤怒,这个著名女作家,愤怒的时候嫉妒的时候,和别的女人没什么区别。

是夜,两个人分居而睡,胡兰成睡到隔壁的一个房间,张爱玲第一次对这个男人产生了厌恶情绪。

第二天凌晨,胡兰成推开张爱玲的门去和她道别,张爱玲刚从睡梦中醒来还没起床。胡兰成附身去吻她。

张爱玲知道,那是他们今生的最后一吻,从此之后,便天各一方了。

她伸出双手紧抱着他,这温馨的吻,几乎让她又要低到尘埃了,心绪在尘埃间升升伏伏,最终还是没沉下去。

她哽咽一句:兰成!

泪水已是满眼。

他们爱情谢幕的这场戏,张爱玲用泪水和温柔的一声轻唤,给它画上句号。

一场忧伤的情爱大戏拉上大幕,张爱玲又用一封信为已经落幕的戏做了注脚。此生,他们便没有关系了。

胡兰成走后,张爱玲把这件事说与桑弧听。

桑弧先是沉默,然后坚决地说:不能让他碰,一根汗毛都不能让他碰。

张爱玲得到了鼓励,本来她还觉得自己有些对不起胡兰成,内心还有几分愧疚,这一下,她释然。

她以为从此与胡兰成便无瓜葛了,不久之后,胡兰成的侄女青芸来找张爱玲,她身后还跟着个女人,张爱玲看了,一眼便认出,她是胡兰成的新欢范秀美,青芸带她来做什么?张爱玲一脸疑惑。因为心中已经没有了胡兰成,她对这个女人,已经无恨。

青芸递给张爱玲一封信,信上那熟悉的字迹是胡兰成的,他说,托青芸带范秀美找张爱玲,范秀美来上海"看毛病,资助一点"。

张爱玲带着一丝疑惑,询问范秀美得了什么病,来上海看。

青芸和范秀美都吞吞吐吐,最终还是青芸告诉张爱玲,范秀美怀孕了,来上海流产。

张爱玲轻轻从手腕上褪下一只金镯子,交给青芸:把它当掉吧,换点钱,给她做手术。

张爱玲的侠义让两个女子都心生感动,情敌做流产手术,她爽快拿出一只金镯子资助,张爱玲真的不是个小气的女人。胡兰成有过那么多女人,她没恨过谁,她知道,倘若不是她们,胡兰成也会找别的女人。

女人不难为女人,她知道,这个正沉浸在爱中的范美秀一定是下一个周训德,只是她现在还被爱情蒙蔽着。

果然又被张爱玲言中,范秀美最终也是被胡兰成轻轻一挥手,便抛到一边。胡兰成逃到日本后,先是把房东的女人泡到手,之后,依然是随手抛弃。最终,与流亡日本的上海黑帮老大吴四宝的遗孀佘爱珍度过余生。他和佘爱珍的这次结合才是绝配,两个人为人做事旗鼓相当。

半年后,张爱玲给胡兰成写了封绝交信:

我已经不喜欢你了,你是早已不喜欢我了的。这次的决心,我是经过一年半的长时间考虑的,彼时惟以小劫故,不欲增加你的困难。

你不要来寻我,即或写信来,我亦是不看的了。

那是1947年6月9日的风雨之夜,离他们相识三年多一点。

胡兰成接到信,虽然是意料之中,却也感觉有一种被女人抛弃的落寞,他想挽回一个面子,便写信给张爱玲的闺蜜炎樱,让炎樱去劝劝张爱玲。

信里说:爱玲是美貌佳人红灯坐,而你如映在她窗纸上的梅花,我今惟托梅花以陈辞。

炎樱肩负重任去找张爱玲,她是他们的结婚证人,胡兰成既然找她来说和,她便原封不动传递了这个消息。

张爱玲不愿意将胡兰成和别的女人上床并怀孕的事闹得满城风雨,只是淡淡地说:胡兰成爱上了别人,不过未发生关系。难道他要我送他一枚勋章不成。

张爱玲没有给胡兰成回信,一切都结束了,就不要藕断丝连了。

胡兰成几乎给每一个分手的女人发一点分手费,惟有张爱玲,非但没得到他一分钱,还从自己的稿费中拿出十万现金给他,她对这个男人算是仁至义尽了。

她说她这辈子不欠任何人的。

她本来就不欠胡兰成的,应当是胡兰成欠她的,这样一来,胡兰成便欠下了更多。

胡兰成从来没有领过她的情,在《今生今世》里,胡兰成这样评价张爱玲:

爱玲种种使我不习惯,她从来不悲天悯人,不同情谁。慈悲布施她全无,她的世界里是没有一个夸张的,亦没有一个委屈的。她非常自私,临事心狠手辣。她的自私是一个人在佳节良辰上了大场面,自己的存在分外分明。她的心狠手辣是因她一点委屈受不得。

或许，她在亲情上有些淡漠，但对胡兰成，却是已经付出了所有。

其实，她也不欠母亲的。

也是这一年，母亲从国外回来了，她已经没有了当年的光鲜，完全是一个老女人的样子，只是，气质还在。她住在张爱玲和姑姑合租的那个公寓，住回她自己住过的那个房间。

在中央银行扬州分行工作的弟弟张子静，听说母亲回来了，马上赶过来看望母亲，苍老的母亲多了些慈爱，张子静恳求她：还是在上海定居吧。

母亲冷冷地摆摆手：我还是要走的，上海的环境我已经住不惯了。

她真的有许多不习惯，女儿在她离开的几年间，变成了著名女作家，当年，她给女儿制订的"名媛养成计划"未实现，却意外地培养了一个名作家。

张爱玲把自己存了很久的两根小金条拿出来，递到母亲手上。

母亲诧异地接过金条，问她这是作何。

张爱玲告诉母亲，感谢她过去为自己花了那么多钱，她一直心里过意不去，这钱，是还她的。

母亲哭了，不是因为感动，而是因为女儿一直没有把她当做母亲，她们之间居然有这么大的隔阂，这是对母女亲情的最后买断吗？母亲哽咽着对她说："就算我不过是个待你好过的人，你也不必对我这样，'虎毒不食子'暖。"

张爱玲看着低头拭泪的母亲，她真的老了，老的没有了光彩，老的从文艺腔的女神变成了一介俗世间的老妇人。

不过，这钱她是一定要还的，这些年，还母亲钱是压在自己心底的一块大石头，现在，这石头搬掉了，却垒进母亲心间。

母亲终于又走了,这一走,便是永远。

张爱玲和姑姑迁居梅龙镇巷内重华新村 2 楼 11 号居住。

搬离的那座公寓,留下了太多美好的忧伤的记忆,她不想在那里再回忆过去。

一切要重新开始了,虽然她不知道未来是个什么样子。

7 远行，寻找生命的落脚点

还没离开就已经在想念

黑暗即将过去，黎明马上来临。

黎明到来之前，张爱玲和桑弧合作，拍了一部《哀乐中年》。

1949 年 5 月，上海解放了，历史翻开崭新的一页，街上到处红旗招展，老百姓自发走上街头，跳起大秧歌，迎接解放军进城。

这座城市欢腾起来，处处洋溢着蓬勃和热情。

一向敏感的张爱玲立即捕捉到周围的新变化，她发现，她熟悉的桑弧变了，他变得热情开朗，上海解放后，他投入新的剧本拍摄，他的作品不再是以往低沉的调子。

她的好朋友龚之方与唐大郎也都变了，他们在中共上海市委常委、宣传部长夏衍指导下，办了一张格调健康的小报《亦报》，邀她为报纸写稿。

张爱玲答应了，她完成了长篇小说《十八春》，并于 1950 年 3 月 25 日开始，在《亦报》连载，1951 年 2 月 11 日连载完毕，这部作品她破天荒用了个"梁京"的笔名。

《十八春》讲述的亦是都市男女的情感纠葛。温婉、凄迷的旧上海,主人公沈世钧和顾曼桢,以及其他几对青年男女纠缠不清的痴爱怨情,随着国家命运起起伏伏。故事跨越九一九、一二·八、抗战胜利、国民党接管、上海解放、支持东北建设等不同时期,在漫长的岁月里,痴男怨女们的不了情,也有了历史动荡的底色。故事中,似乎每一段恋情都是阴差阳错的,沈世钧和他的恋人顾曼桢两情相悦,却注定只是路人,他娶了另一位女子,尽管他并不喜欢这位女子。悲哀的故事最终出现了一个光明的结尾,那些错爱的男女为了国家的建设都聚到了东北。大团圆的结局,有些突兀,却符合连载的需要。

这是张爱玲创作的第一部完整的长篇小说,作品依然是张爱玲的独特写作手法。这部写于新中国建国初期的稿子,有了政治倾向,在小说的结尾,作品里面的人物相聚后一起去了东北,去建设新中国。1969年,张爱玲对这部作品做了修改,改名为《半生缘》,出版后引起了新一轮的热烈反响。

梁京,这是张爱玲唯一使用过的笔名,有人猜测,她之所以使用笔名,大概考虑到社会舆论对"汉奸文人"的敏感和忌讳,抑或是她对连载这种类型把握不准,为了谨慎,用了笔名。这个笔名是桑弧给她取的,把"张爱玲"的"张"和"玲"的声母韵母互换反切。用"玲"的声母切"张"的韵母为"梁",再用"张"的声母(古音)切"玲"的韵母为"京"。

给张爱玲取完笔名,桑弧也用同样"反切"的办法,给自己取了个笔名"叔红",在《亦报》上推荐张爱玲的《十八春》:"一向喜欢梁京的小说和散文,但最近几年却没有看见他写的东西。"

读者看了桑弧的推荐,即刻明白了,难怪"梁京"的文笔这样好,原来是上海滩一位著名作家的笔名,但是,很少有人猜到是张爱玲。

《十八春》一下子把《亦报》带火了,人们每天追着报纸看,与小说中的人物同悲欢。

上海滩一女子,因与小说主人公顾曼桢人生经历有相似之处,每日追读《十八春》,她也如顾曼桢,本是平民之女,曾与世家子弟相恋,种种原因未能成婚,却与一个自己根本不爱的花心男人生了孩子,当自己的恋人再来寻找她的时候,一切都回不到过去了,恋人只好遵父嘱另娶了他人。

那女子每天流着眼泪看《十八春》,故事写得这般真实,就如同为她的命运而写,她一定要见一下写小说的人,从报社打听到张爱玲家的地址,她便找了去。

见到张爱玲,女子大哭一场,说她写得太好了,简直写的就是自己。

读者的喜爱,激发了张爱玲的热情,她开始重新审视自己手中的这支笔。

这一年,张爱玲的姑姑张茂渊有了正式工作,是在上海一家电影公司任职,张爱玲闲来无事,便到姑姑工作的电影院看电影,她看过香港大光明影业公司摄制的《小二黑结婚》;看过东北电影制片厂摄制的《白毛女》;看过北京电影制片厂摄制的《新儿女英雄传》。这些新上映的革命文艺作品,思想性艺术性完美统一,张爱玲感觉很不错,她觉得,自己也可以尝试写这一类的作品。

夏衍也在关注着上海革命文艺的新动态,丁玲的《十八春》通过在《亦报》连载取得轰动效应后,也引起了夏衍的注意,他不知道作者梁京是谁的笔名,便找来《亦报》的社长龚之方,问他:这个写《十八春》的梁京是谁啊?

龚之方说,是张爱玲。

夏衍点点头说,张爱玲是个不可多得的人才。

就在《十八春》开始连载几个月后,上海召开了第一次文学艺术界代表大会。

1950 年炎热的七月,张爱玲应邀作为代表参加会议。

在登记簿上,她的名字用的是笔名梁京,而不是张爱玲。

上海市第一次文代会开幕式在虹口解放剧场举行,会场里,参会代表个个穿着朴素,男代表清一色的蓝布和灰布中山装,女代表基本上都是当时最时尚的列宁服,那时候,中山装和列宁装便是人民装或者"干部服"。

张爱玲到的不早也不晚,为了参加这次会议,她特意选了庄重大方的衣服盛装出席,她在门口签完到,便选了最后排不显眼的位置悄悄坐下来,但是,却依然还是最显眼的一个,她的那身装束,与大家格格不入:她穿了一件深灰色旗袍,外面罩一件白色网眼绒线衫。

这身装束对于张爱玲来说,已经算是最平淡而朴素的了。

张爱玲能告别旧时代,却割舍不下这一袭旗袍,文代会开了六天,她一直是身穿素色旗袍,成为最有亮点的文代会代表。

这次文代会后,在夏衍的安排下,张爱玲随上海文艺代表团到苏北农村参加土改工作,据说,她在乡下住了三四个月,乡村生活对她来说是陌生的。

通过下乡体验生活,张爱玲接受了新思想,她的创作开始向新社会靠拢,进入一个新时期。

《亦报》连载《十八春》取得成功,总编辑唐大郎便开始与张爱玲约下一部稿子。张爱玲创作了中篇小说《小艾》,故事讲的是出身低微的婢女小艾,自小被卖老爷家,长成亭亭玉立的少女之后,却被老爷强奸怀孕,遭姨太太妒忌,被毒打流产。后来遇上一位排字工人,他们结了婚。小艾和丈夫在苦水中努力活着,最终盼来翻身得解放的好世道。

这部作品,写作风格叙述方式虽然还是张爱玲小说的一贯手法,但是讲的已经不再是过去的上海小资的悲情故事,主人公变成了劳苦大众。

但是,写这一类的作品,并不是张爱玲过去熟悉的生活,她一直感到一种压力,感觉到一种力不从心,写完《小艾》,她感觉自己江郎才尽了,她觉得自己应当再去充电,去学习新知识。

她便又想起炎樱,想起她们在香港上大学的时光。

如果炎樱在,她可以敞开心扉和她说说自己的心事。

但是,炎樱一家已经不在上海了,他们去了一个遥远的地方。临行前,张爱玲去炎樱家探望即将远行的一家人。那天风大,从她们家临出来时,炎樱妈妈把一条红纱巾交到张爱玲手上,用天津话关切地说:"围住围住。"张爱玲心里暖暖的。她刚走了几步,炎樱妈妈又追出来,将一只大红苹果塞到她手上。

她的心被暖化了。

这温暖的细节立即成了她记忆中的一部分,时不时会浮现出来。

上海的文化领导夏衍也是一个令张爱玲感动的人,他很欣赏张爱玲的才华,准备帮她安排到文化单位工作,当专业作家。夏衍之所以这样做,是在贯彻上级领导指示,上级的意思,对于张爱玲这样的原不属于进步文化阵营的文化名人,要争取把他们留下。

她受宠若惊,却又怕辜负领导的一番好意。

她觉得自己当下最应该做的事,还是去充电。当年,因为战争,在香港大学的学业没有完成,她应当回香港大学复学,把该补的课补完。

她把自己的想法说给姑姑,姑姑没说同意,也没说不同意,她已经是50多岁的人了,其实她内心深处不想让侄女离开自己,但是,她发现张爱玲去意已决,也便不再说什么。

张爱玲准备去香港的消息在上海文艺圈传开,消息也传到夏衍那里,他不想让这个人才流失,便委派龚之方去劝她。

此时，龚之方已经到文华电影公司负责宣传工作，他匆匆赶到黄河路卡尔登公寓张爱玲的住处。龚之方先是真诚地劝她留下来，看似无意间便说到导演桑弧，其实龚之方是有意把话题往桑弧身上转移，他知道张爱玲和桑弧的关系，想让张爱玲为了留恋这段感情，也要选择留下来。

张爱玲沉默了。

她和桑弧注定做不成夫妻，只能做朋友。桑弧父母早亡，从小被大哥抚养大，所以事事都听大哥的，大哥隐隐听到桑弧和张爱玲之间关系亲密，便告知弟弟，张爱玲因为胡兰成已经声名狼藉，这样的女人坚决不可娶。再说，写作也不是正经职业。谨小慎微的桑弧便在大哥的安排下，和一个圈外的女子结了婚。

此时，桑弧已经是别人的丈夫，他大婚之后，虽然和张爱玲依然有一些往来，却"有条河隔在他们中间汤汤流着"，一切已成往事，还能回到从前吗？

在上海留下来，恢复和桑弧的亲密关系，这是龚之方谈话的主题。

张爱玲苦苦一笑，摇摇头说："恐怕这两件事都不大可能了。"

上海是她最爱的城市，桑弧是最懂她的人，现在她能做的只是远离。她准备选择逃离的时候，那些夜晚她几乎总是在半睡半醒的失眠状态，这样的离去，她觉得是自己在抛弃他们，每天清晨太阳一升起，便觉得有无形的压力，她思维迟缓，一个字都写不出。看来，自己真的要重新回到课堂给脑子充电了。

既然决定已下，她便开始着手去派出所申请出境，办护照，办出境手续。

1952 年，张爱玲以回香港大学复学的理由，申请去香港，获得批准。

少年时代,母亲是她的榜样,她独闯天下的勇气曾经让张爱玲羡慕。

如今,她是要步母亲的后尘吗?

进入 7 月,张爱玲开始整理行囊,把日常用的东西和衣物装进两只大皮箱,许多东西都是装不进去的,甚至连她的小说手稿都装不下,只能留在姑姑那儿。临走的时候,姑姑把一本相册交给她,这是家族珍藏的老照片,里面有爷爷奶奶的影像,也有童年少年时代张爱玲的照片,她接过相册,把它塞进鼓鼓囊囊的行李箱,整个家族的沉重历史从此便随着她一起闯天下了。

一切收拾停当,便到了出发的日子。

她和姑姑道了别,并约定好,她走后,彼此不通信、不联络。

她没有向弟弟张子静道别,她走了,连个招呼都没跟弟弟打。弟弟并不知道她离开上海的消息,几天后弟弟去看她,姑姑只从门内探出身子冷冷告诉侄子,你姐姐走了,然后迅速关上门。此时此刻,张子静在楼下推着自行车,心里无限伤感,男儿有泪不轻弹,他却忍不住哭出声……

素无来往的父亲当然更不知道张爱玲离开的消息了。

少年时代去香港求学,坐的是轮船,这一次,她从上海乘火车到广州,然后,经过罗湖关去香港。

盛夏的罗湖关,阳光恣肆地照着,关口的海关检查站在一座长长的吊桥上,桥下是缓缓流淌的深圳河。木吊桥有屋顶,墙也是木头的,粗糙的木头纹理带着原始风情。其实,几步之遥的香港那边的检查站,也是同样的简陋。烈日下,长长的过境队伍一字排开,张爱玲拎着两只笨重的皮箱走到桥头,立即被一群守候在那里的挑夫围住,张爱玲倒没想冲出重围,她从挑夫中随机选了一个看上去老实一些的,帮她挑了行李,去队伍的最末端排队,然后一步一步向前挪动着。

把关的是几个解放军战士,其中一个看上去像北方人的小战士朴实善良,他看人们在烈日下排着队,便挥手示意大家可以到一边的树荫下站着等待,大家客气地笑笑,并没有人动身,只恐移动地方,自己排了很久的队便白排了。

张爱玲也执着地站在自己的位置上,紧紧地贴着栅栏,只怕一离开队伍就会过不了关,前面队伍已经看到曙光,马上就要排到她了。

终于,她成为整个队伍的排头,检验证件的士兵接过她的护照看了,这个战士大概喜欢读小说,一眼就认出她是著名作家,便随口问:你是写小说的张爱玲?

她连忙点头,心中却是忐忑的,会不会因为这个不放她过关?

还好,士兵只是问问而已,他挥挥手示意她过关。

张爱玲在小说《浮花浪蕊》中写了当时的场景:

桥堍有一群挑夫守候着。过了桥就是出境了,但是她那脚夫显然还认为不够安全,忽然撒腿飞奔起来,倒吓了她一大跳,以为碰上了路劫,也只好跟着跑,紧追不舍。挑夫,是个小老头子,竟一手提着两只箱子,一手携着扁担,狂奔穿过一大片野地,半秃的绿茵起伏,露出香港的干红土来,一直跑到小坡上两棵大树下,方放下箱子坐在地下歇脚,笑道:“好了! 这不要紧了。”

出境时,挑夫先跑过了关口,张爱玲在后面泼命追赶,追上之后她惊魂未定,气喘吁吁停下来,方知挑夫是好意。

此刻,坐在半坡的树荫下,回望来时的路,张爱玲的心情并不像挑夫说的那样释然,她依然患得患失,纠结的心紧紧地团在一起,被她牵挂的是刚刚离开的那座城市,上海,是她一生放不下的挂念,她一旦爱上了什么,是不会轻易忘却的,甚至,一生中,她都舍弃不掉那份思恋。

她想着上海,想着自己刚刚离开的那所公寓,想着窗外马路上当当响着的电车声,想着黄浦江边潮潮的风。

想着一座城,却已经身在另一座城。

她又到香港了,当年因为战争从这里仓皇离开,一晃便是十年。

十年前,她是一个埋头苦读不愿多说一句话的女学生,十年后,她已经是一位红遍上海文坛的著名女作家了。

香港的天气比上海热一些,她身上的旗袍早已被汗水濡湿,她想,还是抓紧赶路吧,第一件事就是先找个地方住下来。

这里的街道她并不陌生,街上匆匆赶路的行人每一个都是陌生的。

一切还将从头开始。

对于这里的陌生,张爱玲倒是很坦然,她从小就习惯了走进陌生环境,接受陌生人,包括父亲身边各式各样的女人。

她是以到香港大学读书的名义来的,所以,学校还是要去的。去之前,她把许多事情都想到了,以自己 32 岁的年龄和十七八岁的少年坐在一个课堂,她会不会尴尬;以自己著名女作家的身份再走进大学课堂,她能不能适应。

对于读书生涯,她有些担心。但是,到了香港,她必须到港大复学,因为帮她弄到复学通知的港大老教授是个胆小怕事的人,如果她不去学校注册学籍,老教授怕承担责任。

于是,她走进了熟悉的港大校园。校园里,行走的是青春年少的学生,一如当年的她,如今的她,已经不是十年前专心致志读书的那个小女孩,物是人非,一切回不到从前了。

到了学校,她申请恢复 1941 年已经获得学费膳宿费全免的"何福奖学金",没有等到回应。

于是,这本就已经不再绚烂的读书梦就此暗淡了。

错过的感恩节晚餐

在香港,挣钱活着是第一要务,于是张爱玲一边读书,一边翻译英文版的海明威《老人与海》,想用翻译的书稿挣点稿费,维持生计。

马马虎虎读了一个学期的书,张爱玲寻找到一个去日本的机会,她的闺蜜炎樱来信说能帮她在日本找份工作,于是,她匆匆结束了刚开始的学业,把刚刚完成的《老人与海》译稿交给一家出版社,便从香港搭乘挪威货船前往日本。

在张爱玲的小说《浮花浪蕊》中,她讲述了这次赴日经历。

从香港到日本,那艘船东弯西弯地走了足足十天,她在日本住了三个月,并没有像炎樱说的能找到工作,无奈,只好心灰意冷地回到香港。此时,她翻译的《老人与海》已经出版了,凭着她出色的翻译水平,在香港的"美国新闻处"找到一份翻译的工作。

张爱玲在女青年会找了间房子借住,那间房子很简陋,房间窄窄的,面积不大,一张单人床,床侧有个小茶几,便几乎占去了房子的大部分面积,这和她在上海租住的公寓根本没法比。

她把皮箱安顿好,简单地在床上铺了薄薄的被褥,这便是她在香港的新家了,这个家四壁徒空。

她是一个讲究品位,注重细节的人,她喜欢雅致的环境,喜欢精致的生活,但是,这里的一切不允许她讲究什么。她像浮萍一般,漂泊着,她不知道自己将要漂向何方。

张爱玲利用自己深厚的英文底子,为香港"美国新闻处"翻译

《爱默生选集》《美国七大小说家》等书赚稿费。在这里,她举目无亲,没有朋友,除了偶尔外出买自己的生活必需品,她几乎不走出那间小屋。

她没有书桌,只能在床侧的小茶几上写稿,在香港,她的许多书稿就是这样完成的。

与张爱玲一起为美国驻港总领事馆新闻处提供计件翻译服务的,还有一对夫妇,宋淇和邝文美,他们也是来自上海,不过,比张爱玲早来了两三年。宋淇也是个文化人,在上海的时候,与他交情最深的便是傅雷夫妇和钱锺书夫妇,甚至他离开上海后,把房子和老母亲都托付给傅雷夫妇照看,傅雷夫妇后来便居住在宋淇的家,最终,也死在宋家的房子中。

上海来的大作家,张爱玲与宋淇有共同的朋友傅雷夫妇、钱锺书夫妇,现在他们是工作中的同事,于是,他们也成了朋友。

邝文美成为张爱玲的闺蜜。

张爱玲一生中有三个最好的闺蜜,除了大学时代的女同学炎樱,上海文坛的女作家苏青,另一个便是邝文美。

邝文美比张爱玲大一岁,毕业于上海圣约翰大学文学系,不仅有才,而且善良包容。张爱玲在这个举目无亲的地方,邝文美的关怀和帮助便是她精神上的安慰剂,她从不承认自己是向暖型的,但是,任何一个人在需要温暖的时候,都会努力寻找阳光。

邝文美第一次找张爱玲,不是作为同事,也不是作为朋友,而是以粉丝的身份来的。依照张爱玲的性格,她不愿意接触人,特别是关系一般的人,可是她又不好拒绝人家的来访,便不冷不热地接待了。她想的是,这个女子来一两次自然就不来了,让她自己幻灭吧,那一定是很快的。

没想到,她们的友谊不但没有幻灭,张爱玲后来还很依赖邝文美,连她自己都说,想不到结果会像现在这样好。

张爱玲是个不善于表达感情的人,但是,她曾对邝文美说:"自从认识你以来,你的友情是我生活的 core。绝对没有那样的妄想,以为还会结交到像你这样的朋友,无论走到天涯海角也再没有这样的人。"

女青年会的居住环境不安静,不适合搞创作,邝文美便帮张爱玲在离家不远的一条横街香港英皇道附近租了一间小房子,那间房子并不比青年会的小屋大多少,但是环境要好一些,至少比较安静,位置也更好一些。

这对夫妇会经常到张爱玲的寓所,陪她聊天,帮她做些事情,为她解除孤独寂寞,哄她开心。邝文美还别出心裁,把每次和张爱玲的谈话都记录下来,宋淇把邝文美的记录进行了整理,后来以"林以亮"的笔名发表了《张爱玲私语录》。

张爱玲有一组很艺术的照片,现在流传最多的便是那几张,便是邝文美带她到街角的一家名叫兰心照相馆的地方拍的。

有一张,是她半侧着头低首浅笑着,身上穿着她最喜欢的旗袍,旗袍外面披了一件碎花披肩,整个画面温婉恬静,透着一种难言的高贵气质。

还有一张,穿缎面高领七分袖大襟衫,昂首侧视前方,神情中有些落寞,还有些桀骜不驯的霸气,让人觉得这个小女子不可小觑。

真的不能小觑张爱玲,她不仅小说写得好,翻译工作同样很出色。

从女作家变成女翻译家,是张爱玲的不幸,也是幸。

翻译工作给她打开了另一扇窗,她的翻译很出色,但是,在她内心深处,文学创作的情结永远挥之不去。

张爱玲开始用零零散散的时间创作小说《秧歌》,这部小说是用英文写的,创作中,她把部分章节拿给香港"美国新闻处"处长麦卡锡和宋淇看,他们都觉得小说写得不错,鼓励她快快完成。

张爱玲在完成英文稿的同时,还写了一版中文稿,于是,这部小说先以中文在《今日世界》上连载,而后,英文版《秧歌》在美国出版社出版。

继《秧歌》之后,她又创作了《赤地之恋》,继续在《今日世界》杂志连载。

这两部作品发表了,反响却远不如她在上海写的那些作品。《赤地之恋》与《倾城之恋》相比,反响度简直是天壤之别。

对一个作家最致命的伤害,莫过于她的作品反应平平。

张爱玲心中是落寞的。

也是在那一年,张爱玲的父亲张志沂去世了。

父亲去世的消息相信张爱玲应当是知道的,她说是与姑姑不再联系,但是她们并没有中断联系,父亲去世这样的大事,姑姑会写信告诉她的,不管他们之间有怎样的隔膜,那毕竟是她的生身之父。

他们一家四口为了生存各自飘零,张爱玲在香港,母亲在欧洲,父亲在上海市区,弟弟张子静在浦东郊区教小学,如今,四个人中故去了一个。听到父亲逝世的消息,张爱玲心中谅解父亲了吗?至少,那份怨和恨应当淡去了,飘远了。

她本来就不喜欢牵挂,现在亲人又少了一位,在这个世界上,她越来越孤单了。

《秧歌》中文版出版后,张爱玲给胡适寄了一本,胡适却说,这是"今年读过最好的文艺作品"。一本无人关注的书,却有人拍案叫好,于是,胡适成了张爱玲的知音,他们开始通信。

在香港被冷落,让曾经生活在鲜花和掌声中的张爱玲非常失落,她在那里并不快乐,她觉得自己的价值不被认同是最大的悲哀。

恰好美国有一个政策允许少数学有专长的人到美国,张爱玲利用这个机会,在香港"美国新闻处"处长麦卡锡的担保下,申请去美国,获得批准。

1955 年 9 月,张爱玲乘坐着"克利夫兰总统号"客轮奔赴美国。

宋淇夫妇去码头送她,他们陪着她说说笑笑,在一片热闹氛围中,张爱玲说不上自己是什么心情,有些兴奋,也有些对未知世界的彷徨。忙乱中,那些情绪都沉在了最下层。

船要开了,宋淇夫妇转身离开,那一刹那,张爱玲突然感觉到自己的孤独无助,她喉咙紧紧的,泪水在眼圈中积蓄着,终于奔流而下。原来,她这样在乎宋淇、邝文美这些朋友的友情,到了人生地不熟的异国他乡,还能遇上这样的好朋友吗?

她伤感地哭着,泪眼蒙眬回到自己的那个船舱。

她控制住自己的情绪,开始给姑姑写信,给邝文美写信,给中学时代要好的女同学写信,给自己的经纪人莫瑞写信,只有不断写下去,她的心中才能稍稍安宁一些。

一件深色旗袍,加披一条乳白色的流苏披肩,抵不住海面上的寒冷,她望着茫茫海天,心中一片凄惶。

对于一个漂泊者来说,四处漂泊是无奈,并不是快乐。

从大陆到香港,从香港到日本,从日本到香港,再从香港到美国,四年的时间内,张爱玲漫无目的地游荡着,动荡的生活让她总是感觉没有安全感。

美国便是天堂吗?

她不知道,别人的天堂未必是她的天堂。

经过漫长的旅程,10 月份,轮船从旧金山进入美国境内,入境的第一道手续,便是进行入关审核。

一个身材矮小的日裔青年让张爱玲拿出有关身份的文件,审核之后,在她的材料上写下了身高六尺六寸半。

英尺的六尺六寸半,换算成公制,便是一米九九,张爱玲的身高不足一米七,顶多也就是五尺六寸半。张爱玲迷惘地看着那份材料,给自己错填成一米九九,一定是因为自己实在太瘦了显得特别高,可是,这数字这也太离谱了。

拿着身高一米九九的审核材料,走下船甲板,踏上美国土地的那一刻,张爱玲的脚步并不坚定,一切都显得那么不真实,这让她想到一生漂泊在许多国家的母亲,她踏上异国他乡的土地的时候,是否也像自己一样惶恐不安呢?

从旧金山停留片刻,张爱玲便乘上了去纽约的火车,她的目的地是纽约,在那里,已经移居美国的炎樱约好了等着她。

到了纽约,见到炎樱。

此时的炎樱已经是一位成功的商人,她在美国做房地产,两个好朋友久别重逢,且相逢在大洋彼岸这个陌生的地方,张爱玲见到她,心里觉得踏实了许多。她暂且住在炎樱的家。

在这里,除了炎樱,张爱玲谁也不认识。

不过,这里还有一个她非常想见的人,便是之前与她通过信的胡适,现在胡适也住在纽约,只是,她对纽约的一切都不熟悉,还要等炎樱打听到胡适在纽约的住处,再去拜访。

炎樱一贯好结交各种类型的朋友,她四处打探,从各个侧面打探出一个立体的胡适的消息,然后她告诉张爱玲:“喂,你那位胡博士不大有人知道,没有林语堂出名。”然后,还把她打探来的关于胡适过去的风流韵事以及现在的没落境遇,一股脑讲出来。

张爱玲只是让她打探胡适住在哪里,其他的,她没兴趣。

11 月上旬的一个午后,在炎樱陪伴下,她走在有着一排白色水泥方块房子的街道上,一座港式公寓房子出现在冬日暖阳下,张爱玲有了一种恍若隔世的感觉,她以为自己又回到了香港。

胡适的家便在一个门洞的楼梯之上。

胡适的处境似乎并不像炎樱说的那样落魄,室内的陈设是中国式布局,那天胡适和太太江冬秀都在家,胡适穿着中式长袍子,胡太太带着浓重安徽口音的国语,让张爱玲在异国他乡感觉到一种别样的亲切温暖。在客厅中,她喝着玻璃杯里泡着的绿茶,和胡适闲聊着,像是多年未见的老友,其实这是他们第一次相见。

他们聊到张爱玲的祖父,聊到胡适的父亲和张爱玲祖父的友情,他们这才发现,两个家族原来是世交,于是,便更亲近了一些。

第二次去胡适家拜访,是几天后一个寒冷的日子,张爱玲到纽约一个多月了,一切还没有任何进展,尽管她是获得批准来美国的,她还是觉得自己是这里的旅者。她是中国的知名作家,到美国是准备打开英语世界的小说市场,在香港,她已经尝试了用英文写小说,尽管没有一炮打红,却也算是成功了。但是,来这里这么久,她什么都摸不到头绪,不知该从何处着手去做事。

她无聊且寂寞,想找一个人聊聊天,便想到了胡适。

这一次,胡适将张爱玲引进书房,江冬秀没参与他们的谈话,泡了杯茶便退出去。天很冷,屋子里没暖气,这杯热茶捧在手上,张爱玲不再感觉缩手缩脚了。

那间书房是名副其实的书房,整整一面墙都是书架,自下而上严严实实,只是上面没有书,放了一些文件夹和凌乱的纸张,大概看出了张爱玲的惊愕,胡适说:"要看书可以到哥伦比亚图书馆去,那儿书很多。"

张爱玲历来不太喜欢多说话,那天,她怕冷场,便有些紧张,这紧张用她在散文《忆胡适》中的话说:"较具体地说,是像写东西的时候停下来望着窗外一片空白的天,只想较近真实。"

一晃便是感恩节。

张爱玲对洋人的节日没什么感觉,炎樱邀请她去美国朋友家吃饭,盛情难却便去了,那顿烤鸭从下午吃到华灯初上。张爱玲走在纽约的满街灯火中,夜晚的街头霓虹灯闪烁着,一切都那么安谧,似走在上海的街头,一阵寒风吹来,张爱玲胃口难受吐了。

刚走进炎樱的家,胡适打来电话,邀请她和他们一家去吃中国馆子,张爱玲胃口正难受,便没去,但是,那个感恩节她是快乐的。

总住在炎樱家中也不是长久之计,恰好,炎樱的一个熟人住过一个职业女宿舍,通过她介绍,张爱玲住进哈德逊河畔的一个"职业女宿舍"。

女宿舍是救世军办的,说得通俗一些,那里是救济贫民女子的宿舍,收费很低,到这里入住的大都是初来纽约,尚无固定居所的人。张爱玲的室友,有打算终身养老的胖女人,也有酗酒成性的流浪汉,这样的救助性宿舍在纽约的哈德逊河畔有很多。

那是一栋棕色的八层大楼,宿舍的住宿条件很简陋,小小的房间内一床一书桌,房间里没有卫生间。洗漱和上厕所要到公共卫生间。楼道里有一个很大的厅,摆放着几个旧沙发,可以在那里会客,也可以用两架公用旧钢琴弹弹琴,自娱自乐。

初到美国,有这样一个地方住已经不错了,如果没有朋友帮忙,说不定自己就流落街头了,因为有香港的艰苦条件垫底,对当下的一切张爱玲心悦诚服地接受了,如果是从上海优越的环境中直接混成这样,相信多愁善感的张爱玲会凄冷到活不下去。

即使混到贫民窟,张爱玲骨子里也是高贵的,她不同于那些流浪者,她是中国的著名作家。

胡适得知张爱玲住进"职业女宿舍",便去探望她。

张爱玲的小屋又窄又小,胡适到了那里,他们只好在楼道里那个大厅的破沙发上坐下来。这里光线昏暗,但是厅很大,黑洞洞的,幽僻中还有些诡异的感觉。

他们在幽暗中聊了一会儿,胡适四处打量着,言不由衷地说,这个地方很好。

张爱玲无可奈何地苦笑着,心想,还是我们中国人有涵养,不让朋友难堪。

这里的环境实在不适合聊天,聊了一会儿,张爱玲送胡适离开。外面风很大,胡适围巾裹得严严的,脖子缩在半旧的黑大衣里,张爱玲只穿着件大挖领的夏衣,没来得及穿大衣,她陪着胡适站在寒风里说话,风大,隔着条街从赫贞江上吹过来,吹得人睁不开眼,风飕飕地吹透了张爱玲薄薄的夏衣。

张爱玲说:"适之先生望着街口露出的一角空蒙的灰色河面,河上有雾,不知道怎么笑眯眯的老是望着,看怔住了。"

何止是胡适,张爱玲和胡适一起,站在哈德逊河畔冬日的薄雾中,共同站成了一组古铜雕像,她凝望着胡适,目光中带着他乡遇故知的浅笑,她和胡适的眼睛都半眯着,"仿佛有一阵悲风,隔着十万八千里从时代的深处吹出来,吹得眼睛都睁不开"。

那是她最后一次和胡适见面。

在麦道伟文艺营小木屋

张爱玲居住的女子宿舍,是她一生中住过的最低端的一个地方,这里是尘埃中的最底层,生活的质地粗糙凌乱,灰头土脸,在这个地方,居住时间久了,会被尘世埋没的。

张爱玲下决心,一定要尽快离开这里。

两个多月后,也就是来年的二月,张爱玲结清了女子宿舍的账目,离开纽约,搬到美国的东北部的纽英伦。

到美国来曾是她的梦想,走进梦中,却未必如想象中那么美。自从走进美国,她便到处求职,到处碰壁,直到碰得头破血流,也没有寻到一份工作。

她不再求职了,一次次的失败,让她对自己很失望,她觉得自己很无能,很失败,自尊心严重受挫,元气大伤。

她尝试着写英文小说谋生,此时,华人女作家韩素音已经用这种写作方式在美国走红,韩素音笔下的故事,大都是中国女子与白人男子之间的爱情故事,这样的作品,美国人茶余饭后喜欢看,在美国的华人也喜欢。张爱玲并不了解美国,这样的故事她编不来,她最擅长写的旧上海小资情调的小说,美国读者读不懂,也不喜欢,所以,用英语写作挣钱的美梦基本上破碎了。

作家写不出作品,便丢了半条命。

在美国,一些落魄的生活无着的作家为了生活,可以向写作文艺营之类的文艺组织寻求帮助。

她本不想这样做,可是,生活贫困潦倒,不这样做便难以维持生计,于是,她向美国新罕布什尔州麦克道威尔文艺营(麦道伟文艺营)提出申请,很快,那里同意了她的申请,她搬到了那个地方居住。

麦道伟文艺营地处美国新罕布尔州群山之中,这是个孤独寂寞的小镇子,许多知名艺术家或者还没有来得及出名的文化人,隐居在这里默默修炼,面壁图破壁,每个人都是怀揣理想的,只是,他们各自的理想和目标不一样罢了。

文艺营占地面积很大,入驻的作家艺术家只有三四十人,40栋房子都是小木屋,星星点点散落在营地的森林里,每一栋房子与每一栋房子之间,距离很远,每一座房子都被郁郁葱葱的森林包围着,彼此之间没有关联。

这里是艺术家的聚集地,居住在这里的作家、艺术家早餐时间可以聚集在一起,然后各自回自己的工作室。午餐会由工作人员送到每位艺术家的工作室门口,工作一天,晚间会有一个聚会娱乐的时段。

张爱玲住进一栋小木屋,与此前杂乱无章人声嘈杂的女子宿舍相比,这里实在太安静了,安静得有些不真实,辽阔的森林中,了无人迹,置身于这样的写作环境中,是许多作家梦寐以求的。

张爱玲却习惯于尘世的喧嚣,她从一开始写作就在熙熙攘攘的闹市之间,上海的公寓楼下,一条永远不会安宁的马路,写累了便站在窗前看马路上的人来车往,看叮叮当当的电车来来往往。

在麦道伟文艺营的小木屋里,忆起那些发生在中国土地上的前尘旧事,却少了一些味道,那些故事,或许只适合在燃着一炉香的灰绿色青铜锈香炉旁,伴着袅袅细烟点点滴滴回味,字字句句地去写。

她的心里空落落的,在香港,她梦寐以求地来美国,以为自己是一尾奔向灵魂之地的美人鱼,但是,她搁浅了,并没有活成她想要的样子。

灰扑扑的日子中,内心深处一片昏暗,有一丝明媚的阳光照进来,便让她感觉到豁然开朗。

她遇到了赖雅,一个风趣幽默,激情满满的德国旅美过气作家。

赖雅很有才气,年轻时,这位哈佛的高材生曾风度翩翩地旅居法国、英国和土耳其,在好莱坞写过电影剧本,也曾有过奢华生活。只是种种原因使他没有潜心把才华发挥到极致,并无太大建树。遇到张爱玲的时候,他离过婚,与前妻有一个和张爱玲年龄差不多大的女儿,最终,赖雅把日子由诗意过成了庸常琐碎,且此前摔断过腿并数度中风,到麦道伟文艺营,他的申请理由是重振文学雄风,事实上,他在文学上早就走了下坡路,不再继续下滑就已经不错了,哪有什么雄风可振。

3月,他们相遇了。

他们注定要相遇,相遇在春天的麦道伟文艺营。

张爱玲36岁,赖雅65岁。

春天是唤醒爱情的季节,她是一个心理生理都正常的女人,她需要爱,需要温情,当她最渴望温情的时候,他出现了。

赖雅对于张爱玲未必是最合适,却于千万人之中遇见了,不管他是不是张爱玲想要遇见的人,这次遇见,改写了张爱玲的人生。

尽管赖雅年岁很大,百病缠身,但是,他风趣幽默,会哄张爱玲高兴,他性格豪放,可以包容张爱玲任何个性的小情调,其实,这份爱更像是父辈对女儿的疼爱,但是,对各种爱都有缺失的张爱玲,立即全身心投入进去。

她太渴望被人爱了,只要能缓解她时下爱的饥渴,她便不计后果奋不顾身沉沦进去,从不想将来会怎样。

这是个傻女子。

那个3月,在麦道伟文艺营的小木屋里,张爱玲迅速堕入情网,从3月13日第一次见面,到5月12日私订终身,不过只是两个月的时间。

那天,对于赖雅是个难忘的日子,他在日记中写道:"去小屋,一同过夜。"

从此,张爱玲与这个男人拴在了一起。

三天后,赖雅在文艺营申请的期限到了。

按照规定,赖雅必须离开文艺营。但是他身无分文,前途未卜。

已经与他在感情上难舍难分的张爱玲慷慨解囊,把身上仅有的一点钱全都送给了他。

张爱玲最渴望的爱情,就是花自己爱的男人的钱,花着他的钱,心里是欢喜的。但是,她生命中却总也遇不到给她钱花的男人,相反,却总是赶上这些花她钱的男人。

张爱玲一生在钱财上斤斤计较,但是,唯独对她爱过的男人,从来都是慷慨的。

赖雅拿着张爱玲给她的钱离开文艺营,按照一般的套路,他们这种露水情人算是一拍两散了,赖雅生命中有过无数这样的女人,最终都是过客,他开始了他一段新的流浪生活,但是,两个人并没有中断联系。

夏天,张爱玲在文艺营的期限也到了。

她突然发现自己身体出现了一些变化,她怀孕了。

惊恐中,张爱玲给赖雅写了封信,告诉他自己已经怀了他的孩子。

赖雅接到这封信的时候,是1956年7月5日。

他虽然一生有过无数女人,但是,他们不过是露水情人,那些女人和他在一起的时候都很敷衍,没人会让自己怀上一个萍水相逢的男人的孩子,唯有张爱玲这样的女子,会这样认真,居然怀了一个不过是一夜情的男人的孩子。

正因为张爱玲傻,赖雅突然觉得自己罪恶深重,这样的女人他不能丢下不管,否则,道德上说不过去。他们原本只是清清爽爽的萍水相逢,刚开始并没有想着彼此厮守一生,因为这次不小心怀孕,一切变了,变得有些复杂了。

赖雅找到张爱玲,向她求婚。

他觉得,男人对女人最重的承诺,便是婚姻。

张爱玲似乎没做太多犹豫,或许,她真的需要一桩婚事来稳定当时的心绪,这个男人比她大三十来岁,疾病缠身,不名一文,她想过没想过他们会有什么样的未来? 她陷入爱情的时候总是腾云驾雾遁入空想,忘记尘世间的烟火和柴米油盐。

后来,她对炎樱说起她和赖雅之间的事,叹息一声,他们的婚姻"虽不明智,但却不乏激情"。

激情与爱情还是有区别的,张爱玲和赖雅初相识,更多的或许还是激情,是人性中最原始的两情相悦,至于爱情应当是后来的事。

张爱玲的不明智不仅仅是因为被激情冲昏头脑,还有更重要的,就是肚子里的孩子,她不知道该怎样处置这个不速之客。刚发现自己怀孕的时候,母性的本能让她处于矛盾中,36 岁才怀上一个孩子,如果就此打掉,自己此生可能再也没有做母亲的机会了,如果不打掉,就要告诉孩子的父亲。

这种矛盾心理促成了张爱玲写信告诉赖雅她怀孕的事。

张爱玲答应了赖雅的求婚。

如果生下这个孩子,就必须给他一个完整的家。

8 月 18 号,在炎樱的见证下,张爱玲和赖雅在纽约结了婚。

炎樱真是张爱玲的好闺蜜,张爱玲一生中的两次婚姻,都在她的见证之下。

婚后,张爱玲暂回纽约,住在纽约 W 第 99 街营友的公寓。

有了婚姻这个基本保障,张爱玲开始静下心来,为肚子里的孩子设想未来。赖雅虽然与张爱玲结了婚,其实,他本来就不想要这个孩子,因为依照他的经济条件,他根本养不起孩子。

张爱玲也越来越犹豫不决,她仔细考虑了赖雅的意见,觉得他考虑得有道理,即使他们有钱,即使有人帮着带孩子,他们也不能保证能带好,更何况现在的处境。她还有一个担心,就是怕自己像父母对待自己那样,对待自己的孩子,她怕自己成不了一个合格母亲,她意识到自己并不具备富有牺牲精神的母爱能力,她"觉得如果有小孩,一定会对她坏,替她母亲报仇"。

一直到了怀孕四个多月,张爱玲终于下定决心打掉这个孩子。

当决定要流产的时候,她觉得,自己的心已经凉薄到了冰点,自己真的不配做母亲。她委托闺密炎樱帮自己花了几百美元从外面找来大夫,自行堕胎。

堕胎这个情节,张爱玲在《小团圆》中写了:

夜间她在浴室灯下看见抽水马桶里的男胎,在她惊恐的眼睛里足有十寸长,笔直的竖立在白磁壁上与水中,肌肉上抹上一层淡淡的血水,成为新刨的木头的淡橙色。凹出凝聚的鲜血勾画出它的轮廓来,线条分明,一双环眼大得不合比例,双睛突出,抿着翅膀,是从前站在门头上的木雕的鸟。恐怖到极点的一刹那间,她扳动机扭。以为冲不下去,竟在波涛汹涌中消失了。

这个情节,被张爱玲写得令人毛骨悚然。这冷彻心扉的描述中,不断穿插着她对初恋时的追忆与感怀,初恋的那个男人带给她心理上的痛苦,而如今这个男人带给她的是生理上的痛。

她的内心是凄冷的,悲凉中,最痛的还不是她,而是那个在冷酷中被轻描淡写而消失的小生命。

张爱玲和赖雅的幸福时光不过只有几个月,赖雅便中风了。

这是他的老病根,在这之前,他已经中过几次风了,而且一次比一次严重。

这一次,赖雅病得很严重,瘫痪在床,大小便失禁,张爱玲彻底变成了护工,她在他的病床旁搭起了行军床,在他病得最严重的时候,必须一刻不离地护理他。

此时,张爱玲为一个刚刚认识不到一年的外国男人,放下了贵族大家闺秀的尊严,她顾不得自己有洁癖,为这个卧床不起的老男人清洁排泄物,伺候他的饮食起居。

其实,她完全可以放弃,毕竟,他们之间说不上情深似海,他的生命已经夕阳西下,和他在一起,明摆着是拖累她。

张爱玲默默地承受了,她不计回报地为这个男人付出着,她觉得,这是她的命,命中注定她会遇上这样一个人,那她就要勇敢承担这个责任。当年,遇上胡兰成是她的命,现在,遇上赖雅也是她的命,她命中便要为男人付出,只要付出,不问回报。

就在赖雅得病的那一年,远在欧洲的土地上,张爱玲的母亲黄素琼也正在英国住院,病重的母亲托人捎信给张爱玲,希望她到英国去一趟,"现在就只想再见你一面"。

很久没有母亲的消息了,张爱玲以为自己已经把母亲忘了,见到母亲的信,她还是忍不住有些难受。那个争强好胜心高气傲的母亲老了,那个从不向人低头心冷似铁的母亲老了,当她低下高昂的头颅请求女儿去英国看她的时候,完全是一副赢弱无助的孤独老人的形象,张爱玲心目中的母亲,永远不会是这个样子的。

窘迫的生活让张爱玲无钱买一张去英国的飞机票,在别人看来,这不过是一个冠冕堂皇的借口,一张飞机票能用几个钱?也许真的不是钱的问题,一生要强的张爱玲,大约是不愿看到母亲从天上女神跌落成世俗间病恹恹老妇人的样子,也不愿让母亲看到她从著名女作家沦落到这般穷困潦倒的样子。她没去看望母亲,而是写信对她的好友邝文美:"我没法去,只能多多写信,寄了点钱去,把你于《文学杂志》上的关于我的文章都寄了去,希望她看了或者得到一星星安慰。后来她有个朋友来信说她看了很快乐。"

她写了信,寄一张一百美元的支票,人却没去。

这张冰冷的支票带着一股难言的凉薄寄到母亲手上,母亲需要的不是钱,她的身体已经病入膏肓,她只是想见女儿最后一面。

母亲黄素琼带着遗憾离去了,去世的时候,身边只有张爱玲的一张照片陪伴她。母亲一生都不懂得如何善待自己的孩子,或许在生命最后的时光,她想给自己的孩子一点温柔的母爱,但是张爱玲没有给她这个机会。

母亲临终前把一箱古董托付给朋友,让朋友把它作为遗产转给张爱玲。

张爱玲收到母亲留给她的那一箱古董时,母亲已经作古四个月了。

1958年2月,母亲留给她的箱子运到了美国,张爱玲打开箱子的刹那,母亲的气息从那个小小的空间散发出来,泪水模糊了她的双眼。遗物除了一些古董,还有一张张爱玲年轻时候的照片,照片上的张爱玲低着头,目光是温柔的,张爱玲说,母亲之所以寻了这张照片带在身上,"大概这一张比较像她心目中的女儿。50年代末叶她在英国逝世,我也拿回遗物中的这张照片"。

母亲晚景过得很苦,她租住在寒冷的地下室,一度下厂做女工制皮包维持生计,这最后一箱古董始终没舍得卖掉,她要留给女儿。

最终,还是留给了女儿。

张爱玲心中对母亲充满歉疚,她原谅母亲了吗?或许她内心深处已经原谅了,只是不愿意说出来。

倘若母亲黄素琼去世在先,张爱玲怀孕在后,她或许会留下那个孩子。

在张爱玲最艰难的那段日子,母亲留下的那一箱古董给她救了急,靠变卖古董,她和赖雅渡过了难关。

今生缘，相逢不恨晚

张爱玲漂洋过海地来到美国，却嫁给了疾病缠身垂垂老矣的非著名作家赖雅，这段感情未必像张爱玲自己说得那么好，也未必像世俗眼里评价得那么不好。

被胡兰成屡屡出轨的爱情伤过心，被桑弧毫无结果的罗曼蒂克情人之恋伤过情，张爱玲已经伤不起了。对于张爱玲来说，赖雅固然不是最好，也不是最合适的，但是，他给了张爱玲安全感，和他在一起的那段时间里，张爱玲像一个正常女人那样生活得平实安宁，她的心不再去虚无缥缈的高空四处飘荡。

两个人闪恋闪婚，闪婚的原因是张爱玲怀了孕。

当得到张爱玲怀孕的消息，赖雅没有逃避责任，他的第一反应是向她求婚。

这一点，张爱玲过去遇到过的那些男人是做不到的。

"男子对于女子最隆重的赞美是求婚。"张爱玲这样说。

赖雅的求婚一半是为了承担致使这个女人怀孕的后果，一半是为了他有些喜欢这个东方女作家。其实，这个老且贫且病且落魄的男人，并没有什么求婚的资本。此时，这桩婚事能否成功，决定权在张爱玲这边。

这忽然令人联想起张爱玲的奶奶李菊耦，当年决定与张佩纶谈婚论嫁之时，张佩纶也是个老且丑且走背时运的二婚男人，谁都不看好这桩婚事，李菊耦却决然嫁了。

张爱玲亦如此，步了祖母的后尘。

一对异国他乡的落难之人，同是天下沦落人，相逢何必曾相识，命运把他们连在了一起。

和赖雅一起生活，张爱玲走出了孤独寂寞。

赖雅擅长聊天，他见多识广，可以一口气从日出聊到日落。其实，胡兰成也很能聊天，与张爱玲第一次见面就聊了五个小时，但是，和胡兰成聊天太累，彼此引经据典之乎者也地矫情着，像是一场学者间的博弈，每一句话都要斟词酌句。和赖雅聊天不用装，张爱玲只管睁着一双懵懂的眼睛听他说，说错了也没关系，错了就错了，赖雅是粗线条的男人，他从来不在枝枝蔓蔓的细节上纠结。

温馨便是真正的幸福。

赖雅除了犯病的时候需要张爱玲服侍，身体稍好一些，他会悉心做家务，会亲手做早餐煮咖啡。张爱玲母亲去世后，她嘴上说恨自己的母亲，心里却为没有去英国看望母亲而郁结着，生出一场大病。赖雅支撑着病歪歪的身体想方设法哄张爱玲开心，为了给张爱玲一个惊喜，他推算出张爱玲的农历生日，于是，决定在张爱玲农历生日这一天给她一个惊喜。

1957 年的 10 月 12 日是农历八月十九日。上午，赖雅准备了肉、青豆等食材，准备为张爱玲做一顿可口的饭菜。饭还没做好，就有人敲响了他们的房门，让赖雅啼笑皆非的是，来的是联邦调查局的人，他们是核查赖雅欠款案的。

喜气洋洋的生日气氛让人搅了，换作别人早就没了过生日的心情。赖雅做事，一码归一码，打发走那群不速之客，他该做饭做饭，吃完饭又带着张爱玲看了场喜剧电影，他在影院陪着张爱玲开怀大笑，仿佛上午来找他的那帮联邦调查局的人根本没来过。

电影散了场，赖雅陪着张爱玲走出影院，他忍不住侧过头看了一眼张爱玲，目光中是对这个东方女子的欣赏。十年前，在上海的影院，张爱玲与另一个男子也是这样并排走着，因为脸上出油她的妆花了,那个男子嫌恶地收回目光脸色变得难看了。一切恍如隔世一般,人生的镜头来回切换着。

赖雅拉住张爱玲的手,像个孩子一般快乐地行走在纽约街头傍晚的秋风中。他没钱去餐馆为张爱玲庆祝生日,也没有多余的钱去买生日蛋糕,两个人步行回家吃中午的剩饭,但是,他们是快乐的。

那个晚上,张爱玲告诉赖雅,这是她平生最快乐的一次生日。

这个来自上海滩自命清高的贵族小姐,曾几何时变成了去跳蚤市场淘二手货的居家过日子的平凡女子,她能用三元七毛五分,买到四件绒衫和一件浴袍。

最令人想不到的是,买回家之后,她还兴致勃勃地试穿,让赖雅为她点评。

从40年代初上海滩那个衣着最时尚的当红女作家,到身穿跳蚤市场淘二手绒衫的贫寒妇人,张爱玲嘴角上漠视一切的那一丝傲然的笑,变成了绽放在脸上的平实铺张的笑,这样的生活,她认了。

和赖雅在一起,她常常忘记自己曾经那样的不食人间烟火。

她几乎把胡兰成忘掉了,一去十来年,那个人在她心中留下的伤痕早就结痂了,若不是需要向他借书,她或许这辈子都不会再联络他。

因为写小说的需要,张爱玲需要两本书,她觉得胡兰成手头应当有,便辗转通过朋友给远在日本的胡兰成发了张明信片:

手边如有《战难和亦不易》《文明的传统》等书,能否暂借数月做参考? 请寄(美国地址,英文)

这封信没有抬头,也没有落款,传到胡兰成的手中时,那熟悉的字迹,胡兰成立即看出这是张爱玲的笔迹。

此时,胡兰成已经有所蛰伏的风流又被激活了,他以为张爱玲又开始思念他了，想再续前缘，他自我感觉还是非常有魅力的，虽然他手边并没有这两本书，还是写了封情意绵绵的长信，去撩拨去试探，张爱玲读了，冷冷一笑，一概不回。

那个时候，胡兰成恰好在写《今生今世》，便又寄了《今生今世》上册给张爱玲。

满纸缠绵语，一贯的胡派泡妞作风，张爱玲无奈，只得回了一封信，那是她一生中给胡兰成的最后一封信，那封信言语不多，遣词客气而冷漠，仿佛对方是一个和她不曾有过任何交集的陌生人，彻底断了胡兰成的痴望。

她已经不再爱这个人了，不爱了，便不必再有情感上的藕断丝连。

之后的日子里，张爱玲断了与许多朋友的联系。

胡适和宋淇夫妇是个例外。

她把自己的重大变故都写信告诉胡适，1958 年她申请到南加州亨廷顿·哈特福基金会居住，享受写作资助，也是请求胡适作保。

胡适答应了张爱玲的请求，顺便还把张爱玲在香港时送他的《秧歌》寄还张爱玲。翻开那本已经半旧的书，张爱玲发现，胡适在扉页上题了字，并通篇圈点过。

这本书变得分外珍贵，张爱玲"看了实在震动，感激得说不出话来，写都无法写"。于是，把它珍藏起来。

其实，胡适的日子过得也不怎么好，为张爱玲做完担保，他便返回台北了。回台北的时候，家中的所有东西，包括一张破旧的双人木床，他都带走了，一草一木都没有给美国留下，这是胡夫人江冬秀的要求，她舍不下家中的任何破烂家当，特别是那张破木床，陪伴着她走过了万水千山，只有躺在这张破木床上，她才能倒头便睡。

据说，那张木床从纽约托运到台北，所花费的工钱能买好几张这种廉价木床。

可惜的是,木床运到台北后,胡适没在上面睡上几年,便在宴会上演讲时心脏病突发去世了。

南加州亨廷顿·哈特福基金会在海边的山谷里,也是一处文艺营,张爱玲和赖雅在那里住了半年,在那个环境优美的地方,她完成了小说《五四遗事》的创作。

在初秋的清晨,一杯温吞的老咖啡,一杯加了核果和麦片的牛奶,进食完启动写作模式,生活虽然不富足,却安静惬意。赖雅在日记里记录了他们那段时间的生活状态:

1958 年 9 月 1 日　　星期二

睡得好冷。单人毯子够两人盖,一个人睡的话会冷。9 点前把 E(爱玲)换到卧室。看来不错,声音清楚。温吞的老咖啡、核果、牛奶加麦片。爱玲起床了,活过来了,几近快乐。

6 点前 10 分,背痛得让我皱眉。买日用品,回家,爱玲不在,走了。又在家,要寄信给哈特福基金会,又忘了。我忘了爱玲,没有信心。忘了我已试过了,换了衣服,休息,我们两个,爱玲,汤,我,麦片和咖啡,和爱玲在食物上下了点功夫。

多半她喜欢我的小改变和小小嗜好……爱玲帮我搓揉后背,带着对父亲的仰慕,真舒服。上床睡觉,她过会儿也睡了,今晚还是暖和。

贫穷的日子一天天过下去,赖雅的病需要大量资金去治疗,这让他们本就不富裕的生活雪上加霜,张爱玲能忍受贫寒,心中却不甘。

关键时刻,朋友伸出援助之手,宋淇到香港国际电影懋业有限公司担任制片部主任,邀请张爱玲为"电懋"创作电影剧本。张爱玲暂把手头正准备写的小说放了一放,开始为香港电懋电影公司编写《情场如战场》《桃花运》《人财两得》等剧本。

张爱玲似乎要时来运转了,为香港写电影剧本缓解了她的经济压力,1960年,她正式成为美国公民,在美国这块土地上的尴尬身份也解决了。

她挣钱的速度永远赶不上为赖雅治病支付医药费的速度,美国出版社来了份退稿通知,在这个陌生的国度,这个东方女作家很难被认可,她并没有转运,她和赖雅依然活得很艰难。

她决定离开美国一段时间,去香港写剧本,挣更多的钱。在美国她不能了解当下港人的生活状态,特别是她下一部要写的题材故事背景在东南亚,如果不熟悉生活便没法写出贴近生活的好作品,她决定去香港住上几个月。

1961年11月初,张爱玲搭乘从旧金山起飞的航班,前往香港。

那个航班很拥挤,空气龌龊不堪。在狭小的空间挤挤挨挨坐着,张爱玲的腿脚肿胀起来,下了飞机来到邝文美帮她安排的住处,腿部的肿胀一直不见好,脚肿得连鞋子都穿不进,张爱玲在写给赖雅的信中抱怨说:"自搭了那班从旧金山起飞的拥挤飞机后,我一直腿肿脚胀。看来我要等到农历年前大减价时才能买得起一双较宽松的鞋子……我现在备受煎熬,每天工作从早上十时到凌晨一时。"

张爱玲不仅仅是舍不得买一双合脚的鞋子,为了赶剧本,她眼睛还熬坏了,眼睛出血视力模糊,强忍着严重的眼疾,她无暇去医院看病,只为以较快的速度赶进度。

从美国到香港的这段时间,张爱玲也曾去过台湾,遇到了白先勇、陈若曦与王祯和,和这些台湾作家有过短暂的交流。

张爱玲在香港先后完成《小儿女》《红楼梦》(上、下集)以及《南北一家亲》等剧本,这些剧本有的拍出来后反应平平,有的未曾拍摄就流产了,比如她创作的《红楼梦》(上、下集),还没来得及拍摄,便被"邵氏"捷足先登抢先开拍,写这个剧本她连稿费都没挣到。

香港原本就不是张爱玲的福地,她在那里住了五个多月,并没有挣到钱,完成的新剧本也没达到宋淇的满意程度,她欠着宋淇、邝文美一家的医疗、食宿费几百元,却无钱偿还,因为这件事,她和邝文美友谊的小船也差点弄翻。

此时,在遥远的美国,赖雅在离开旧金山去华盛顿的路上再次中风昏迷,张爱玲不在他身边,只能由他与前妻的女儿照顾。

张爱玲心中忍受着多重煎熬。

香港的生活也越发变得孤冷,她在写给赖雅的信中说:"暗夜里在屋顶散步,不知你是否体会我的情况,我觉得全世界没有人我可以求助。"

那天是 1962 年 2 月 10 日,农历正月初六,春节的祥和热烈气氛与张爱玲无关,元宵节前夕的红红满月也与她无关,她走到寒风凛冽的屋顶上,乱纷纷的思绪在冷风中慢慢冷却下来不再膨胀。

她决定立即处理一下手头的事情,元宵节之后就返回美国。

这是她在中国土地上度过的最后一个元宵节,香港街头到处张灯结彩,街上喧嚣浓烈的传统节日氛围,在咚咚锵锵的锣鼓声中持续着,她坐在硬邦邦的椅子上,对着窗外灯火辉煌的夜晚发呆。

桌上一个小镜子里,照出她的影像,镜子里那个中年女子干而瘦,影像中的肤色没有一丝光泽,与几年前在香港照相馆中拍摄的那组照片判若两人,当年,眼神中那不屈的傲人的光彩不见了。

42 岁就老了吗?

她轻抚着自己已经不再丰满的脸,青春终要远去的,不经意间,时光把那个长着一张团团脸的名叫张煐的小姑娘,雕塑成了 40 年代的气质美女作家张爱玲。那张脸的各个细节在岁月中不断被修改着,最终修改成了这样一张清秀的瘦长脸,依然是刚刚好的女文青气质,只是不再神采飞扬了。

还是回美国吧,虽然她觉得全世界没有人可以求助,但是,在赖雅身边她觉得踏实。

3月,张爱玲带着简单行装坐上飞往美国的班机。

赖雅得知张爱玲的行程,在女儿陪伴下提前一天便来到候机大厅等候。

等了一天一夜,终于等到了风尘仆仆的张爱玲。

四目相对之时,张爱玲从这位美国男人眼里看到的是慈爱,是可以信任可以依托终身的温暖。

他们默默拉住对方的手,赖雅激动得像个初恋的年轻人,他把她轻轻拥在怀里,低声说:"我们再也不分开了!"

张爱玲点点头,她累了,她需要一个男人的臂膀,尽管这双臂膀并不坚实。

他们来到华盛顿的一所公寓,这是张爱玲回来之前赖雅新找的住处,虽然面积不大,却比过去居住的地方温馨舒适。

吃着赖雅为自己准备的咖啡和麦片粥,张爱玲慵懒地蜷缩在沙发上,这是半年来她最幸福的一刻。

这样的幸福很快就成为了记忆,赖雅的身体并没有康复,知道张爱玲要回来了,他因为高兴和激动,强撑着在做一些事情。

在温馨的家中,所有的委屈都散得无影无踪,张爱玲疲惫地闭上眼睛,其实她什么都不想吃,只想好好睡上一觉,什么都不要梦,只是呼呼大睡。

8 落幕,烟花易冷,生死总漂泊

在每一寸世俗里清高着

张爱玲需要一个安稳的家,这是她从小的梦想。

赖雅为她提供的那点小小温暖,总能适时令她感动。

她对赖雅的爱情究竟有多深,她不知道,或许她一直都很清楚,只是不想说明白。

两个人的家比一个人的家更像是一个家。

她宁愿为这个家担当,付出。

回到美国,张爱玲谋生的手段依然是为香港电懋公司写剧本,虽然有些剧本不过就是改编欧洲或者好莱坞的一些著名影片,但是,张爱玲工作很认真。

和香港电懋公司打交道,便绕不开宋淇夫妇。

但是,她却执拗地不直接与他们联系,有将近一年时间,都不曾与宋淇夫妇通信,在香港时候的一些不愉快影响了他们的友谊,尽管后来这点裂痕被他们修复得很好,但那痕迹终究是抹不掉的。

张爱玲原本以为,为电懋编写剧本不过是临时客串一把,没想到一写便是八年,直到香港电懋公司后台老板陆运涛因飞机失事丧生。

这场谜一般的空难,使电懋公司的多位主管与老板夫妇一起遇难,公司发生了重大变故,张爱玲的这个饭碗也被砸碎。

也是在这一年,赖雅从华盛顿国会图书馆回家,不小心跌断了股骨。

祸不单行,经济问题又成了这个风雨飘摇的小家庭的头等大事。

赖雅每月只有 52 美元的社会福利金,这点钱连房租都不够,张爱玲给电懋编写剧本被无限期搁浅,所有的稿费都无望再拿到手。

没有钱,华盛顿公寓不能住了,只能搬到政府廉价住所——黑人区的肯德基院中去了。

那段时间,赖雅病得非常严重,张爱玲一边照顾瘫痪在床的病夫,一边还要为生计奔波。她在迈阿密大学谋到一份驻校作家的职位,便带着赖雅到了迈阿密。

在这里,张爱玲每月可拿千元的薪水。

经朋友介绍来到了这所大学,张爱玲并不会处理人际关系。

因为她的名头是中国著名作家,大学校长特意为她准备了招待晚宴,并提前通知了她。到了晚宴那天,张爱玲或许是太累了,午休的时候,居然一觉睡到了迟暮,约定的晚宴时间过了很久,她还没有睡醒。

天色很晚了,她方从梦中醒来,头钝钝的觉得自己好像忘了什么事,坐在床上想了良久,忽地想起,今天大学校长邀她参加接待晚宴。急急奔过去,已经到了晚宴快结束的时候了,被请的人就这样冒冒失失闯进去,彼此都尴尬着。

与学校上层的关系弄僵了,与学生的关系,也是冷冷淡淡。

既然是驻校作家,便要经常和学生交流。但是,张爱玲似乎懒于与人交谈,一年中很少与学生见面,大家只知道有个驻校作家,身材纤瘦,穿着一袭旗袍,具体长什么模样大家都没看清楚,好像算不上漂亮,但也说不上丑,仅此而已,其他方面对她便没有什么印象了。

与校方关系不融洽,导致一年过后她的合同没有续约。

1967年春天,张爱玲又在麻省剑桥的雷德克利夫大学谋到一份职业,于是,她又带着赖雅从迈阿密来到剑桥。

赖雅已经是76岁的老人,他完全瘫痪在床,一切都要靠着张爱玲的照顾。谁都不曾想象得出,张爱玲这位个性十足的女作家,居然可以像一个居家俗女子一样,悉心照顾一个在一起生活了不过几年的外国老丈夫。她像女儿照顾父亲般悉心,或许,在她内心深处,真的把这个老男人当成了自己的父亲。这辈子,与父亲的隔膜是她永远的痛,她总说不能原谅父亲的冷漠,其实,她更不能原谅自己的绝情。活到40多岁,许多事情已经活明白了,明白了却不可说,也无法说。

赖雅从与张爱玲有了感情瓜葛,这些年一直拖累着张爱玲,他心中有愧疚,常常暗自怨恨自己身体不争气,每每有亲朋探望他,他便将头扭向墙壁,不想再见到任何人,亲友只好默默离开。

到剑桥半年之后,赖雅走完了他人生的最后路程。

那个金秋,骨瘦如柴的赖雅拉着张爱玲的手,在她温情的目光中静静离去。张爱玲守在赖雅身边,送他最后一程。他安静地走了,张爱玲的脑子里却是一片空白,没有像有些女人那样嚎啕大哭,她的眼角甚至流不出一滴眼泪。

她为他付出了该付出的不该付出的一切,"人生是在追求一种满足,虽然往往是乐不抵苦的"。

如今,赖雅终于解脱了。

得知父亲去世的消息,赖雅的女儿赶过来,帮助张爱玲处理父亲的后事,他们没有举行葬礼,只是静静地安葬了赖雅的骨灰。

对于赖雅,张爱玲无怨无悔无憾,这些年和赖雅生活在一起,以贫寒、病痛为主色调的生活,这不是她想要的。但是,既然有了承诺,就要履行到底,执子之手与子偕老,她其实是一个传统的中国女子,其实她在恪守中国的传统。

两人的世界,又回归一个人。

这辈子,张爱玲似乎注定要孤独地生活在这个世界上。

她开始全身心投入到工作中,在朋友夏志清的推荐下,张爱玲成为哈佛大学雷德克里夫女子学院的驻校作家。她的英文创作在美国没有市场,离了旧上海,她似乎再也写不出像样的作品了。也许恰如刘再复说的那样,张爱玲的天才,夭折于她与香港"美国新闻处"合作的三年。创作不行了,她便转移方向,开始翻译晚清小说《海上花列传》,也开始研究《红楼梦》。

在这所大学,张爱玲依然逃不脱她在人际关系方面的短板,她和周围同事很不融洽,总也融不进集体中,她我行我素,总需要别人去包容她,时间长了,便把自己推向孤家寡人的境地。她在给朋友的信中吐槽:"我又不太会做人,接触虽少,已经是非很多,不但不给介绍什么教授,即使有人问及也代回掉,说我忙。"

这么多在别人看来很好的工作,都被张爱玲的孤傲个性弄丢。她不断地就业,失业,再就业,再失业,最后弄得她自己也很疲惫,朋友们古道热肠的帮助,常常为她帮了倒忙。

张爱玲说,"我不喜欢壮烈。我是喜欢悲壮,更喜欢苍凉"。

她未必是喜欢苍凉,只是无奈地把平淡的幸福过成了苍凉。如果换做一个别的什么人,好不容易在美国一所名校谋得一份职业,一定会加倍珍视,张爱玲却把这份工作看成自己穷途末路的天涯,虽然表面上放下了名作家的架子,骨子里是放不下的,就像她放不下没落贵族小姐的架子一样。

依照这样的工作态度,自然在哪里都干不长。

1969 年,张爱玲又辗转到加州伯克利大学中国研究中心,担任高级研究员。

谋得这份职业，是受了伯克利加州大学著名学者陈世骧的邀请。陈世骧祖籍河北滦县，与祖籍丰润的张爱玲算是唐山老乡。

这里的研究工作更专业，学校分配给张爱玲的工作任务，与她的小说写作非常遥远，但是为了生存，她默然接受了。陈世骧对这位本乡才女还是很照顾的，特意安排台湾学者陈少聪给张爱玲当助手。

张爱玲和陈少聪在同一间办公室，中间被一层薄板隔开，张爱玲在里间，陈少聪在外间。

张爱玲平时不去上班，待到同事们差不多要下班了，她才姗姗来迟，穿了件半旧旗袍，拖着悉悉窣窣的细碎脚步，目不斜视地走在办公楼的长廊中，与对面走过来的人实在避不开的时候，便面朝着墙壁或者地板，不与人对视。身后似有似无的淡淡脂粉气，让人觉得她不像校园里的学者，更像一位孤僻的另类女子。

更多的时候，她是趁着其他人不在的时候，悄悄潜进办公室工作，这样，基本上略去了与同事交流的环节。只是，大家不习惯自己的身边有这样一个神出鬼没的同事，一想到自己下班了，另外一个人才进入这个空间开始活动，大家就觉得很诡异。

张爱玲的助手陈少聪基本上无法和她交流，她总是躲躲闪闪，言辞很少，陈少聪只得把资料卡片整理好，趁张爱玲不在的时候放到她的办公桌上，并附一张纸条，说明情况。

陈世骧算是与张爱玲接触最多的一个，因为是乡党，因为有知遇之恩，张爱玲偶然会去陈世骧家中参加一次同乡聚会，去了，也是孤独地独坐一隅，表情木然且尴尬，即使说话，也只是应对一下陈世骧夫妇，其他来宾则被她视若空气一般。

陈世骧是那种喜欢打麻将、喝酒、唱戏的旧式文人，在大洋彼岸，经常把来自祖国各地的朋友聚到家中。在一次聚会上，陈世骧对朋友们说,大家在一起就像个大家庭一样。

大家畅所欲言,轮到张爱玲发言了,她用眼睛的余光扫了一下大家,声音低沉地说:"我是最怕大家庭的,乱纷纷的,不得清静。"

陈世骧听得瞠目结舌,不知如何应对,大家也都无语了,暗想,这个女人不是精神有问题,就是来搅局的,看以后谁还敢再请她参加活动。

事实上,这样的大家庭聚会,张爱玲早就烦透了,她已经下定决心,谁请都不再去了。

才女总会有自己的个性,陈世骧并没放在心上,他觉得可以理解。

落难才女,不管性格多么孤僻,不管她多么失礼,人们都能勉强理解,都能凑合着原谅。

对于这位同乡才女,陈世骧本是高看一眼的,但是,张爱玲的论文完成后,陈世骧以学术专家的目光去看,顿时感觉一片茫然,这叫学术论文吗? 用陈世骧的话来说,她的研究文章经修改后仍看不懂。

说她的论文写得不专业,张爱玲大约还能接受,说看不懂,张爱玲无论如何都要据理力争:"加上提纲、结论,一句话说八遍还不懂,我简直不能相信。"

无论她怎样解释,陈世骧依然对她的研究报告非常不满意,她的失礼他可以包涵,她的失职却不可通融姑息。

于是,陈世骧坚持解雇张爱玲。

张爱玲被解雇了,陈世骧的气似乎并没消,他是一个爱生气的人,如果他知道不久之后他会因突发心脏病离世,他还会在张爱玲的事情上那样较真儿吗?

张爱玲又丢掉了工作,颇为前程发愁。明着是丢了工作,实际上丢的是面子,张爱玲心理上还是有巨大压力的,重压之下,心情不舒畅，免疫力下降，她患了严重的感冒，整天躺在床上望着天花板发呆。突然听说陈世骧离世了，张爱玲心中一震，他们之间的争执还没分出胜负，陈世骧不会是受了自己言语上的刺激吧，怎么可巧就没了。

张爱玲从床上爬起来，挣扎着去参加陈世骧的追悼会。

追悼会现场有很多人，大多数是陌生面孔，张爱玲在那里停留了几分钟，并没有人注意到她，陈世骧的家人沉浸在悲哀中，她想安慰几句，但是挤不到前面去，即使到了，也不知道该怎样去劝，便作罢，默默鞠上几个躬，悄悄离去了。

张爱玲和陈世骧关于她的论文究竟能不能被大家看懂的争论，最终也没有一个结果，便这样不了了之。每每回忆起那场争执，张爱玲便内疚，或许，当时自己应当找一些更加得体的话和陈世骧争辩，但是，那些所谓得体的话，却讲不清楚自己的本意。如今后悔亦晚矣，陈世骧说走就走了。

这场争执中，张爱玲也受到巨大伤害，一是陈世骧力主解雇她，为此，她丢了工作；再就是她这样一个著名作家，居然连一篇普通学术报告都不会写，几乎全美国人民都知道了这件事，她将来的日子将更难混了。

水土不服再加上心情不好，张爱玲的免疫力越来越差，她的感冒总也好不了，恶性循环，她的心情越来越差，于是，她决定搬到洛杉矶，那里的气候似乎温暖一些，身体或许可以尽快康复起来。

1972 年秋，张爱玲从加州搬到洛杉矶。

从这座城市搬到那座城市，从一个州，搬到另一个州，张爱玲几乎就是走遍美国的节奏，不是她想搬家，是生活所迫，不得不到处漂泊游荡。

洛杉矶的夏日时光漫长，秋来得有些晚，张爱玲来到这座城市的时候，秋天已经拉开序幕，天气有了丝丝凉意。听人说，洛杉矶的秋天有着绚丽的风景和浓重的色彩,张爱玲无心去看那些。自从赖雅去世之后,她更加慵懒,懒于出游,懒于与人交流,她刻意与这个世界保持着一种距离。

美国印第安纳大学学者庄信正,过来帮着张爱玲搬家,他本是山东即墨人,曾经邀请张爱玲参加过一次母校的研讨会,因为比张爱玲小十五六岁,总是自称晚辈。

庄信正夫妇帮张爱玲安顿好住处,洛杉矶的那所公寓的女管理极尽殷勤热情,帮着张爱玲忙前忙后,张爱玲却"一本正经"地对她说:我不会说英文。

但是,她这句英文却说得及其流利正宗。

女管理尴尬地耸耸肩,听出这位怪异的房客是在下逐客令,只得离去。

与庄信正夫妇告别的时候,张爱玲客气地对他们说,尽管她也搬到洛杉矶来了,但最好还是把她当成住在老鼠洞里。

这种客气,是一种拒人千里的谢绝,她是在告诉对方,她是一个住在秘不见人的老鼠洞里的人,内心深处拒绝阳光,她拒绝和外界交往。

庄信正夫妇点点头,他们尊重张爱玲的个性,平日里不会来打扰她,但是,只要她有需求,他们一定会出手相助,比如她这些年搬来搬去的,他们要先替她去找房子,替她收拾东西搬家。

朋友们给她的暖,张爱玲一点一滴都记得,她不说,只在心里记着。

年轻的时候,她经常会觉得自己生活中充满各种凉薄,随着年岁的长大,她反而不再有这样的感觉了,或许是感觉迟钝了,不再那样敏感了,或许她已经习惯了,反而时不时会从朋友们身上感觉到恰到好处的温暖。

洛杉矶的第一个住处,是好莱坞东区一栋公寓楼,这座公寓是那种老式单身公寓楼,里面的结构像廉价旅馆,不过,外表还是很像回事的,茂盛的青藤装饰了白色门墙,门前有一棵新栽种的棕榈树。秋日,青藤还在,颀长的棕榈树孤零零地站在秋风中,随风摇荡,摇出一片优雅婆娑。没事的时候,张爱玲喜欢宅在家里,必须出来的时候,才走出家门,她走过这棵棕榈树,不经意间会看看这棵小树。

树还小,却长出了自己的性格。

一棵孤傲的树,一个孤傲的人,相对站在那里。

好莱坞这个地方有世界无数电影人来这里追梦,但是,这里并不是张爱玲追梦的地方。初到这里,她没有固定收入,三年多的时间,只能靠发表旧作的稿酬维持生计,她的一些散文、小说也由台湾重刊,并在《皇冠》发表《初详红楼梦》。她不再考虑英文写作的事,除了翻译《海上花列传》,她准备踏踏实实继续用她最熟悉的中文搞创作,兼为报纸的副刊写一些稿子。之后,相继在《中国时报》"人间"副刊发表《谈看书》与《谈看书后记》,在皇冠发表《二详红楼梦》。

在给朋友夏志清的信中,她实实在在地告诉他:"投稿都是为了实际的打算。"

张爱玲在钱财上永远没有安全感,她一生几乎都在为钱焦虑着,忙碌着。

宋淇致函张爱玲,言说香港大学想找张爱玲写篇丁玲小说研究,张爱玲也痛痛快快地答应了。虽然她嘴上说:"我做这一类研究当然是为了钱,大概不少。"但是,张爱玲并不是什么样的钱都可以挣,她内心深处对丁玲还是认同的,她熟悉丁玲的早期创作,她们同为中国20世纪初女权主义思想复苏最早的两位女性作家,并不完全像有人说的那样,张爱玲在美国因为三年无固定收入,出于无奈,答应研究丁玲。

可惜这项研究因为香港中文大学未能立项而搁浅，对于这件事，张爱玲心中也会有些遗憾，她已经准备好了一切资料，如果能完成这项研究，这位小资女作家眼中的丁玲，究竟是什么样的？她一定会为丁玲研究，留下一笔宝贵财富。

与滚滚红尘，暗自告别

在洛杉矶冷清的公寓里，张爱玲拖着病弱的身体，真的如她所说，像一只蛰伏在洞穴中的老鼠，与外界几乎断绝来往。

她的身体越来越差，感冒似乎永远都好不了。

她天生不是勤快的人，天生不是会打理生活的人，拖着病弱的身体，她变得更加懒散。

日子，走着走着就丢了，丢得七零八落，余下的便都写在了她的脸上、身体上，原本乌黑的头发已经掺杂了许多白发，皱纹也生出来了，好在依然是瘦，过去的旧旗袍还能穿，只是，穿出来也不是过去的样子了。

人静下来的时候，就喜欢想些过去的事。

张爱玲几乎每天都在安静中度过，寂寞的时候多，寂寞到极致的时候，她偶尔也会想一想过去的岁月。

她不知道这些年自己的选择是对，还是不对，从上海出发，到香港，到日本，到美国，她觉得，从自己离开上海的那一刻开始，便开始枯萎了，到如今，枯萎得只剩下干硬的枝枝干干，唯有上海那个环境适宜她做优雅女子，适宜她搞创作。

一去二三十年，过去的那些人，那些事，都走远了。

过去的那些朋友基本上都走丢了，即使还能联系上的，在心底也差不多走散了。

她很少能想起胡兰成了，那个人已经是一个陈年故事。

还有在上海时候的那些朋友，男的，女的，有些连名字都忘了。

姑姑怎么样了，弟弟怎么样了，她已经许多年没有他们的消息了。

滚滚红尘中，许多原本的好朋友，走着走着，便各自走上一条属于自己的路，她生命中曾经有过几个闺蜜，苏青早在上海的时候就走散了，人们都说是因为中间隔了一个胡兰成，其实，即使没有胡兰成，她们最终还是会走远的，两个脑子都不算笨的女作家，很难成为贴心朋友。

她们没有说过要做一辈子的朋友，因为对于许多人来说，一辈子的尽头就是各自去过属于自己的生活。

这几年，张爱玲和炎樱也疏远了。

张爱玲和炎樱本来就是两种人，少女时代的好姐妹，青年时代的闺蜜，不过就是两小无猜的好玩伴，一起看星星，一起吹牛，一起开怀傻笑，一起逛街吃冷饮喝咖啡然后 AA 制结账，一起坐黄包车回家。等各自有了属于自己的生活，各人专心走各人的路，最终，这份友情毫无悬念地会淹没在红尘中。

张爱玲和炎樱之间的友谊还算是维系得比较久远的。

50 年代初，张爱玲在香港的窘迫中曾去日本投奔炎樱，那时，炎樱在日本做生意，不知何故，张爱玲乘兴而去败兴而归，那一次，两个人都没说什么，心底却有了芥蒂。之后，张爱玲写给后来结识的好朋友邝文美的信中说："无论谁把金钱看得重，或者被金钱冲昏了头——即使不是自己的钱，只要经过自己的手就觉得很得意，如炎樱在日本来信说'凭着自己的蹩脚日文而做过几 billions 的生意'——我都能明了。假如我处在她的位置，我也会同她一式一样——所以看见一两个把金钱看得不太重的人，我总觉得诧异，而且非常佩服。"

三年后张爱玲到了美国，无意中却追随了炎樱的脚步，此时，炎樱早已在美国如鱼得水地过上了幸福生活。

张爱玲刚到美国的时候，其实也多亏炎樱的帮助，才住进救世军办的女子宿舍中，不过，从住进那间女子宿舍起，她和炎樱便走向了两个阵营。

炎樱帮她打听关于胡适的消息，她打听的结果是："你那位胡博士不大有人知道，没有林语堂出名。"

这虽然是典型的炎樱式调侃，却已经不再适合张爱玲的胃口，她来美国不是做盲流讨生活的，她准备在文学上重新火一把，她把胡适看成了引领自己道路的导师，炎樱怎么能这样漫不经心地调侃胡博士呢？

她发现，她们已经不再是少年时代的玩伴了，她们各自的路愈行愈远。

炎樱还是当年那个少心没肺的炎樱，张爱玲已经不再是当年的张爱玲了。

后来，张爱玲在给邝文美写的一封信里提到："Fatima（炎樱英文名）并没有变，我以前对她也没有幻想，现在大家也仍旧有基本上的了解，不过现在大家各忙各的，都淡淡的，不太想多说话。我对朋友向来期望不大，所以始终觉得，像她这样的朋友总算是了不得了。不过有了你这样的朋友之后，也的确是宠坏了我，令我对其他朋友都看不上眼。"

张爱玲和邝文美之间相互却是能包容，在香港因为给电懋编写剧本的事，彼此有过一些不愉快，事情过去之后，彼此握手言和。

最重要的，张爱玲需要一个懂自己的倾听者，邝文美无论多忙，都耐心倾听，给她最中肯的意见和建议。这一点，炎樱做不到，她没有那样的耐心和修养。邝文美是翻译家,也是作家、评论家,宋淇的夫人,她学识过人,这些,炎樱是不具备的。

张爱玲不再欣赏炎樱沉在柴米油盐人间烟火中的世俗,但是,她到了美国后,便被文学抛弃了,她无奈地把文学让给了生活,她要活着,为了活着也要走进滚滚红尘,去做自己并不喜欢的工作。

尘世中的张爱玲却是比不上炎樱的,炎樱天生为尘世而生。

张爱玲与赖雅结婚,搬离纽约,最初和炎樱还有联系,后来炎樱和一个不知道是个医生还是博士的男子再婚,那个男人比她小几岁,家境殷实,炎樱之前曾在张爱玲面前天真地炫耀她的新男友:"看好了看好了,就是他了。再不会离婚了,决不会离。"她从纽约给张爱玲寄了请柬,那时,张爱玲正为老而病弱的赖雅所困,炎樱的炫耀让正处于失意中的她更觉苍凉,于是便没回信,自然,那个婚宴她是不会参加的了。

消耗精力的友情和亲情张爱玲都会远离,她已经没有多余的气力去应酬了,于是,彼此便少了联络。

很多年,张爱玲身边只有几个固定的朋友:远在香港的宋淇、邝文美夫妇,为她的作品不遗余力地给予帮助的夏志清,在生活中上给予她帮助的庄信正、林式同等。到美国30多年,张爱玲联系最多的便是宋淇、邝文美夫妇,与他们之间的通信有六百多封,总字数40多万。但与别人,包括曾经的好朋友炎樱反倒中断了往来。

张爱玲蜗居在大洋彼岸的陋室中,离群索居,素面朝天,穿着宽大的已经磨出毛毛边的旧旗袍。她是一个都市中的隐士,基本上不接电话,不见任何人,其实,到后来,她对于很多寄给自己的信件,经常长时间都不拆开看,甚至出版社寄来的再版的书,有的从来都没翻开看过。有时候,来了兴致,偶尔会拆开某封信看一看,或许,这封信已经是几年前收到的了。许多出版社联系她出书的事,只能通过公寓隔壁的杂货店发传真,传真到了,就放在那儿,她什么时候去那里买东西,再顺便收传真。

她怕人际交往给别人添麻烦,更怕给自己添麻烦,总之,她怕任何麻烦,怕人际间的麻烦,怕生活上的麻烦,为了省心省事,她用一次性碗筷,穿一次性拖鞋,只要能一次性解决的,便不给自己添麻烦。

因为怕麻烦,她拒人千里之外,便显得冷漠无情。

她对于自己的亲人亦如此,母亲在世的时候,她很冷漠,因为自己混得并不好,她不愿让母亲看到一个失败的女儿,于是故意逃避。对于弟弟张子静,她也不想像别人家的姐姐那样关怀帮助,张子静曾向姐姐求救给他一点经济上的帮助,他想到农村找一个乡下妻子照顾晚年,张爱玲却分文未给。

炎樱还是经常给张爱玲写信,张爱玲固执地不看不回。

炎樱是个需要观众喝彩的女人,她身边的朋友并不少,但是,她最在乎的是张爱玲的喝彩声,她不知道,分离就是成长的必经之路,不是所有的人都要陪着你一路前行,有些朋友,走着走着就丢了。炎樱带着一生改不掉的傻气给张爱玲写信:"你有没有想过我是一个斑斓的女生?我从来也不认为自己斑斓,但George(炎樱丈夫)说我这话是不诚实的——但这是真的,我年幼的时候没有人说我斑斓,从来也没有——只有George说过,我想那是因为他爱我……"

张爱玲那时正像一个流浪者四处搬家,她对这个自认为斑斓的老太太的自我表扬,并没有认同,炎樱终于忍无可忍,不依不饶地写信给张爱玲:"你一定已经出名了,可我并不开心,因为你连我的信都懒得回了。"

张爱玲说:"我不喜欢一个人和我老是聊几十年前的事,好像我是个死人一样。"

过去的美好已成旧事,她不想再回忆过去。

但是,她的许多作品就是对繁华颓美的旧上海,一个繁芜的旧时代的回忆,没有了回忆,她的笔便没有了灵性。她文学的自觉性其实很差,文学的视野其实很窄,窄得只剩下老旧的家族故事,只剩下记忆中的那些倾城的传奇故事,离开了那些带着老旧味道的记忆,她的创作便枯萎了。

张爱玲说:"如果你了解过去的我,就会原谅现在的我。"

现在的一切都有走过的痕迹,现在的一切都不会平白无故就这样出现。

张爱玲的痛苦经历许多人并不懂,她也曾经是个内心柔软,心底纯洁无瑕的小女生,虽然经常不快乐,却是单纯的。

纷繁复杂的人生和命运,造就了她的孤僻性格和冷漠绝情。

她绝情地面对这个世界,也绝情地面对自己。

若干年之后,当外面的世界忽地兴起张爱玲热,浮华中,张爱玲的作品被人们从边边角角寻觅出来,她再一次耀人眼目。

这一次大红大紫,张爱玲没有像40年代那样涂抹上厚厚的脂粉到前台走秀,而是坐在大洋彼岸的斗室中,默默地冷眼旁观被推向前台的自己和自己的作品。她不想再聊几十年前的人,几十年前的事。她还活着,她觉得,那种聊法像是在纪念一个死人。

台湾一个女记者,带着采访任务飞到洛杉矶,打听到张爱玲的住处,便准备采访她,张爱玲的门却是永远都敲不开,即使张爱玲偶尔出来,也倦聊任何往事,她的故事都由自己写出来了,真是也没有什么好聊的。

女记者有自己的办法,她花重金把张爱玲隔壁的房子租下来,每天把耳朵贴在墙壁上,听她在说什么做什么。张爱玲貌似没有自言自语的毛病,这种监听不知有没有效果。

女记者盯得最紧的,是张爱玲什么时候出来倒垃圾,只要她拉开门出来扔垃圾了,女记者便在暗处潜伏着,待张爱玲回屋后,便趁人不备迅速审到垃圾箱那儿,把张爱玲扔掉的垃圾一一捡拾回来,然后认真翻看扔掉的是些什么东西。通过对垃圾的分析提炼,女记者居然写出了一篇很长的关于张爱玲的报道文章。

这一类的宣传文字,张爱玲是从来不看的,记者发表后寄给她,她也不看。

外面的喧嚣都与她无关,那所有的一切,属于40年代的张爱玲,属于那个穿着奇异旗袍,带着淡淡脂粉气,高昂着头,行走在"上海孤岛"上的那个青年女子张爱玲。她在昏黄的光阴中,远远地看着几十年前的那个自己,那个曾经沉浸在小小爱情中,经营得了小说人物的人生,却经营不了自己人生的自己。

一切,看透了便看淡了。

不过,外面的喧嚣热闹也鼓励了她。

拿起笔来,继续写几十年前的上海故事吧,兜兜转转走了一辈子,唯有自己的故事,唯有自己最了解的上海,才是笔下的灵魂。

虽然在美国住了几十年,她生活在这个地方,心中却始终不想融入这里。她对这里的一切其实是拒绝的,没有心理上的认同感,所以,她写不了美国,内心还停留在上海那段岁月。如果拿起笔来,她还是要写那个自己最熟悉的颓美旧上海,包括那个时候的炎樱,那个时候的自己,那个时候自己身边的那些人。

于是,除了研究《红楼梦》《海上花》,张爱玲重新穿越回记忆中的旧上海,开始创作《对照记》《小团圆》等作品。

张爱玲在《对照记》中慢慢整理着记忆深处的点点滴滴:"这些记忆都静静地淌在我的血液里,等我死的时候再死一次。"

她翻出自己最珍贵的那份财富——离开上海前姑姑塞给她的那本老照片,以这本家族老照片为核心,加上大量解说文字,完成了一部独特的散文作品。那部作品中没有胡兰成,没有赖雅,这些曾在她生命中走过的男人,都被她略去了,她没想要把他们拉进去。对于胡兰成,她差不多快忘记了,他带给她的短暂幸福和长久痛苦,都已经无足轻重。对于赖雅,张爱玲义多于情,为了他,她舍弃了后半生的幸福,该给他的都已经给足了,这个地方便不给他留位置了。

在自传性小说《小团圆》中,张爱玲把自己幻化为女主人公盛九莉,从九莉在香港大学写起,太平洋战争爆发,九莉回到"孤岛"上海,与姑姑楚娣合住在一所公寓内,一切的故事便发生了。从走出校门的女学生一夜成长为著名女作家,便有了与邵之雍一场刻骨铭心的恋爱,便有了许多的故事。

《小团圆》中有父亲乃德,母亲蕊秋,姑姑楚娣,弟弟九林,有炎樱为原型的比比,有胡兰成为原型的邵之雍,桑弧为原型的燕山,还有苏青为原型的文姬,这些人物纠缠在九莉的人生故事中,那是张爱玲人生的最真实的传奇。

张爱玲说,"我认为最好的材料是你深知的材料"。

《对照记》《小团圆》都是她最了解的材料,真真假假,假假真真。其实,不必去较真里面究竟有几分真,几分假,毕竟文学的记录,不是一字不差的史实。

生命是爬满虱子的袍

搬到洛杉矶之后,张爱玲过了十年相对稳定的生活。

在租住的公寓内,她过着简朴的日子,从饮食到起居,一切从简。

她是喜欢吃中餐的,但是,一个人的生活,又懒得动手进厨房去做,她居住的周围也没有中国餐馆,甚至,找不到一家出售中国食品的超市。80年代初,美国兴起快餐文化之后,但凡能一次性消费的,她基本上都一次性消费,罐头蔬菜、盒装鲜奶、鸡丁薄饼、胡桃薄饼、苏格兰松饼成了她每天的主要食品。

她的房间里不要多余的东西,她开始过减法生活,这和年轻时代在上海追求小资轻奢生活的张爱玲判若两人。

到1983年,张爱玲突然对居住环境没有了安全感,她发现自己住的地方有跳蚤,被那种恼人的小虫叮咬,她浑身不舒服。

于是,她便给庄信正写信,让他再给自己帮一次忙,搬到一个没有虱虫的住所去。

此时,庄信正夫妇已经不在洛杉矶居住了,他们搬到了纽约,从一个城市到另一个城市去给张爱玲搬家,有些不现实。庄信正便打电话把这件事委托给了自己在洛杉矶的一位朋友林式同。

林式同是土木工程师,与庄信正是大学时候的同学,他娶了个日本女人做妻子。在洛杉矶这个地方,他的事业不景气,便想回国内发展,但是日本太太不想陪他回去,为了这个家,他只得留下来,他做好了两头跑的准备,最终似乎也没离开洛杉矶。

朋友托付的事情,林式同当成一件大事。只是,他不是学文科的,不知道这个张爱玲究竟是谁,也不好过多打听,碍于情面,答应帮助照顾张爱玲。

庄信正把林式同的联系方式给了张爱玲,告诉她直接找这个人即可。

第一次见到张爱玲,应当是林式同受托不久之后,林式同按照地址找到张爱玲居住的公寓,在林式同看来,这就是一家汽车旅店。张爱玲住的地方只是一间狭窄的客房,没有起居室。林式同敲响房门,老半天,有人窸窸窣窣过来开门。门启动了,却只张开一条细缝,一个有了些年岁的女人的脸在门缝中晃了一下,对林式同说抱歉衣服没换好,让他把托交的信放在门外就好了。

林式同还没弄明白到底怎么回事,房门已经紧紧地关上了。

林式同一头雾水地怔在那里,想了半天才想明白,张爱玲是让他把信放在门外就回去,她这间单身公寓没有起居室,礼貌起见不愿在睡房见客。

虽然见到了张爱玲,但是,林式同连她长什么样都没看到。

第二次见面,则是张爱玲主动联系了林式同。

张爱玲本来从不主动联系别人,这一次破了例,约好两个人在自己居住的那家公寓的会客厅见面。

林式同按照约好的时间,提前赶过去,等了一会儿,他看到"走来一位瘦瘦高高、潇潇洒洒的女士,头上包着一幅灰色的方巾,身上罩着一件近乎灰色的宽大的灯笼衣,就这样无声无息地飘了过来"。

这便是80年代居住在洛杉矶的张爱玲的常态形象。

这形象,和40年代在上海的公寓中穿着鲜艳的丝质旗袍,一身雍容华贵的张爱玲,完全是两种风格。

林式同眼中的张爱玲虽然依然有个性,却是一个邋邋遢遢不修边幅的老妇人了。那个时候,张爱玲已经深受虱虫困扰,每天皮肤奇痒,因为总觉得头发里有虱子,她把头发全部剪掉了,所以,出门的时候必须戴假头套或者包上一块方巾,衣服也不敢穿贴身的,怕痒,只能穿宽袍大袖的衣裙,脚下永远是一双毛拖鞋。既然怕虱子,不知为什么还要穿容易藏污纳垢的毛拖鞋,关于这些,没人问过她。

在林式同帮助下,1984年秋季,张爱玲搬了家。她搬进的依然是汽车旅馆,条件虽然简陋,但是,有人定期过来清理打扫,不用自己做家务。

这一搬，便停不下来了。

她搬到一个新住处，过不了几天，便觉得虱子跳蚤尾随她而来，据她说，那种跳蚤是南美品种，极小，小到肉眼看不见，而且生命力极强。

她在一家旅店住上半月十天，有时候也许只住三五天，便要搬到一个新地方，三年半的时间里，她搬家约 180 次，平均一个星期搬一次家。

最初，她寻找的旅店都是刚到洛杉矶居住地的附近，这里的环境她熟悉，生活上方便一些，后来大概觉得总在一个区域，甩不掉她想象中的那些南美跳蚤，便向东北方向越走越远。她住过北好莱坞（North Hollywood）、伯班克（Burbank）、蒙特利公园（MontereyPark）、色波佛达（Sepulveda）、帕萨迪纳（Pasadena）。

她的心在流浪，人也在流浪，浪迹天涯的人内心必须足够强大，否则，那动荡的每一天足以把自己压垮。她早已失却了痛感和孤独感，她把疼痛和孤独逐到了离她很远很远的远方，只留下一个忙忙碌碌不停搬家的自己。生活的环境对她永远是陌生而崭新的，顾不上爱上哪个地方，便又开始了新的旅程，所以，她没有留恋，没有羁绊。

居无定所的日子，没有一个固定的通信地址，所以，没有人能联系上她，她曾租用过邮箱替她接收信件，收到的许多信件却从来没有启过封。

流浪在洛杉矶的汽车旅馆，她不得不继续做减法，把身边的物品不断丢弃，丢来丢去，难免把有用的东西也不小心丢掉，她的《海上花》英译稿便是在这样的环境中弄丢了，好在后来整理她的遗物时，从乱糟糟的书稿中又找到了大部分。移民证也弄丢了，她觉得自己不会糊涂到扔掉这么重要的证件,一定是被清洁工偷去了,没有了移民证,她就没有了身份证明,她成了一个居无定所没有身份的异乡人。

为了防止再丢失重要的手稿,她在好莱坞东区南边的韩国城租了个小储物柜,把重要的文稿字纸都放进里面,登记表格上除了自己的名字,林式同的名字也填上去了,这样,这些东西就不必跟着自己到处流浪搬来搬去了。

她花销最多的便是购买杀虫剂,仅这一项每个月都要花掉两百美元,但是,她身边的虫似乎永远都杀不完。

她也反反复复看医生,对医生倾诉她的困扰,医生们觉得这个装束古怪的华人老太太应当是有心理问题,根本就没有什么美国虱子跳蚤,那些虱虫长在她的心里,她如果在心理上战胜不了自己,便永远无法治愈。

她给夏志清的一封信中这样写道:"天天上午忙搬家,下午远道上城里:主要去看医生。有时候回来已经过午夜了,最后一段公交车停驶,要叫汽车——剩下的时间只够吃睡……"

此时,她居住的地方远离主城区,那里的公交车好像永远都等不到,站在空荡荡的站台上,等啊等啊,终于等来一辆,但偏就会趁人一个眼不见,飞驰而过。好不容易等来一趟车停在站台,挤在里面的,都是买不起车的人们。如果要在这个地方过正常生活,买一辆哪怕是二手的车是生活常识。

张爱玲并不是买不起车,她从来没想过买车的事,当然,买了她也不会开。每每出行,她头上扎着头巾,或者戴着廉价的假发套,穿着宽宽大大半新不旧的衣袍,提着纸袋,挤在贫寒的贫民行列,到政府指定的专为穷人治病的免费医院,排在长长的队伍中,去看皮肤病,去看各种层出不穷的疾病。

生命这一袭袍不管是否依然华美,现在都爬满了虱子。

移民证丢失之后,在美国许多可以享受的福利,都不能享受了。疾病的困扰显示出医疗福利的重要性,为了申请政府的医疗福利,她不得不重新申请入籍。用林式同家的住址作为永久地址,张爱玲申请了身份、保险、老人福利等证件。

她挤公交车到移民局,排在中南美偷渡客队伍中去申办证件,她的装束看上去非常扎眼,在人们的目光中,这不过是一个不太会打扮,且有些贫寒落魄的华人老太太,没有人会把她和著名作家联想到一起。

到1988年秋天,张爱玲的皮肤病有了好转,那时候,她已经搬到了洛杉矶北部的山谷区,这个地方是洛杉矶的睡城,白天整个城区人迹稀少,她在散文《一九八八——?》中写道:

店面全都灰扑扑的,挂着保守性的黑地金字招牌,似都是老店,一个个门可罗雀。行人道上人踪全无。偶有一个胖胖的女店员出去买了速食和冷饮,双手捧回来,大白天也像是自知犯了宵禁,鬼头鬼脑匆匆往里一钻。

她一个人在公交站等车,公交站的绿漆板椅子背面,有人用白粉笔写下"Wee and Dee 1988——?",这一笔不文明的涂抹,却给孤独寂寞的张爱玲带来一丝温馨,这凌乱的涂抹,和凌乱的城市很搭,和地上散乱堆着的用帆布盖起来的杂物很搭。这个在许多人心目中的人间天堂,却有些畸形,很像旧上海一切都不那么值钱的三四十年代。

张爱玲写信告诉林式同,自己的皮肤病好了,想重新找一个固定住所。

林式同还没有来得及替她找好住处,她自己便自作主张又搬到洛杉矶下城的一家汽车旅馆,写信请林式同赶快替她找房子。等不及林式同找到合适的房子,几天后她又搬到一英里路外的一家汽车旅馆,那里是她几年来住的时间最长的一家汽车旅馆,大约住了半年。

居住安定下来,她的心安宁了。

于是,乡愁便无声无息地袭上心头。

她已经68岁了,是一个真正意义上的老人了,爷爷张佩纶、奶奶李菊耦、父亲张廷重,都没有活过60岁,母亲黄素琼也不过活到了61岁,与他们相比,自己现在已经算是长寿了。

她常常不经意间便想起记忆中的上海,想起童年时代的许多往事,想起自己一贯诟病的父母,想起许多年未见的姑姑和弟弟,想起小时候吃过的飞达咖啡馆的小蛋糕和香肠卷。她1988年写的一篇散文《谈吃与画饼充饥》中写道:

> 有一次在多伦多街上看橱窗,忽然看见久违了的香肠卷……不禁想起小时候我父亲带我到飞达咖啡馆去买小蛋糕,叫我自己挑拣,他自己总是买香肠卷。一时怀旧起来,买了四只,……我在飞机上不便拿出来吃,回到美国一尝,油又大,又太辛辣,哪是我偶尔吃我父亲一只的香肠卷?

经历了那么多苦难之后,她开始包容她的父母家人了。血浓于水的爱终究会回到原点,是什么都割不断的。

在遥远的大洋彼岸,故乡的亲人也记挂着她。

姑姑已经嫁给了李开弟,年事已高,身体有病,渴望在有生之年能见上张爱玲一面。弟弟张子静写信热情相邀,几十年姐弟无音讯,重新联系上,都已经是白发苍苍的老人,张爱玲没答应弟弟回去的事。

之后,林式同有事要去趟上海,张爱玲在电话中听说后,沉默了一两分钟,幽幽地说:"哦,上海,恍如隔世!"

她知道自己现在哪里都去不了啦,上海是她永远的记忆,她的根在那里,如果上海回不去,香港台湾的文学活动她自然也不会去参加。

对于居住的这家汽车旅馆,她本来是比较满意的,中途却出现了台湾女记者卧底在她周围翻垃圾的事件,弄得她很烦。

于是,只得接着搬家。

半英里外,林式同设计和建造的公寓楼群刚刚竣工,林式同介绍她去看看那个地方。

张爱玲对那个地方很满意,便搬了过去,她搬家已经搬出经验,现在,只要说搬家,拎起几个纸袋就走,她所有的家当就在那几个纸袋子里面。

这是四处游荡多少年之后,张爱玲感觉最满意的一家公寓,她准备长期住在这里,踏踏实实写点东西,前些年每一寸肌肤无时无刻不在躁动和不安中,让她无法安下心去写作。

1989 年 3 月一个晴好的日子,张爱玲心情也好,她去街上采购,不留神过来一位中南美洲青年,那个一股子蛮劲的虎背熊腰的家伙把张爱玲撞倒在地。

张爱玲重重跌倒在地,那一下摔得好重好痛,她使劲想站起来,却站不起来,整个世界都颠倒在她眼中,她躺倒在地,脑子昏昏沉沉的,只是浑身在痛,不知道伤在何处,她暗想,如果脑子就此摔坏了,便傻傻的再也不能写作了。被扶起来送到医院,一查,脑子没坏,只是跌破了肩骨。

她幸运地松了一口气,手臂伤了还可以长好,若是脑子伤了,就完了。

但是,那个春季的创作计划还是泡了汤,她很沮丧,这种事原本她不愿告诉别人,但是,若是不说出去,心中便憋屈得很,于是她写信告诉了姑姑,委屈地说:"这些偷渡客,都是乡下人,莽撞有蛮力。"那时候,姑姑已经是88岁的老人了,和姑姑说这件事的时候,她像童年时代小女孩对家长诉委屈的感觉,从姑姑那里求得几分安慰之后,心里便觉得释然了。

公寓经理看到张爱玲手臂上缠着布,肿得圆圆鼓鼓的,慌忙打电话告诉林式同,说你介绍过来住的那个作家老太太受伤了。

林式同打电话过来问,张爱玲立即把受伤的事隐瞒起来,这一类的事她只对姑姑说,对别人不必细说,她只说自己坐火车摔了一跤,休息几日便好了,这样的伤与自己的牙齿、皮肤、眼睛的问题一样,不需要什么帮助。最近自己牙痛得紧,都是些无足轻重的小毛病而已。

林式同说:牙齿不好就拔掉。我也牙痛,拔掉就没事了!

这句话让张爱玲似有所悟,她从来没想过拔掉那颗坏牙便了结了疼痛,林式同的这句话令她恍悟:看来自己身外之物还是丢得不够彻底。

一条长长的路走到了尽头

张爱玲居住的那座公寓在洛城,自然环境尚可,公寓前的小街走出去不远,有个人造湖公园,站在街口,可以看下城的景色,只是,人文环境越来越差。进入1991年,公寓里搬来许多新到的拉丁族移民,走出房间,便仿佛进入墨西哥城。

公寓变得混乱嘈杂,有人还在里面养了猫狗。

春天到了,猫狗到了谈恋爱的季节,人的喧闹和猫儿叫春的呼喊声，让人日夜难安。最不能容忍的是，那些小动物招来了蟑螂和蚂蚁，自从那年得过皮肤病，张爱玲最怕那些小昆虫。

她又开始到商店买杀虫剂，橱柜一格一罐，即使这样，她觉得那些虫还是除不尽。

于是，她在暮春时节给林式同写信，说自己想搬家。

信中列出房子的条件和要求：

最好是小房间，当然大点也行，或许狭窄空间一个人住着更有安全感，不觉得空空荡荡，她本来就没有什么东西，也不需要太大的房间。

最好有浴室，有冰箱（没有也行），房间内不需要炉灶，不需要家具，她过减法生活，吃一次性便当食品，许多年不自己起伙做饭了。

有一条与众不同，便是她要求"附近要有火车"，她虽然怕各种困扰生活的世俗之音，却不怕车马之声。在上海的时候，她住的公寓楼下便是一条电车道，那叮当作响的声音伴随着她的创作，大概她又怀念旧时的车马声了。

上面那些都不是硬性条件，具有一票否决权的条件是，新找的公寓必须是新房子，必须没有任何虫子。

房子正在寻找中，张爱玲接到姑父李开弟的来信，姑姑张茂渊在上海逝世。姑姑活了 90 岁，在张爱玲的所有亲人中，算是最长寿的一个了，尽管对于死亡她一直看得很透，但是，对于姑姑的死，她还是忍不住悲伤落泪，心中生出无限悲凄："一个人死了，可能还活在同他亲近爱他的人的心——等到这些人也死了，就完全没有了。"

新公寓很快找到了，在西木区，是一所单身公寓，房东是伊朗人。

林式同约了张爱玲去看房子，这几年他们一直是电话联系，并没有见过面，这一次林式同眼中的张爱玲又苍老了几分，因为经常牙痛，张爱玲的牙齿有些走样，连嘴唇都受到了影响。

坐在车上,两个人有一句无一句地聊,张爱玲本来便不擅长聊天,到了美国一直生活在小地方,一个人生活多年,鲜有朋友,没有人陪她说话,就更不知道怎样和人闲聊了。因为台湾作家三毛刚刚自杀不久,张爱玲便聊起这个话题,叹息说"她怎么自杀了"。林式同这边听得云里雾里的,他不知道三毛是什么人,为什么自杀,更不知道三毛写过以胡兰成和张爱玲爱情纠葛为原型的电影《滚滚红尘》。张爱玲自顾在那里说,林式同只是听,不知道如何答复回应,气氛便没有了闲聊的热烈融洽。

新公寓满足了张爱玲的许多条件,只是没有车马声。

张爱玲只得忽略了这一条,总的说她对新公寓算是满意,立即决定搬家,但是,她不准备麻烦林式同帮忙,坚持自己搬家。

她全部的家当就在几个纸质手提袋里装着,一个人就可以提过去,确实也不需要兴师动众地搬家。

新家在西木大道与罗切斯特街交叉处的一幢淡灰色公寓楼,挨着加州大学洛杉矶分校,隔壁住着两个台湾研究生,浓浓的文化氛围,让她有了一丝归宿感。

她有了自己的邮箱,但是,没用自己的真名,而是一个越南名字Phong。张爱玲看出房东对这个假名很疑惑,她便解释说:"因为有许多亲戚想找我借钱,谣言说我发了财。而 Phong 又是我祖母的名字,在中国很普遍,不会引起注意。"

有了邮箱,她并不像别人那样每天取里面的邮件,邮箱经常不开启,里面的邮件塞满了,再来了新邮件塞不进去了,邮政局提出意见,她嘴上答应着取走,依然很少开启。

伊朗房东对这个新房客也不甚满意。

这老太太很容易健忘,经常忘记带钥匙让房东帮忙开门,得过皮肤瘙痒症之后,她对浴室要求很高,动辄就抱怨浴室的设备有问题。

伊朗房东给林式同打电话,林式同嘴上替张爱玲遮掩着,心中明白,女作家也会衰老成一个与任何居家老太太一样的老妇人,她老了,真的老了。

张爱玲自己也深知自己的衰老,一条长长的路,就快走到尽头了。

她要对身后的事做一下安排了,她去文具店买委托书让上海的姑父代理大陆版权,发现有卖遗嘱文本的,"在书店里买表格就顺便买了张遗嘱,免得有钱剩下就会充公"。

翌年2月,她给林式同寄去的一份遗嘱副本,主要内容是:

一、如我去世,我将所有的财产遗赠给宋淇和宋邝文美夫妇。

二、我希望立即火化,不要存放在骨灰存放处,骨灰应撒在任何无人居住的地方,如果撒在陆地上,应撒在荒野处。

遗嘱执行人是林式同的名字。

她对林式同说:"也没先问一声,真对不起。附寄了个副本来给您过目,不用还我。好在立这遗嘱一共只20美元,如有难处,不便担任,再立一份,这一张就失效了。我除了点存款没值钱的东西,非常简单。万一有费用不够付,宋淇夫妇会补还。是否能行,等有空请晚间打个电话告诉我(477—9453),可行的话我就拿去登记。"

遗书中没有弟弟的名字,她或许以为弟弟生活得足够好,不需要这点财产,或许她对父亲的那个家已经心死,不想让自己再和那个家有一丝瓜葛,在她心目中,弟弟永远是属于那个家的。

曾经浓浓的姐弟情,经历了时间煮雨,居然可以淡如水。

在文坛上辛苦耕耘,张爱玲积累下了一些财富,最终,她想到的不是弟弟,而是自己的朋友。

当她把遗产全部赠送给朋友宋淇夫妇的时候,人们忍不住有些心疼张子静。

姐姐居然没给他留下一分钱。

他却没有怨恨姐姐。

遗书中提到宋淇，林式同并不认识，信中也没有说明他们夫妇的联系处，这封信便显得有些不太郑重其事。林式同接到这封信并没有回复张爱玲，如果提醒她这个遗嘱还有很多漏洞，性格古怪的老太太能接受吗？他把这封信放到一边，觉得，张爱玲身体还硬朗，一切不必着急。

给林式同写完了信，张爱玲又给宋淇写了信，告诉他们自己身后的事："还有钱剩下的话，一、用在我的作品上，例如请高手译。没出版的出版……；二、给你们俩买点东西留念。即使有较多的钱剩下，也不想立基金会纪念。"

张爱玲历来做事有条理，她做了一切自认为最妥当的安排之后，静静度过自己最后几年的岁月，她安下心继续写作，继续打理生活，那一年，她钻进家族的那套老照相簿里，钻研出一部《对照记》。

她老了，但是依然不同于市井间的老太太，坊间流传的张爱玲最后一张照片，便是她手持标题"主席金日成昨猝逝"的报纸拍的，那张照片摄于 1994 年。她的《对照记》获台湾的《中国时报》颁发的终身成就特别奖，《中国时报》要求她照一张近照发到台北领奖，她便照了，手持着一张某年某月某日的报纸，很有些怕是出现冒领的现象，出具表明自己还活着的"生存证明"的感觉。那张照片，有些滑稽，有些幽默，张爱玲的目光中泛出一丝与她年龄不相符的调皮，但是，毕竟是老了，脸上颈项间有了岁月的沟壑，不过，身上依然带着些许仙气。

张爱玲手中拿的那张报纸头条是《主席金日成昨猝逝》，金日成明明是 1994 年 7 月 8 日逝世，张爱玲却穿了厚厚的冬装，那张照片

是 12 月拍成,张爱玲写信给宋淇夫妇:

> 我写信谢《中国时报》,说抱歉不能亲自领奖,至少应当去照个近影寄来,拍了照便寄张给你们。……忘了说我照片里的报纸是七月的。因为近来没有日期明显的头条新闻,只好用旧报。

她通知皇冠出版社,再版《对照记》时,要把这张照片放在最后一页,并补充了如下的文字说明:

> 写这本书,在老照相簿里钻研太久,出来透口气。跟大家一起看同一头条新闻,有"天涯共此时"的即刻感。手持报纸倒像绑匪寄给肉票家人的照片,证明他当天还活着。其实这倒也不是拟于不伦,有诗为证。诗曰:人老了大都/是时间的俘虏,/被圈禁禁足。/它待我还好——/当然随时可以撕票。/一笑。

这是典型的张爱玲式幽默,对于生死,她是豁达的,淡然看透生死,虽然时间可以把自己随时撕票,但是,对于生命中的每一天她都活得平静而扎实。

还有许多事情需要做,能做多少就做多少吧。

她仿佛知道自己时日不多了,该做的事情还是要抓紧去做。

那年五月份,她曾动了心思想要到亚利桑那州的凤凰城或内华达州的拉斯维加斯去,那是美国两个沙漠中的州。或许,她更希望自己生命的最后时光走进原始的沙漠中,走进远离世俗的荒芜与空荡,曾经的繁花似锦最终总要走向哀凉的人生荒漠,在她心中,那里才是最终的归宿。

她终究没去沙漠之城,她的生命停止在那个初秋。

1995 年 9 月初,张爱玲在西木区公寓悄悄地走了。

没人知道她哪一天哪一刻离开的这个世界,发现她去世的那天是 9 月 8 日,因为多日不见张爱玲出门,里面没有任何声响,敲门也无回应,房东女儿怀疑张爱玲已经逝世。她慌忙拨通了林式同的电话,告诉他已经几天没见到过张爱玲,估计她身体不行了。

房东女儿同时通知了洛杉矶警局。

林式同得到消息带着遗嘱副本赶过去的时候,张爱玲已经离开这个世界。林式同在回忆文章中写道:"张爱玲是躺在房里唯一的一张靠墙的行军床上去世的。身下垫着一床蓝灰色的毯子,没有盖任何东西,头朝着房门,脸向外,眼和嘴都闭着,头发很短,手和脚都很自然地平放着。她的遗容很安详,只是出奇的瘦,保暖的日光灯在房东发现时还亮着。"

经过警局检验,张爱玲的死因是心血管疾病。

那个房间内的陈设非常简单,一台放在地上的电视机,一个落地灯,一把棕色折叠椅,一个折叠梯,另外一件便是她躺着的那张行军床,床前堆着一叠纸盒便是张爱玲的写字台了,她后期的许多作品如《对照记》《小团圆》便是在这样的写字台上写作的。

她的房间内有许多手提袋,放衣服的,放杂物的,都放在靠里面的位置,唯有一个手提袋被孤零零地放在了门边,重要的信件和文件规规整整地装在里头,她事先把这个袋放在了离门口最近的地方,这个地方人们一眼就能看到,她早就为身后的事做好了准备,一切都显得那么从容。

最后见到张爱玲的除了房东女儿、出警的警察,便只有林式同了,他并没有透露张爱玲去世的时候穿的是什么服装,许多写张爱玲的文章,都说她穿一件赭红色的旗袍。按照她对于死亡的态度,按照她对于后事安排之从容,或许她真的会穿上一件自己喜欢的旗袍。

但是,最后的岁月中,张爱玲已经无力去寻找华人裁坊铺定制旗袍,她的服饰变得不再讲究,那几件年轻时代的旧旗袍,即使在无数次的搬家中有幸还存着,也该早已旧的不成样子,即使她有力气穿上旗袍,那也会是一件破旧的衣衫。那件赭红色的旗袍便是作家们的演绎了,只是凭了期望和幻想。

还有,倘若张爱玲真的死于心脑血管疾病,她哪有机会再换上一件旗袍,一切便在刹那间消逝了,人生路戛然走到尽头,什么都没来得及去做,连条毛毯都没来得及盖上,便去了。

她在遗嘱中要求,希望立即火化,不要人看到遗体,不要殡殓仪式,如在内陆,骨灰撒在任何广漠无人处。

她要保持最后的体面,保持最后的尊严。

朋友们按照她的遗愿,做了这一切。

遗体火化没几日,便到了张爱玲的生日。9月30日,张爱玲生日那天,朋友们将她的骨灰撒在太平洋里。

张爱玲走了,走得悄无声息,她的朋友们默默怀念着她,与张爱玲有多年通信关系的美国华人作家司马新打电话给炎樱,说有个坏消息要告诉她。炎樱立即猜到了是什么样的坏消息,司马新为了写张爱玲曾采访过炎樱,他们之间的交集只有一个张爱玲,司马新说的坏消息一定与张爱玲有关,炎樱"当下在电话那端饮泣起来"。闺蜜未必是一生的闺蜜,却有着割不断的情谊,两年后,炎樱也离开这个世界,不知道在另外一个世界,她们是否还能成为闺蜜。

得知张爱玲去世的消息,张子静无比哀伤,他总在手边放一本《张爱玲全集》,读里面的文字,思念祭奠姐姐和他们远去的相依为命的童年时光。

一代才女张爱玲在遥远的大洋彼岸,以这种悲凉的方式走完了她的人生路,她的骨灰撒向了广袤的太平洋。也许,大洋中的朵朵浪花会带她找到回上海的路。

她一生中最大的憾事,便是那部自传性小说《小团圆》最终也未能彻底写完，她的生命中从来没有过大团圆，即使她心心念念的小团圆，却也未能圆满。

张爱玲说，人生的三大遗憾是鲥鱼多刺，海棠无香，红楼梦未完。

她的《小团圆》未团圆，便算是她人生的第四个遗憾。

附录一 张爱玲的家族关系

曾外祖父 李鸿章

李鸿章(1823—1901),晚清名臣,政治家、外交家。

少年科举、壮年戎马、中年封疆、晚年洋务,一生行走了一条风雨飘摇的人生路。

官至东宫三师、文华殿大学士、北洋通商大臣、直隶总督,爵位一等肃毅伯。

他是淮军的创始人和统帅,建立了中国第一支西式海军——北洋水师。

一生毁誉参半,在清朝大厦将倾之际,他曾参与过镇压太平天国运动、镇压捻军起义、洋务运动、甲午战争等,代表清政府签订了《越南条约》《马关条约》《中法简明条约》《辛丑条约》等一系列不平等条约。

祖父 张佩纶

张佩纶(1848—1903),晚清名臣。

同治十年(1871)中进士,授翰林院侍讲,最高官品至都察院左副都御史。

清末风头极劲的清流人物,以清议时政、弹劾权贵、抵抗外侮为己任。

中法战争初期,力主抗战,以三品卿衔会办福建海防事宜,兼署船政大臣,因"马尾海战"抗战不力,被革职充军。在李鸿章周旋下戍满释归,回京任李鸿章府中幕僚。

甲午战争期间,以罪臣身份干预公事,被光绪皇帝训斥,后迁居南京。

晚清变革中,这个才学过人的传统士人,黯淡地度过了后半生。

祖母 李菊耦

李菊耦(1866—1912),李鸿章第二女,张爱玲祖母。

22 岁,尚待字闺中,因父亲李鸿章赏识左副都御史张佩纶,与其成亲,成为张佩纶的继室夫人。

婚后郎情妾意琴瑟和谐,但随着张佩纶仕途失意嗜酒如命,李菊耦的生活如坠深渊。

1901 年,张佩纶去世,37 岁的李菊耦独自抚养儿子张志沂和女儿张茂渊。

民国元年(1912),患肺病去世,时年 46 岁。

父亲　张志沂

张志沂(1896—1953),张佩纶之子。

生于晚清,长于民国,典型的纨绔子弟,终日沉迷于嫖妓、赌博、抽大烟。

少年时期,在母亲的老式教育下成长。

19 岁,与门当户对的黄素琼结婚。

任天津津浦铁路局英文秘书期间,包养外室,吸鸦片。

在妻子黄素琼赴英国留学后,将所纳外室接到家中。

32 岁,与黄素琼婚姻破裂,两人离婚。

38 岁,与民国政府前总理孙宝琦之女孙用蕃在国际饭店举行婚礼。

1937 年,为维护继母而暴打张爱玲并将其关禁闭,使父女情感消磨殆尽,关系破裂。

1953 年,在上海病故,时年 57 岁。

母亲　黄逸梵

黄逸梵(1896—1957),原名黄素琼,新派女性。

清末首任长江师提督黄翼升的孙女,广西盐发道黄宗炎的女儿。虽为大家闺秀,因是庶出,童年并不快乐。

19 岁嫁给张志沂,婚姻并不幸福,婚后与丈夫张志沂观念差异极大,经常发生争吵。

张志沂沉迷于养姨太太、抽大烟,黄素琼不惜撇下一对尚未成年的儿女,和小姑子张茂渊远赴英国留学。

32 岁时,与张志沂感情破裂,协议离婚,女儿张爱玲和儿子张子静由张志沂抚养。

此后,黄素琼周游各国,以变卖从娘家带出来的古董为生。

1957 年 9 月,在英国伦敦去世,享年 61 岁。

继母 孙用蕃

孙用蕃(1905—1986),民国政府前总理孙宝琦之女。

家族中一共有 24 个兄弟姐妹,孙用蕃排行第七,其性格外向,出嫁前交际广泛,赵四小姐、陆小曼、唐瑛等都是她的闺密。

少女时代,因恋情伤痛极大,一直待字闺中。

29 岁时,嫁给张志沂,成为张爱玲与张子静的继母,与继女张爱玲关系不甚融洽。

1986 年,孙用蕃在上海去世,享年 81 岁。

姑妈 张茂渊

张茂渊(1901—1991),张佩纶之女。

1924 年,张茂渊出国留学。在从上海赴英国的轮船上,与毕业于南洋公学(上海交通大学)的李开弟相遇。

张茂渊与李开弟情投意合,但因种种原因,李开弟另娶他人。此后,张茂渊一直未嫁,直到 52 年后,李开弟妻子去世,张茂渊才嫁给李开弟。

张茂渊与兄长张志沂断绝往来后,曾投资股票,亏损了许多财产,后成为职业女性。

1942—1952 年,与张爱玲在上海合租公寓,张爱玲为此写了《姑姑语录》。

弟弟 张子静

张子静(1921—1997),张爱玲弟弟。

父不疼,母不爱,姐不亲,姑不怜。

在姑姑处,留顿饭的资格都没有。在姐姐那儿,十有八次见不到。

成年后,先后在中央银行扬州分行、上海浦东黄楼中学工作。

庸淡一生,终身未娶。

著有《我的姊姊张爱玲》。

附录二　张爱玲的朋友圈

炎樱

张爱玲在香港大学时的同学,张爱玲一生中最重要的知己。

炎樱姓摩希甸,父亲是阿拉伯裔锡兰人(今斯里兰卡),母亲是天津人,在上海开摩希甸珠宝店,家境殷实。

炎樱与张爱玲,乃香港大学的同学。炎樱修医学,张爱玲修文学。

炎樱性格开朗,风趣幽默,总能了解张爱玲的想法,同时对张爱玲也很照顾。

两人共同度过了在香港大学的读书岁月,共同经历了香港的战火,在被迫中断学业后,又一起回到上海。

在上海期间,她们依然往来密切。一个成了知名的作家,一个开了服装店。

成为作家后,炎樱的名字多次出现在张爱玲的笔下,她成了张爱玲一生中最重要的知己。张爱玲还写过一篇《炎樱语录》,讲述这个乐观女孩的一些生活逸事。

炎樱具有设计天赋,张爱玲的小说集《传奇》的封面,两次都由炎樱设计,她新巧又灵动的构思,深得张爱玲的喜欢。

作为好友,炎樱见证了张爱玲与胡兰成的婚礼,也见证了张爱玲与赖雅的婚礼。

然而,当张爱玲与年迈的赖雅结婚,而炎樱嫁给一位富有的男子之后,因为生活环境的改变和思维方式的不同,张爱玲与炎樱逐渐没了书信往来。

苏青

当时与张爱玲齐名的女作家。与张爱玲一度相交甚密,但终究渐行渐远。

苏青,原名冯和议,字允庄,1933 年考入国立中央大学外文系,毕业后移居上海,代表作有长篇小说《结婚十年》等。

苏青与张爱玲因《封锁》结识,当时苏青向红得发紫的张爱玲约稿。

在众多的约稿信中,张爱玲被这位同样经历不凡的才女打动了,将刚完成的小说《封锁》放在苏青主办的杂志《天地》上发表。

自此,两位女作家惺惺相惜,一度相交甚密。

张爱玲在《我看苏青》一文中曾说:"低估了苏青文章的价值,就是低估了现代的文化水准。"

苏青也同样欣赏张爱玲,她说:"我读张爱玲的作品,觉得自一种魅力,非急切地吞读下午不可。"

在社会、婚姻、妇女、家庭等问题上,苏青与张爱玲也见解不悖,彼此很能理解。

然而,两人的交情更多是在文学方面,一个负责约稿,一个负责写稿件和拿稿费。至于私交,终未好过张爱玲与炎樱的友谊。

更让两人关系雪上加霜的是,她们都与胡兰成有情人关系。

苏青和胡兰成是同乡,一直暧昧不清,等到胡兰成和张爱玲在一起后,两人之间依然保持着不清不楚的交往。

这种关系也影响了张爱玲和苏青的友谊。有一天晚上,张爱玲到苏青家去做客,无意间撞见胡兰成正在苏青家里,颇生醋意。

此后,两位女作家也渐行渐远。

潘柳黛

与张爱玲、苏青、关露并称"文坛四才女"。与张爱玲热烈之后,形同陌路。

潘柳黛,原名柳思琼,笔名南宫夫人等。她出身于旗人家庭,受过良好教育,18岁只身赴南京报馆求职,后到上海发展,曾任《华文大阪每日》《文友》杂志的记者和编辑,代表作《退职夫人传》。

在张爱玲尚未成名之前,潘柳黛在上海文坛占尽了风头。

等到张爱玲崭露头角,同为上海文坛女作家的潘柳黛与张爱玲开始往来。

潘柳黛心直口快,极易得罪人,但她最初也是能让张爱玲用茶点来招呼的为数不多的客人之一。

吃茶，却也有了嫌隙。潘柳黛后来在文章中描述当时的场景，说张爱玲"手镯项链，满头珠翠"，文字之间多是讥讽之意。

及至张爱玲在文坛上大放异彩，又有胡兰成的文章为其大肆宣扬。张爱玲的风头一度远远超过潘柳黛。

或许是出于嫉妒，潘柳黛对张爱玲的敌意愈发浓厚了，两人的关系也变得疏离。

潘柳黛甚至专门写了文章《论胡兰成论张爱玲》，讽刺和挖苦张爱玲。至此，两人的友谊也走到尽头。

几年后，张爱玲到香港，有人告诉她潘柳黛也在香港，张爱玲回答说："谁是潘柳黛，我不认识。"显然余怒未消。

周瘦鹃
杰出的作家，文学翻译家。张爱玲成名的领路人。

张爱玲在文学上的成名，始于周瘦鹃。

1943 年的春天，年仅 23 岁的张爱玲，携带《沉香屑》的稿件，以及母亲的远房亲戚——园艺家黄岳渊的信，前去拜访周瘦鹃。

这一年的五月，周瘦鹃在他主编的《紫罗兰》上刊载了《沉香屑·第一炉香》，这使张爱玲大获声誉。而六月刊载的《沉香屑·第二炉香》，进一步提高了张爱玲的知名度。

对于张爱玲的行文风格，周瘦鹃非常欣赏。

他在《写在〈紫罗兰〉前头》中赞扬道："当夜我就在灯下读起她的《沉香屑》来，一壁读，一壁击节，觉得它的风格很像英国某名作家的作品，而又受一些《红楼梦》的影响，不管别人读了以为如何，而我却是深喜之的了。"

可以说，周瘦鹃表现出了温厚的长者风范，他也是最早赞扬张爱玲的编辑。

然而，对于周瘦鹃这个文学路上的领航人，张爱玲的感情却是淡薄的。

在她的自传体小说《小团圆》中，关于周瘦鹃的记录不到五百字，其中还有这样一段不留情面的描述："汤孤鹜大概还像他当年，瘦长，穿长袍，清瘦的脸，不过头秃了,戴着个薄黑壳子假发。"

这里的汤孤鹜,便是周瘦鹃的原型。而得到回信说稿子采用了,化名为盛九莉的张爱玲"只得写了张便条去,他随即打电话来约定时间来吃茶点"。

读到这段文字的读者,多以为张爱玲刻薄寡情,对为她发表作品的编辑不留好语。然而,张爱玲写《小团圆》时,已在晚年,且离群寡居多年。她很难再对过去的人和事有着深厚的感情,言语之间的冷淡也在情理之中。

或许,对于两人的关系,后人大可不必过多解读。

柯灵

中国电影理论家、剧作家、评论家。张爱玲成名的"培土者"。

柯灵与张爱玲的交集,从张爱玲到《万象》编辑部送稿开始。

当时是 1943 年,柯灵时任《万象》杂志的编辑。

对张爱玲的才华,柯灵非常欣赏,当年就在《万象》上刊登了张爱玲的小说《心经》和《琉璃瓦》。随着作品走红,张爱玲在上海文坛的地位更加稳固。

后来,张爱玲将小说《倾城之恋》改编成剧本时,作为著名编剧的柯灵,也给了张爱玲很大的帮助。

可以说,张爱玲的盛极一时,柯灵功不可没。

及至张爱玲移居美国后,很长一段时间内一直湮没无闻,也是柯灵在 1984 年撰写的文章《遥寄张爱玲》,促使海内外刮起一股"张爱玲热"。

对于柯灵的帮助,张爱玲感念于心,曾馈赠给柯灵一段宝蓝色的绸袍料作为谢礼。而在柯灵被日本宪兵逮捕时,张爱玲也曾在他家留下字条慰问,又请求胡兰成从中斡旋。

如今,很多人将张爱玲的自传体小说《小团圆》中荀桦的原型认定为柯灵。而在小说中,荀桦却对张爱玲的原型"九莉"有过一次性骚扰:

真挤。这家西点店出名的,蛋糕上奶油特别多,照这样要挤成浆糊了。

荀桦乘着拥挤,忽然用膝盖夹紧了她两只腿……

就在这一刹那间,她震了一震,从他膝盖上尝到坐老虎凳的滋味。

她担忧到了站他会一同下车,摆脱不了他。

她自己也不大认识路,不要被他发现了那住址。

幸而他只笑着点点头,没跟着下车。

刚才没什么,甚至于不过是再点醒她一下:汉奸妻,人人可戏。

根据《小团圆》的描述,人们也对柯灵和张爱玲的关系产生了怀疑,认为他们之间曾发生过不愉快的事情。

然而,《小团圆》出版时,张爱玲和柯灵都已故去。当年的事情,已成一桩公案。

但无论如何,柯灵和张爱玲互相帮助的事实,不会随着时间而泯灭。

傅雷

现代翻译家、文艺评论家。他与张爱玲的是非纠缠,更多是文人间的争斗。

张爱玲与傅雷,一位是著名的小说家,一位是著名的翻译家和评论家,两人看似毫无关系,却也有过一些过节。

1943 年,张爱玲发表了《沉香屑》《金锁记》《倾城之恋》等多篇小说,引起上海文人的瞩目。其中,也引起了傅雷的注意。

傅雷在报刊上多次读到张爱玲的作品,便在《万象》杂志上发表了一篇评论文章《论张爱玲的小说》。

这是最早评论张爱玲小说的文章。

傅雷首先称赞了张爱玲填补了“五四”以后小说创作的空白,并高度赞扬了张爱玲的《金锁记》,认为这部小说是“我们文坛最美的收获之一”。

然而,接下来,傅雷笔锋一转,开始批评张爱玲的其他小说。

在谈到《倾城之恋》时,傅雷毫不客气地说,小说中的人物是“疲乏,厚倦,苟且,浑身小智小慧的人,担当不了悲剧的角色”。此外,他对“几乎占到篇幅二分之一”的调情也很不满,抨击道:“好似六朝的骈体,虽然珠光宝气,内里却空空洞洞,既没有真正的欢畅,也没有刻骨的悲哀。”

傅雷的批评,主要是从文学的角度进行评论。

然而,风头正盛的张爱玲,正享受着受人追捧的感觉,她难以接受傅雷的批评。1944 年,她在《苦竹》杂志上发表《自己的文章》,回应傅雷的批评。

在《自己的文章》中,张爱玲说:"我的作品,旧派的人看了觉得还轻松,可是嫌它不够舒服。新派的人看了觉得还有些意思,可是嫌它不够严肃。但我只能做到这样,而且自信也并非折中派。我只求自己能够写得真实些。"

以文章回应之后,张爱玲似乎还不解气。

恰在这时,她听说了傅雷的一件感情纠纷,即傅雷与成家榴之间的婚外情。于是,张爱玲便以傅雷与成家榴为原型写了一篇小说,名为《殷宝滟送花楼会》。

成家榴看了这篇小说之后,果断离开了已为人夫的傅雷,匆匆嫁人。

而在多年之后,傅雷和妻子朱梅馥在风波中自杀。那时,远在大洋彼岸的张爱玲,是否还会记得当年的恩怨是非呢?

夏志清

对张爱玲有"知遇之恩"的文化学者。

张爱玲一生待人凉薄,与她来往较多者,结局大多水火不容,最后绝交的人不少,而她与夏志清,却是一直无怨,通信达 31 年之久。

夏志清对张爱玲有"知遇之恩"。

1961 年初,时年 40 岁的夏志清在英文版的汉学著作《中国现代小说史》中专门讨论了张爱玲的作品,篇幅长达 42 页,并将她誉为"20 世纪中国最重要的作家之一"。

夏志清还说:"中国现代小说家中,大概只有四个人凭着自己特有的性格和对道德问题的热情,创造出一个与众不同的世界。他们是张爱玲、张天翼、钱钟书、沈从文。"

而此时,张爱玲在文坛消失良久,早已没了最初成名时的风光。

因为夏志清的全力支持,张爱玲从此进入中国现代文学史。此后的半个多世纪,张爱玲的风格影响了一代又一代读者,甚至超出了文学的疆域。

可以说,没有夏志清的登高一呼,张爱玲不可能成为具有世界影响力的作家,或许我们还要再晚很多年才能认识张爱玲和她的作品。

也是在夏志清的推荐下，到美国后一度没有经济来源的张爱玲，得到了哈佛大学雷德克里夫女子学院驻校作家的职位，勉强度过了生活的难关。

张爱玲和夏志清产生交集后，一直保持着通信。他们谈文学，谈生活，谈健康，谈养生，几乎无所不谈。

张爱玲的性格和行事作风，在很多人眼里是不可思议的，但夏志清却完全理解，也很包容。张爱玲需要帮助时，他便提供援助；张爱玲需要倾诉时，他便认真倾听，却从来不主动探究和打扰。

或许，夏志清一直都能理解和包涵张爱玲，正是因为他欣赏她的文学天才和成就。

他们是世间难得的知己。他们的友谊，始终未曾有过间隙。

邝文美

作家、翻译家。张爱玲后半生的挚友，张爱玲遗产的受赠者。

张爱玲初登文坛时，邝文美便是张爱玲的忠实读者。

然而，直到 1952 年张爱玲到香港之后，两人才真正结识。

她们当时一起为美国驻港总领事馆新闻处提供计件翻译服务，偶然成了同事。

邝文美比张爱玲大一岁，毕业于上海圣约翰大学文学系，不仅有才，而且善良包容。这对于缺乏温暖的张爱玲来说，恰好是最需要的。

自从相识，两人便经常来往，最后成了无话不谈的知己好友。

张爱玲需要一个懂自己的倾听者，而邝文美无论多忙，都耐心倾听，给她最中肯的意见和建议。

在生活上，邝文美和丈夫宋淇也给了张爱玲无微不至的照顾。他们为张爱玲找合适的房子，给生活困顿的张爱玲寻找经济来源，帮助张爱玲垫付医疗、食宿费等。

到 1955 年，张爱玲赴美后，两人的联系不仅没有中断，反而更加紧密。特别是张爱玲与炎樱的友谊出现裂痕后，邝文美更是成了张爱玲不可缺少的朋友。

张爱玲所有的烦恼、焦虑和困苦，几乎都会向邝文美倾诉。

当张爱玲的母亲去世时,张爱玲因生活困顿等原因,未能在母亲临终前,满足母亲的心愿前往探视。这些事情,张爱玲全都写信向邝文美诉说。而从邝文美那里,张爱玲总能得到些许安慰。

邝文美似乎是一盏温暖的灯,照亮了张爱玲充满阴郁的生活。

正是因为这份难得的友谊,张爱玲在遗嘱中,明确交代:"如我去世,我将所有的财产遗赠给宋淇和邝文美夫妇。"

胡适

张爱玲与胡适,是文坛上传为佳话的忘年之交。

张爱玲大约是在上中学的时候,看了父亲张志沂买的《胡适文存》。

在年幼的张爱玲心中,早已对胡适充满敬仰之情。她不仅爱读胡适的作品,还喜欢读胡适推荐的作品《海上花》等。

待张爱玲自己在文坛上大方异彩之时,她还曾在 1944 年写过关于胡适的文章。

《诗与胡说》一文中便曾论及胡适:"中国的新诗,经过胡适,经过刘半农、徐志摩,就连后来的朱湘,走的都像是绝路,用唐朝人的方式来说我们的心事,仿佛好的都已经给人说完了,用自己的话呢,不知怎么总说得不像话,真是急人的事。"

张爱玲真正与胡适产生交集,始于她的作品《秧歌》。

1954 年 10 月 25 日,张爱玲给胡适写了封短信,同时寄了作品《秧歌》。

胡适看了《秧歌》后评价:"我读了这本小说,觉得很好。后来又读了一遍,更觉得作者确已能做到'平淡而近自然'的境界。近年所出中国小说,这本小说可算是最好的了。"

在这封信中,胡适除了赞扬《秧歌》外,也就作品提出了一些疑问。

当时,《秧歌》的市场反响并不如张爱玲的其他作品,胡适的书信无疑给了张爱玲极大的自信。

张爱玲接到信后,非常欣喜和感激,又写了一封回信。

至此,张爱玲与胡适,开启了忘年之交。

1955年10月,张爱玲前往美国。她到美国不久,便约了好友炎樱一同去拜访胡适。这是他们第一次见面。

张爱玲在后来发表的《忆胡适之》一文中,详细记述了这一次会面:"适之先生穿着长袍子。他太太带点安徽口音,我听着更觉得熟悉。她端丽的圆脸上看得出当年的模样,两手交握着站在当地,态度有点生涩。我想她也许有些地方永远是适之先生的学生,使我立刻想起读到的关于他们是旧式婚姻罕有的幸福的例子。"

对于胡适和太太江东秀的婚姻,张爱玲显然是羡慕的。但在张爱玲心中,最重要的是同胡适进行文学上的交流。

此后,张爱玲又独自一人去拜访胡适,和上一次在客厅不同,这次是在书房里见面。然而,没有了慈祥的胡太太与活泼的炎樱,张爱玲反倒拘谨起来,对胡适挑起的话题,"如对神明"。

就在这一年的冬季里,胡适到张爱玲住的职业女子宿舍来看她。

所谓的职业女子宿舍,便是美国的贫民窟。

张爱玲的小屋又窄又小,他们只好在楼道里那个大厅的破沙发上坐下来。这里光线昏暗,但是厅很大,黑洞洞的,幽僻中还有些诡异的感觉。

这里的环境却不适合聊天,聊了一会儿,张爱玲便送胡适离开了。他们出去后,站在寒风中又说了一会话。至于说些什么,张爱玲的记录只是寥寥带过。

那是他们最后一次见面,但两人的交情却并未中断。

1958年,张爱玲申请到南加州亨廷顿·哈特福基金会居住,也是请求胡适作保。

张爱玲与胡适之间,无愧是文坛上传为佳话的忘年之交。

附录三　张爱玲生平年表

1920 年　出生

◎ 9 月 30 日,出生在上海公共租界西区一幢没落贵族府邸。

1921 年　1 岁

◎ 弟弟张子静出生。

1923 年　3 岁

◎ 父亲张志沂在天津谋得津浦铁路局的英文秘书职位,随父母由上海搬到天津。

1924 年　4 岁

◎ 母亲黄素琼与姑姑张茂渊,结伴奔赴欧洲游学。

1927 年　7 岁

◎ 在私塾读诗背经的同时,开始写小说。

1928 年　8 岁

◎ 在父亲的带领下,和弟弟张子静由天津回到上海。

◎ 母亲回国,跟随母亲学习绘画、英文和钢琴。

1930 年　10 岁

◎ 进入美国教会办的黄氏小学插班读六年级,改名为张爱玲。

◎ 父母协议离婚,张爱玲随父亲生活。

1931 年　11 岁

◎ 秋天,进入上海圣玛利亚女校就读初中。

◎ 父亲张志沂与孙家七小姐孙用蕃订婚。

1932 年　12 岁

◎ 在圣玛利亚女校校刊《凤藻》上发表短篇小说《不幸的她》。

◎ 不时有读书评论等文章见于校外的《国光》等报纸杂志。

1933 年　13 岁

◎ 在圣玛利亚女校校刊《凤藻》上发表第一篇散文《迟暮》。

◎ 在《大美晚报》上刊载了一幅漫画,收到人生中第一笔稿费五元钱。

1934 年　14 岁

◎ 升入圣玛利亚女校高中。

◎ 继母孙用蕃正式嫁入张家,与张志沂在华安大楼举办结婚典礼。

1936 年　16 岁

◎ 在圣玛利亚女校校刊《凤藻》上刊载散文《秋雨》。

1937 年　17 岁

◎ 夏天,从圣玛利亚女校毕业。母亲归国,准备她的留学事宜。

◎ 因小事与后母孙用蕃发生矛盾,被父亲毒打,并被拘禁半年之久。

1938 年　18 岁

◎ 趁夜出逃,逃往母亲和姑姑张茂渊合租的公寓。

◎ 年底,参加英国伦敦大学远东地区入学考试。

1939 年　19 岁

◎ 以第一名考取伦敦大学，却因战事激烈无法成行，改入香港大学文学系。

◎《西风》杂志征文，张爱玲创作《天才梦》应征。

1942 年　22 岁

◎ 太平洋战争爆发，香港大学停办，张爱玲未能毕业。

◎ 与好友炎樱返回上海，报考上海圣约翰大学。

◎ 从上海圣约翰大学辍学，开始为《泰晤士报》和《20 世纪》等英文杂志撰稿。

1943 年　23 岁

◎ 5 月，在《紫罗兰》月刊上发表小说《沉香屑·第一炉香》，在上海文坛一炮而红。

◎ 6 月，发表《沉香屑·第二炉香》，引发广泛关注。

◎《心经》《琉璃瓦》在《万象》月刊上刊载。

◎《茉莉香片》《到底是上海人》《倾城之恋》在《杂志》月刊上发表。

◎《更衣记》在《古今》月刊上发表。

◎《封锁》《金锁记》发表于上海《天地》杂志第二期。

1944 年　24 岁

◎ 初春，张爱玲因小说《封锁》与胡兰成相识、相恋。不久后，便与其结婚。

◎《花凋》《红玫瑰与白玫瑰》《论写作》《爱》等作品在《杂志》上发表。

◎《连环套》在《万象》上发表。

◎ 出版第一部短篇小说集《传奇》以及散文集《流言》。

◎ 在《苦竹》上发表《自己的文章》，回应傅雷的批评。

1945 年 25 岁

◎ 由吴江枫记录整理的《苏青张爱玲对谈记》、散文《吉利》、散文《姑姑语录》在杂志上发表。

◎ 散文《我看苏青》在《天地》上发表。

◎ 胡兰成遭到通缉,化名张嘉仪潜逃。

1947 年　27 岁

◎ 应邀创作电影剧本《太太万岁》和《不了情》。其中《不了情》被上海文华电影公司搬上银幕,由桑弧导演。

◎ 散文《华丽缘》、小说《多少恨》(根据《不了情》改编)在《大家》月刊上发表。

◎ 短篇小说集《传奇(增订本)》由上海山河图书公司出版。

1951 年　31 岁

◎ 以"梁京"为笔名在《亦报》上连载小说《十八春》(后改名《半生缘》)。

◎ 应邀出席上海第一届文学艺术工作者代表大会。

◎ 在《亦报》上连载中篇小说《小艾》。

1952 年　32 岁

◎ 赴香港读书,后供职于美国驻港新闻处。

◎ 开始创作电影剧本《小儿女》《南北喜相逢》,翻译《老人与海》《爱默森选集》等作品。

◎ 结识宋淇、邝文美夫妇。

1953 年　33 岁

◎ 父亲张志沂去世,享年 57 岁。

1954 年　34 岁

◎ 两部带有政治倾向的长篇小说《秧歌》和《赤地之恋》先后在《今日世界》连载。

◎《传奇》改名为《张爱玲短篇小说集》,由香港天风出版社出版。

1955 年　35 岁

◎ 秋天,张爱玲乘"克利夫兰总统"号邮轮赴美国。

1956 年　36 岁

◎ 2 月,搬到纽英伦州,遇见美国剧作家赖雅。

◎ 8 月,与 65 岁的赖雅结婚。

1957 年　37 岁

◎ 小说《五四遗事》在夏济安主编的《文学杂志》上发表。

◎ 母亲黄素琼在英国去世。

1958 年　38 岁

◎ 为香港电懋电影公司编写《情场如战场》《桃花运》《人财两得》等剧本。

1961 年　41 岁

◎ 应香港电懋影业公司的邀请,赴香港创作电影剧本《红楼梦》《南北和》及其续集《南北一家亲》《小儿女》《一曲难忘》。

1966 年　46 岁

◎ 将中篇旧作《金锁记》改写为长篇小说《怨女》,并在香港《星岛晚报》连载。

1967 年　47 岁

◎ 任纽约雷德克里芙女子学院驻校作家。

◎ 开始英文翻译清代长篇小说《海上花列传》。

◎ 丈夫赖雅在波士顿去世。

◎ 英文长篇小说 *The Rouge of the North*（《怨女》）在英国伦敦出版。

1968 年　48 岁

◎《秧歌》《张爱玲短篇小说集》《流言》先后在皇冠出版社出版。

1969 年　49 岁

◎ 将旧作《十八春》略作改动后，易名为《半生缘》在皇冠出版社出版。

◎ 任职加州大学伯克利分校"中国研究中心"。

◎《红楼梦未完》在《皇冠》杂志上发表。

1972 年　52 岁

◎ 被"中国研究中心"解雇。

◎ 译著《老人与海》由香港今日世界社出版。

1973 年　53 岁

◎ 移居洛杉矶，开始了幽居生活。

◎ 在《幼狮文艺》杂志上发表《初详红楼梦》。

1974 年　54 岁

◎ 在《中国时报》的"人间"副刊发表《谈看书》与《谈看书后记》。

◎ 在《皇冠》发表《二详红楼梦》。

◎ 完成英译《海上花列传》（未出版，后来因为搬家遗失译稿）。

1976 年　56 岁

◎ 出版第二部散文集《张看》，收录《忆胡适之》《谈看书》《连环套》《创世纪》等。

◎ 发表《三详红楼梦》。

1977 年　57 岁

◎ 耗时十年撰写的红学专著《红楼梦魇》由皇冠出版社出版。

1979 年　59 岁

◎ 在《中国时报》上刊载《色·戒》。

1983 年　63 岁

◎ 小说剧本集《惘然记》由皇冠出版社出版。其中收录了短篇小说《色·戒》《相见欢》《浮华浪蕊》等。

1986 年　66 岁

◎ 短篇小说集《传奇》由人民文学出版社重新排印。

◎《小艾》在《联合报》副刊连载。

1987 年　67 岁

◎《余韵》由皇冠出版社出版。其中收录旧作《我看苏青》《散戏》《华丽缘》等。

1988 年　68 岁

◎《续集》由皇冠出版社出版,其中收录散文《羊毛出在羊身上》《谈吃与画饼充饥》《表姨细姨及其他》。

1989 年　69 岁

◎ 剧本《太太万岁》在《联合报》上连载。

1991 年　71 岁

◎ 6 月,姑姑张茂渊在上海去世。

◎ 7 月,《张爱玲全集》由皇冠出版社出版。

1994 年　74 岁

◎《对照集》由皇冠出版社出版。

1995 年　75 岁

◎ 9 月 8 日,在洛杉矶西木区公寓内被发现去世,被发现时已去世一周。

◎ 9 月 19 日,遗体在洛杉矶惠泽尔市玫瑰岗墓园火化。

◎ 9 月 30 日,好友夏志清、林式同、张错、高全之等人为她举行追悼会。遵照遗嘱,骨灰被撒入太平洋。